À L'OUEST DE LA MORT

TANYA ANNE CROSBY

TRADUIT PAR EMMA CAZABONNE

Traduction par Emma Cazabonne

 Réalisé avec Vellum

À HAUT RISQUE

Augusta répondit à chaque exploration des mains de Ian par sa propre inspection affamée de son corps. Trente-quatre ans et elle n'avait jamais connu auparavant ce douloureux besoin d'être comblée par le corps d'un homme.

— C'est pour ça que tu es venue me voir Augusta ? chuchota-t-il, la voix rauque contre sa joue.

Il se pressa contre elle. Elle pouvait sentir son excitation sexuelle. Elle retint sa respiration. Elle goûta à la sueur de sa lèvre supérieure et s'en délecta avidement. Elle avait vaguement conscience qu'un de ses seins n'était plus recouvert par son T-shirt. L'air frais de la nuit caressait sa peau nue. Elle voulait sa bouche pour la réchauffer.

Il la transperça du regard. Ses yeux bleu clair lui donnaient envie de lui dire n'importe quoi pour le garder là, dans ses bras.

— Oui, répondit-elle en soupirant.

Et elle souleva la tête pour lui mordre la lèvre.

— Tu es sûre ?

Est-ce qu'un tueur lui demanderait la permission de lui faire l'amour ?

Elle ne le pensait pas.

PROLOGUE

On ne peut pas trouver l'âme dans le corps humain ni l'en extraire. Elle ne repose pas sur un autel dans la caverne du cœur. Elle ne s'attarde pas non plus dans un cadavre en décomposition. On ne peut pas l'éteindre comme une lampe.

Énergie : on dit que le corps humain brûle environ soixante-trois mille calories pendant le sommeil et jusqu'à six millions pendant un travail physique pénible.

Combien la peur peut-elle en brûler ?

Tout ce que nous faisons est commandé par des impulsions électriques qui traversent notre corps. Y compris les signaux cruciaux qui disent à notre cœur de battre plus vite quand nous sommes en danger. Notre sang envoie plus d'oxygène à nos muscles et à notre cerveau. Nos pupilles s'élargissent pour mieux voir. Nos appareils digestif et urinaire ralentissent leurs activités. Nos poumons se dilatent pour aspirer plus d'air, afin que nous puissions nous concentrer et nous battre jusqu'à notre dernier souffle.

Tout devient clair au moment de la mort...

— Mais je suis sa mère, dis-je.

Je sentais qu'il était de mon devoir d'intervenir, de rétablir le cap pour mon enfant dévoyée... Parce que comme moi, elle ferait trop d'erreurs avant de suivre finalement le droit chemin. Et si elle s'égarait trop longtemps dans l'obscurité, elle pourrait aller trop loin, et ne jamais revenir...

1

Dimanche 16 août, 19:15

Le soleil se couchait, remplissant les bois devant lui de longues ombres glissantes.

Cody Simmons imaginait qu'il y avait des vipères sous chaque branche pourrie par-dessus laquelle il sautait. Il connaissait un gosse qui s'était fait mordre une fois juste en s'asseyant sur un morceau de bois. Il gardait donc les yeux grands ouverts tout en bondissant, à l'affût de la présence de serpents dans l'herbe haute.

TC, qui avait treize ans et donc un an de plus que Cody, se moquerait de lui s'il savait qu'il avait peur. Alors Cody ne disait rien et suivait TC tandis qu'ils couraient vers la vieille église abandonnée.

TC était son meilleur ami, mais il lui attirait parfois des ennuis. Et Rose, la grand-mère de Cody, n'aimait pas trop la famille de TC. Elle disait qu'ils « prenaient de grands airs » et que même en se donnant beaucoup de mal, « on pouvait pas faire d'une buse un épervier ». Cody ne savait pas exactement ce que cela voulait dire. Des fois, sa grand-mère disait des choses qui n'avaient aucun sens. La mère de Cody disait que c'était parce que Mamie Rose vivait toujours dans le passé. Peu importe. Cody s'en fichait tant qu'il pouvait jouer avec TC.

Il entendit au loin la voix de Mamie Rose. Elle l'appelait pour le souper. Un rôti mijotait dans la cocotte-minute et de la crème de maïs l'attendait, mais il ne s'arrêta pas. Ils avaient au moins trente minutes avant qu'elle se mette sérieusement à sa recherche. TC était sûr qu'ils avaient le temps d'aller à l'église et d'en revenir sans que personne ne se rende compte qu'ils étaient partis.

Il avait peut-être un peu peur, mais l'attente impatiente de voir quelque chose qu'il n'avait jamais vu avant, sauf à la télévision, était beaucoup plus excitante : une vraie scène de crime ! TC avait juré sur la Bible qu'il avait vu du sang sur l'autel de la vieille église. Même si Cody ne le croyait pas, cela n'en était pas pour autant moins excitant.

Ses nouvelles baskets étaient pleines de boue maintenant parce qu'ils avaient traversé le marais pour éviter les bois autant que possible. Ils aperçurent la petite église blanche délabrée alors que derrière eux l'énorme boule orange du soleil plongeait dans le ruisseau, privant la forêt de lumière.

S'arrêtant tout à coup, TC attendit que Cody le rattrape.

— On aurait dû apporter une lampe de poche, se lamenta Cody.

— Froussard !

— Non, j'ai pas peur ! J'parie que t'en as pas pris avec toi pour que je puisse pas voir si c'est vraiment du sang ou aut' chose ! C'est sûrement juste de l'essence ou quelque chose d'autre.

— Non, c'est du sang, assura TC, le regard vif.

Le bâtiment de l'église n'était plus qu'à dix mètres

maintenant. La porte avait été arrachée et on pouvait voir l'intérieur obscur. On aurait dit une gueule béante dans un visage méchant. Il y avait une fenêtre sombre de chaque côté de la porte. Les vitres avaient été brisées longtemps auparavant. Il n'en restait plus grand-chose, mis à part un éclat de verre coincé dans le coin droit d'une fenêtre. La lueur orangée du soleil couchant s'y réfléchissait comme une lueur dans une paire d'yeux.

Les deux garçons s'avancèrent lentement vers le bâtiment. Ils passèrent les vieilles tombes et les croix en bois pourries de l'ancien cimetière.

Le père de TC leur avait raconté des histoires. Des réunions secrètes qui s'étaient jadis tenues là, dans les bois. Il avait dit qu'ils avaient trouvé un pendu à l'intérieur de la vieille église. Il s'était soi-disant suicidé. Parce qu'il avait fait des choses pas bien à des gosses et il s'était senti coupable. À moins que quelqu'un lui ait réglé son compte pour lui faire payer ses péchés. Cody se dit que c'était pour ça qu'on ne se servait plus de l'église. Et parce qu'ils avaient construit une épicerie Harris Teeter au coin de la voie de terre qui conduisait à la vieille église, coupant le chemin à ceux qui auraient eu le courage de se retrouver nez à nez avec le fantôme d'un pendu. Depuis que la route avait été bloquée, cinq ou six ans auparavant, la forêt avait recouvert le chemin de terre.

— Y vient d'où tu crois le sang ? demanda Cody, luttant contre l'envie de rentrer chez lui à toutes jambes. Il commençait à se sentir mal dans ses baskets, comme si quelqu'un l'observait. Quelqu'un qu'ils ne pouvaient pas voir. Il avait un mauvais pressentiment dont il n'arrivait pas à se débarrasser.

— Y a des gens qui tuent et dépouillent des chats,

c'est p'têt queq'chose comme ça, poursuivit TC sur le ton je-sais-tout de son père.

Cody tortillait sa chemise. Il serrait les poings.

— C'est pas bien.

— Tu sais des fois, y a des gens qui font des trucs pas bien, c'est c'que mon père y dit.

— J'te parie que quelqu'un s'est coupé sur ce morceau de verre. Y m'paraît sacrément coupant.

— P'têt, commenta TC en regardant le bout de vitre et en haussant les épaules.

Ils s'arrêtèrent à la porte et jetèrent un œil à l'intérieur. Des toiles d'araignée pendaient au cadre de la porte. Des insectes y étaient emprisonnés, condamnés à se faire aspirer les entrailles.

— Regarde ça, annonça TC.

Il tripota une carcasse de cigale desséchée et essaya de la détacher du cadre de porte. Mais comme il n'y arrivait pas, il l'écrasa du poing. Le coup résonna à l'intérieur, dans l'obscurité de l'église. Quelque chose poussa un cri dans le noir.

La gorge nouée, Cody avala sa salive.

Il y avait un autel à peine visible, sur une estrade. Les bancs avaient tous disparu. Mais on pouvait toujours voir là où les gens avaient marché dans l'allée centrale, le bois usé par des centaines de chaussures du dimanche. Un peu plus loin, l'allée était plongée dans l'obscurité.

Ils se regardèrent, l'air méfiant.

— Vas-y, lui ordonna TC. J'l'ai déjà vu.

— J'y vais pas tout seul ! protesta Cody.

— Pourquoi ? T'as peur ?

— Non !

— Froussard !

— Non, t'as juste à m'montrer où c'est, c'est tout, p'têt qu'y a rien vraiment.

— Non, j'te jure ! Regarde ! s'exclama-t-il en pointant du doigt vers la droite de l'autel. Tu vois où tous les chiffons sont pendus ? Ils sont pleins de sang.

Cody plissa les yeux pour voir dans l'obscurité.

— J'vois juste un tas de vieux chiffons sales pendus. P'têt que quelqu'un est en train de nettoyer.

TC fit une grimace de dégoût.

— Pourquoi est-ce que quelqu'un voudrait nettoyer c'vieux taudis ? protesta-t-il. Personne s'en est servi depuis des lustres.

Cody haussa un sourcil, l'air douteux.

— Ouais, mais ton père dit qu'y venait ici à l'église quand il était petit.

— Mon père est né dans les années soixante. Ça fait longtemps.

— Ouais, concéda Cody.

— Ouais, ajouta TC.

Les deux garçons avaient complètement perdu leur sang-froid. Ni l'un ni l'autre ne voulait entrer. Mais ils ne voulaient pas non plus admettre qu'ils avaient trop peur. Alors ils restaient là, contre le cadre de la porte. Derrière eux, les derniers rayons du soleil étaient à peine visibles à travers les arbres. Mais là où ils se tenaient, c'était la nuit noire.

Les sons du marais s'intensifièrent. Les grillons chantaient plus fort et les ouaouarons croassaient dans leurs cachettes. Avec la chaleur d'août, le temps était venu pour les concerts de grenouilles. Cody se dit que ces grenouilles feraient peut-être mieux de la fermer si elles ne voulaient pas finir dans une assiette. Pas la sienne pour sûr. Il n'y avait jamais goûté et puisque sa maman avait peur des grenouilles, il imaginait que cela n'arriverait jamais. Il s'en fichait de toute façon parce que tout le monde disait que ça avait le même goût que le poulet. Il préférait manger du vrai poulet. Son estomac se mit à gronder.

— J'crois que j'ai entendu ta grand-mère t'appeler, lança TC.

— Ouais. J'crois qu'elle s'inquiète.

— Ça s'peut bien.

Un bruit de traînement de pieds leur parvint de l'intérieur, plongé dans l'obscurité. Le cœur de Cody se mit à battre un peu plus vite.

— T'as entendu ça ? murmura-t-il.

TC fit non de la tête, mais ses yeux écarquillés disaient le contraire.

Ils restèrent immobiles, à l'écoute.

— C'est sûrement juste un rat ou un serpent, murmura Cody.

Mais le son ne ressemblait ni à l'un ni à l'autre. Il ressemblait plutôt au son d'une chaussure à semelle lisse sur un sol rugueux. Le même bruit qu'il pouvait faire en glissant avec ses meilleures chaussures du dimanche sur le vieux plancher de Mamie Rose.

Cody n'avait pas le courage de regarder à nouveau à l'intérieur. TC avait les yeux fixés sur lui. Les deux étaient figés, indécis.

À l'intérieur, quelque chose tomba par terre avec fracas. Les deux garçons déguerpirent.

Cody courut à toutes jambes, mais TC était plus rapide et il avait du mal à le suivre avec ses nouvelles baskets. Il avait trop peur même pour faire attention aux serpents ou aux bouts de bois. Il se tordit le pied dans un trou et tomba à genoux dans le noir.

— TC ! hurla-t-il en tombant.

Mais TC courait dans le soleil couchant. Il ne s'arrêta pas pour regarder en arrière, même après avoir dépassé les arbres. La dernière chose que Cody vit fut son ami, de dos, avec son T-shirt jaune vif.

La tête de Cody heurta la terre molle entourant le trou, un mur de boue humide d'où suintait de l'eau puante. Il resta désorienté un moment avant de réaliser qu'il était tombé dans un trou profond : une tombe. La peur le saisit quand il sentit quelque chose de visqueux sous lui. C'était quelqu'un. Un mort. Mais la voix coincée dans la gorge, il n'arrivait pas à crier. Sa cheville lui faisait mal. Elle était peut-être cassée. La douleur lui traversa la jambe quand il essaya de se lever.

Cody se mit à pleurer doucement, de sorte que s'il y avait quelqu'un à l'intérieur de l'église délabrée, il ne puisse pas l'entendre. Il était tout seul dans un trou, dans les bois. Il ne pouvait rien voir, sinon un coin de ciel sombre au-dessus des arbres. Il n'y avait même pas assez de lumière pour voir sur quoi il était agenouillé. Il essaya à nouveau de se remettre debout, malgré la douleur, mais le sol était inégal et mou. Il retomba sur les genoux, serrant ce qui semblait être une fesse nue.

Horrifié, il cria et se leva d'un bond. Mais la douleur lui traversa la cheville et il retomba, étouffant un sanglot.

Ses yeux s'ajustant à l'obscurité croissante, il pouvait vaguement discerner sous lui la forme d'un sein pâle et un visage déformé.

À moins que ce soit son imagination.

Mon Dieu ! il était à genoux sur un cadavre froid. Il en était sûr.

De chaudes larmes lui coulèrent des yeux, mais il étouffa ses sanglots. Et si quelqu'un était là ? Il ne voulait pas qu'il sache où il était. Peut-être que TC allait revenir avec de l'aide. Quel ami vous laisserait mourir dans un trou dans les bois ? Peut-être que sa grand-mère avait raison et que TC n'avait pas toute sa tête !

Même si Mamie Rose était très vieille, elle ne le laisserait jamais mourir tout seul. Il pensa à sa grand-mère, inquiète pour lui, et sentit une nouvelle vague de peur monter en lui.

Une ombre surgit au-dessus de lui. Une forme avec des yeux pâles. Il sentit un filet chaud descendre le long de sa jambe.

Cody se figea et regarda droit dans les yeux de l'étranger. Incapable de bouger. Incapable de crier.

Pendant un très long moment, l'ombre noire fixa la tombe des yeux, sans rien dire. La bouche de Cody frémit.

Mon Dieu ! qu'est-ce qu'il allait faire ? Il jura qu'il ne sortirait plus jamais de chez lui sans le dire à quelqu'un. S'il arrivait à rentrer. Il n'écouterait plus jamais TC. Plus jamais !

— Tu t'es fait mal ?

C'était la voix d'un homme, pas celle d'un monstre. Mais Cody n'arrivait pas à voir sa bouche bouger. Il se rendit compte que quelque chose lui couvrait le visage, à l'exception des yeux. Cody fit oui de la tête, incapable de parler.

L'homme se tut à nouveau, les yeux toujours fixés sur lui. Cody sentit la peur le traverser comme une pointe. Son corps entier se mit à trembler. Puis l'homme se pencha au-dessus de la tombe et tendit la main vers Cody.

2

Lundi 16 août, 2:15

Pam Baker était officiellement la victime d'un meurtre.

Son corps gisait tordu à côté d'une tombe ouverte tandis que le médecin légiste terminait l'examen initial. Plus tard, une fois toutes les preuves recueillies, ils l'emporteraient dans un sac.

Le Lowcountry venait tout juste de se remettre de l'épidémie de terreur qui avait brusquement fait sortir Charleston de l'âge d'innocence auquel elle s'était obstinément accrochée. La possibilité d'un tueur copycat était impensable.

Le détective Jack Shaw commençait à avoir des taches devant les yeux à cause des flashs répétés de l'appareil photo de son assistant. Photos du corps, dans et hors de la tombe, des mains, de la bouche, de l'église, du périmètre, et de quiconque autour de la scène. Heureusement, à deux heures du matin, il n'y avait pas beaucoup de badauds. Se rendant compte de ce qu'ils avaient là, ils avaient volontairement gardé le silence sur la fréquence de la police.

Il regarda les mains de la femme enveloppées dans

le sac. Plus tard, ils emporteraient au labo les échantillons prélevés sous ses ongles. Le ruban adhésif sur la bouche de la jeune femme n'avait pas été enlevé. Mais il savait exactement ce qu'ils allaient trouver une fois le ruban arraché. Ou plutôt ce qu'ils ne trouveraient pas. Si le modus operandi était le même, la langue aurait disparu et l'intérieur de sa bouche serait peint en bleu. Mais il y avait un problème : il voyait bien que ce cas ne suivait pas exactement les modèles précédents. Le malaise grandissait au creux de son estomac tandis qu'il attendait de connaître l'heure estimée de sa mort.

— Présence de double lividité.

Cela voulait dire que le corps avait été déplacé après le décès. Le criminel l'avait probablement tuée ailleurs puis s'en était débarrassé ici. L'endroit évident à vérifier était l'intérieur de l'église abandonnée. Mais à son avis, le lieu était clair. Les seules traces perceptibles sur le plancher sale étaient celles des gosses. Quelques chiffons noirs et gras étaient suspendus, mais ils semblaient être recouverts d'une couche de cire ou de saleté. Néanmoins, le labo les testerait à fond.

— Pas de présence de larves, ni fourmis, ni mouches. Exposition brève aux éléments.

L'assistant du médecin légiste se tenait derrière elle et griffonnait chaque mot sur un bloc-notes. D'une certaine manière, ce discours monocorde semblait insultant pour cette jeune femme qui, quelques semaines auparavant, était pleine de vie. Jack ne l'avait rencontrée qu'une seule fois, mais il lui avait parlé à plusieurs reprises quand il avait appelé le bureau du *Tribune*. Pamela Baker avait disparu pendant qu'elle enquêtait sur les meurtres de Secessionville pour le journal. Il soupira. Une journaliste en herbe qui n'avait pas pu terminer son premier cas.

— Rigidité cadavérique à son déclin. Passez-moi le thermomètre.

L'assistant se précipita pour lui tendre l'instrument désiré. Un instant plus tard, le médecin poursuivit :

— Température du corps correspondante à celle de l'environnement, trente degrés. Estimation initiale de l'heure de la mort : à en juger par le manque de décomposition du sang, entre vingt-quatre et trente-six heures.

Même s'il s'y attendait, Jack sentit la bile lui monter à la gorge en entendant le résultat. La peau de la jeune fille était pâle, blême. Pas encore de marbrures, très peu de ballonnements. Elle avait les yeux vitreux, recouverts d'un mince film, mais on pouvait quand même apercevoir la sombre toile des vaisseaux éclatés dans le blanc de ses yeux exorbités. Cela avait été facile de lui insérer un thermomètre dans le foie, car contrairement aux autres victimes, celle-ci avait été ouverte de sa cavité pelvienne jusqu'au-dessus de son nombril.

Peut-être que le tueur évoluait ?

Quel que soit le cas, l'équipe ne ménagerait aucun effort ce soir parce que si le médecin légiste avait raison, et elle avait vu assez de cadavres pour le savoir, Pamela Baker était morte depuis moins de trente-six heures. Ian Patterson, le meurtrier présumé, était en prison depuis plus de trois semaines. Une jeune femme gisait près d'une tombe ouverte dans un cimetière abandonné et un gamin de douze ans avait disparu. Il était tout à fait possible qu'ils aient mis le mauvais homme derrière les barreaux.

Sans ciller, il regarda le corps.

Depuis le début, Patterson avait insisté sur son innocence. Il semblait seulement maintenant que l'homme pouvait dire la vérité. Mais si Patterson n'avait pas tué Pamela Baker, qui l'avait fait ? C'était ce que Jack devait découvrir avant de fermer le dossier Patterson.

Et aussi avant de retrouver Cody Simmons mort.

Encore un lundi merdique. Il regarda sa montre, 2:20. Il se demandait comment allait Rose Simmons. La grand-mère du gamin avait été transportée aux urgences après la nouvelle de la disparition. Crise cardiaque. Il connaissait personnellement la vieille dame et espérait qu'elle s'en sortirait.

Le médecin légiste lui jeta un coup d'œil par-dessus l'épaule.

— Eh bien Jack, dit-elle. C'est officiel. Ça en fait *trois*. Vous avez *maintenant* votre tueur en série.

Après avoir découvert le premier corps, celui d'une étudiante, les tripes de Jack lui avaient dit qu'ils avaient affaire à un tueur en série. Il avait presque perdu son travail en essayant de convaincre ses supérieurs. C'était maintenant la dernière chose qu'il voulait entendre.

— Vous êtes sûre ?

Elle enleva ses gants et se tourna vers lui avec une grimace.

— Aussi sûre que Baker est morte.

Ils se tournèrent tous les deux vers le corps retiré de la tombe. Ouverte du bassin jusqu'au sternum avec la lame d'un instrument tranchant, elle gisait sous les arbres, son corps bleu vert sous le clair de lune brillant à travers la verdure. Elle avait les mains posées en prière et collées ensemble. La bouche recouverte d'un ruban adhésif et les yeux exorbités et vitreux.

— On veut bien sûr être certains de son identité

avant de publier la nouvelle, ajouta-t-elle. Je pourrai vous le confirmer à coup sûr une fois qu'on l'aura emportée au labo.

Après avoir regardé sa photo jour après jour pendant un mois, Jack n'avait pas besoin de rapport de labo pour savoir qui c'était. Malheureusement, il était trop tard pour Baker.

Le temps pressait maintenant pour Cody. Si Ian Patterson n'était pas coupable, alors la police n'avait pas la moindre idée par où commencer.

— Merci, dit-il, puis il s'éloigna.

Mardi 17 août, 2:15

Augusta ferma les yeux et serra les paupières pour essayer de bloquer les images qui la hantaient.

Deux semaines après, elle n'avait toujours pas eu une bonne nuit. Elle était fière de ne pas avoir de complexes. Elle n'était pas du genre à coucher avec n'importe qui, mais quelque chose chez Ian Patterson l'avait poussée à faire fi de toute prudence. Remarquez, elle ne pouvait pas spécialement ajouter cette vertu à sa liste. Elle était têtue, impétueuse et non-conformiste, mais la prudence n'était pas vraiment son fort. Cette fois, elle avait peut-être vraiment fait une grosse connerie.

Le soir où ils avaient découvert le corps de Kelly Banks, elle était en fait avec Ian au Windjammer, un bar de bord de mer à Isle of Palms. Elle s'attendait à être interrogée, mais jusqu'à présent Ian avait gardé le silence sur le temps qu'ils avaient passé ensemble. Elle n'arrivait pas à comprendre pourquoi, mais elle se disait que tout allait sortir au grand jour une fois le procès ouvert.

Elle pouvait déjà imaginer les gros titres : *Une héritière Aldridge procure un alibi au meurtrier.*

Sa sœur Caroline allait piquer une crise.

En tant qu'éditrice du *Tribune*, Caroline allait être critiquée et la chaîne 11 saisirait l'occasion de la fustiger.

Mais Augusta avait retourné l'affaire dans sa tête.

Alibi ou non, cela ne voulait pas dire que Ian n'avait pas pu commettre ce crime particulier. Pourtant, il ne lui paraissait pas être un tueur. Augusta avait été si certaine que sa sœur et les médias le persécutaient qu'elle avait sauté sur l'occasion de le défendre.

— Vous me poussez à bout, l'avait-il prévenue, avec ce sourire lent et cette voix traînante du Sud qui avait réussi en quelque sorte à l'embrouiller. Ne vous y aventurez pas.

— Vous êtes plus prêtre, avait-elle répliqué, en portant la bouteille de bière froide et humide à ses lèvres.

Elle pouvait presque goûter la sueur du corps de l'homme tandis qu'elle l'observait de l'autre côté de la table. Elle croisa les jambes, haletant doucement face aux sensations physiques qui l'envahissaient.

— Non, répondit-il, l'air sombre.

Un avertissement peut-être ? Augusta l'ignora.

— Je ne suis pas prêtre.

Elle l'appâta :

— Vous avez renoncé aux femmes alors ?

— Non.

Ses yeux bleu pâle brillaient comme de la glace dans la pénombre du bar. Ce seul petit mot fit un peu tressaillir le cœur d'Augusta.

— Juste à celles apparentées aux gens acharnés à me mettre derrière les barreaux.

Il parlait bien sûr de sa sœur. Caroline avait travaillé sans relâche pour garder les péchés de Ian visibles aux yeux du public. Elle avait traqué ses moindres infractions et les avait publiées sans merci, invitant tout le monde, y compris la police, à s'interroger sur son cas. Grâce à Caroline, ils savaient tous qu'il avait eu des relations sexuelles pour la première fois à l'âge de onze ans et qu'il avait passé un été en EMP.

Augusta ne trouvait pas ces histoires pertinentes, pas une seule d'entre elles, surtout qu'elles avaient été entachées par les efforts de sa sœur à redonner du blason à l'héritage de leur famille, un journal en difficulté. Augusta croyait vraiment que Ian était la victime d'une chasse aux sorcières, pas un criminel. Le seul danger auquel elle était confrontée semblait de nature tout à fait charnelle.

Elle plongea son regard dans le sien. Ses yeux ressemblaient à de profonds lacs bleu clair l'invitant à le rejoindre dans son âme. Quelque part dans ces profondeurs, elle aperçut sa vulnérabilité qui l'appelait dans un séduisant murmure. « Coupable par association ? »

Il haussa les épaules d'un air évasif. Augusta avala une longue gorgée de bière, détachant son regard du visage de Ian avec un certain effort et dissimulant son frisson derrière une longue expiration.

Chaque nerf de son corps était tendu et vivant.

Il haussa un sourcil blond foncé.

— Pourquoi est-ce que vous êtes là Augusta ?

Le Windjammer était rempli de corps en sueur et de bavardage, et pourtant Augusta percevait seulement le son de la voix de Ian, ainsi que les battements de son propre cœur dans ses tempes. Elle avait les mains moites. Elle entoura la bouteille de sa main gauche et en essuya l'humidité froide de sa droite, se demandant s'il était aussi enivrant que sa bière. Elle haussa les épaules.

— Peut-être que je suis ici parce que je crois pas que vous soyez coupable ?

Il haussa un peu plus le sourcil.

— C'est ce que vous pensez ou vous me posez la question ?

Augusta fut beaucoup plus catégorique cette fois :

— Non, je crois *pas* que vous soyez coupable !

Il s'assit plus confortablement et la dévisagea un instant.

— Alors vous êtes la seule personne de cette ville à ne pas le croire, suggéra-t-il.

Augusta regarda la jeune fille sur la scène et baissa la tête. Elle sourit d'un air entendu.

— Pas la seule apparemment.

La vingtaine, la jeune fille aux cheveux noirs était visiblement éprise de lui. Grattant distraitement sa guitare, elle ne les avait pas quitté des yeux de toute la soirée. Ian ne semblait pas remarquer. Son attention était concentrée sur Augusta. Elle savait qu'il ressentait exactement ce qu'elle ressentait en ce moment. L'air entre eux semblait aussi tendu que les cordes de la guitare de sa « petite amie ». Augusta désigna la jeune fille du menton :

— Elle croit assez en vous pour vous procurer un alibi.

— Elle a dit la vérité. J'étais ici ce soir-là, je la regardais jouer, exactement à cette table en fait, dit-il en donnant un coup sur la table. J'attendais son frère.

— C'est ce que j'ai entendu dire.

Augusta pencha la tête, le regarda d'un air timide, puis lui demanda :

— C'est votre petite amie ?

— Juste amie.

Le cœur d'Augusta tressaillit à sa façon de souligner le mot, de préciser qu'il n'y avait rien de sérieux entre eux.

— Avec des avantages ?

— Sans avantages.

Augusta lui lança un autre regard interrogateur :

— C'est son choix ou le vôtre ?

— Est-ce vraiment important Augusta ? lui demanda-t-il en levant un sourcil.

Augusta haussa les épaules, feignant l'indifférence même si elle en était très éloignée.

— D'accord. Alors vous croyez pas que je sois coupable, concéda-t-il. Mais pourquoi est-ce que vous êtes *vraiment* là, Mam'selle Aldridge ?

Augusta cligna des yeux. À vrai dire, elle ne le savait pas.

Elle se pencha en avant sur sa chaise, ne sachant comment répondre :

— Je... je veux aider... si je peux, dit-elle en le regardant directement dans les yeux pour qu'il voie comme elle était sincère. Je suppose que je me sens coupable de la façon dont ma sœur vous harcèle.

Il porta son verre d'eau à ses lèvres. Pas de bière, juste de l'H_2O.

— Je suis un grand garçon, réagit-il. Je peux me débrouiller tout seul. Vous feriez mieux de vous inquiéter pour votre sœur... et pour vous-même, ajouta-t-il sur un ton grave. Vous savez pas où vous mettez les pieds.

Augusta rougit. C'était vrai. Ian innocent ou non, elle s'était mise en danger. Elle se sentit soudain étouffer et à l'étroit. Elle se leva brusquement, sans vraiment savoir si elle voulait partir.

Il la regarda, l'air inquiet.

— Ça va ?

— Ouais. J'ai juste besoin de prendre l'air.

Ce moment scella son destin.

Ils échangèrent un long regard, qui disait à la fois tout et rien.

— Je peux vous accompagner, lui proposa-t-il. Un peu d'espace nous ferait du bien à tous les deux.

Augusta reposa sa bière sur la table, heureuse de ne pas en avoir commandé une deuxième. Elle se mentait à elle-même, feignant d'avoir les idées claires et de maîtriser ses émotions.

C'était la deuxième fois qu'elle se mentait à elle-même. Le premier mensonge c'était qu'elle ne savait pas pourquoi elle était là. En son for intérieur, elle savait exactement ce qu'elle faisait.

Elle sortit par la porte arrière du bar. Il la suivit. Même dans la chaleur intense de l'été, il y avait toujours une foule là. Ceux qui sortaient après le spectacle et ceux qui cherchaient juste une excuse pour boire une bière sur la plage. D'autres, ayant passé leur jeunesse à traîner autour des filets de volley-ball tendus derrière le Windjammer, ne semblaient pas pouvoir passer un été sans revivre un moment de leur passé. Même si la façade avait quelque peu changé, le Windjammer était une institution d'Isle of Palms. Elle se dirigea vers la plage, entièrement consciente de l'homme qui la suivait en silence. Elle entendait à peine ses pas sur la passerelle.

Augusta essaya de s'éclaircir les idées.

Tout le monde voulait faire passer Ian pour un tueur. Pourquoi était-elle certaine qu'il n'en était pas un ? Et pourquoi est-ce qu'elle le conduisait sur une plage sombre par une nuit sans lune ? Ses sœurs seraient folles d'inquiétude si elles savaient où elle était et avec qui.

— Vous avez pas besoin de m'accompagner, lança-t-elle finalement, tout en espérant qu'il n'allait pas s'arrêter.

— Et rater ma chance de découvrir ce qui fait vibrer Augusta Aldridge ? Y'a pas de risque, dit-il avec un petit rire.

Ils s'avancèrent sur la passerelle, à travers les dunes mouvantes, en direction de la plage. Celle-ci s'étendait presque jusqu'à la moitié de la jetée. La marée était à son point le plus bas. Un étroit croissant de lune se reflétait sur le sable mouillé. Il y avait juste assez de lumière pour voir qu'il n'y avait personne d'autre sur la plage, malgré les bruits de fête qui leur parvenaient d'au-delà des dunes. Le cœur battant la chamade, Augusta tourna à gauche vers la jetée, vers un coin plus sombre et un peu plus intime. Elle n'était plus maîtresse d'elle-même. Une partie primitive de son cerveau était aux commandes. Elle ne pensait qu'à une chose : embrasser Ian. Pour commencer.

Il ne manqua pas de remarquer où elle le conduisait et rit d'une voix rauque :

— Vous êtes une véritable énigme Augusta.

Augusta se baissa pour défaire ses sandales quand ils atteignirent la jetée. Elle lui lança un sourire malicieux. Elle lança ses chaussures vers les dunes sur un coin sec de la plage et s'appuya contre un des piliers, le menton en l'air.

Il s'arrêta à quelques mètres, hésitant à s'approcher d'elle. Il l'observa de haut en bas, malgré sa résolution à ne pas flirter avec elle.

— Ça va mieux, je suppose ?

Augusta fit oui de la tête, avec un petit sourire dragueur comme elle savait le faire.

Ses yeux bleu pâle étincelaient dangereusement au clair de lune.

— Vous aimez vraiment jouer avec le feu, n'est-ce pas ? murmura-t-il d'une voix rauque.

Augusta porta son regard à la bosse de son jean. Il était excité. Et c'était la première fois de sa vie qu'un homme l'allumait. Son corps le désirait. Ses seins se durcirent. Elle haussa les épaules en soupirant.

— On dirait plutôt que c'est vous qui avez peur, railla-t-elle.

Il s'avança, semblant lutter contre les pensées qui lui passaient par la tête. Augusta se sentit humide entre les cuisses. Elle enfonça ses orteils dans l'eau fraîche et le sable et lui fit signe de s'approcher. Elle portait un T-shirt blanc en V et une jupe bordeaux qui lui arrivait aux chevilles. Ses seins se tendirent sous son T-shirt, se languissant de ses longs doigts. Quelque part dans son cerveau embrumé, elle réalisa combien c'était imprudent. Mais elle n'arrivait pas à se résoudre à s'en soucier. Elle frissonna sous son regard avide.

Il vint à elle sans rien dire. Pas besoin de faire semblant d'être timide. C'était pas le style d'Augusta. Elle voulait qu'il l'embrasse. Elle avait besoin qu'il la touche. Elle passa son bras autour de son cou tandis qu'il se penchait sur sa bouche. Elle accueillit ses douces lèvres chaudes sur les siennes. Il ne se retint pas. Il lui donna sa langue fiévreuse et goûta avec voracité chaque recoin de sa bouche, mordillant sa langue et l'embrassant avidement. Ils s'étreignirent de manière charnelle là, sur la plage, dans l'obscurité.

Augusta répondit à chaque exploration des mains de Ian par sa propre inspection affamée de son corps. Trente-quatre ans et elle n'avait jamais connu auparavant ce douloureux besoin d'être comblée par le corps d'un homme.

— C'est pour ça que tu es venue me voir Augusta ? chuchota-t-il, la voix rauque contre sa joue.

Il se pressa contre elle. Elle pouvait sentir son excitation sexuelle. Elle retint sa respiration. Elle goûta à la sueur de sa lèvre supérieure et s'en délecta avidement. Elle avait vaguement conscience qu'un de ses seins n'était plus recouvert par son T-shirt. L'air frais de la nuit caressait sa peau nue. Elle voulait sa bouche pour la réchauffer.

Il la transperça du regard. Ses yeux bleu clair lui donnaient envie de lui dire n'importe quoi pour le garder là, dans ses bras.

— Oui, répondit-elle en soupirant.

Et elle souleva la tête pour lui mordre la lèvre.

— Tu es sûre ?

Est-ce qu'un tueur lui demanderait la permission de lui faire l'amour ?

Elle ne le pensait pas.

Augusta fit oui de la tête.

Il était innocent, elle en était sûre, mais à cet instant ce n'est pas ce qu'elle ressentait. Elle avait les lèvres meurtries de leur baiser. Son cœur battait contre ses côtes. Il se pencha pour embrasser le bout de ses seins. Il les prit dans sa bouche et suça très fort. Il semblait lire ses pensées.

Augusta gémit profondément.

Elle rejeta sa tête en arrière contre le pilier tandis qu'il glissait une main sous sa jupe, dans sa culotte, entre ses cuisses. Il fit pénétrer un doigt en elle. Leurs yeux se rencontrèrent au-dessus de son sein gonflé. Sa bouche quitta ses seins assez longtemps pour lui chuchoter avec un sourire sournois :

— On dirait que j'ai trouvé le point sensible.

T'arrête pas, le supplia-t-elle à voix basse.

T'arrête pas.

Augusta écarta les jambes, et il fit entrer son doigt plus profondément. Elle ajusta son corps pour l'accueillir, la tête en arrière, complètement dépourvue de toute volonté de résister. Sans honte, il porta ses doigts à ses lèvres pour la goûter tandis qu'elle le regardait.

— Douce comme du miel, dit-il d'une voix rauque.

Le cœur d'Augusta battait à tout rompre.

— Je te veux en moi, dit-elle d'un ton désespéré.

C'était pas son style. Elle était pas ce genre de nana. Mais en sa présence, elle se sentait complètement charnelle, ouverte, imprudente, décomplexée.

Pas besoin de lui demander deux fois.

Il l'emporta sous la jetée dans un coin plus sombre, à l'abri des regards indiscrets. Ils passèrent devant ses sandales. Il avait défait son pantalon avant de la poser à terre. Et il la couvrit, s'enfonçant en elle.

À ce moment-là, cela lui avait paru si bon.

Elle n'avait jamais connu un tel désir irrésistible avant. Jamais. Son corps était comme une marionnette obéissant à ses regards et à son toucher. Elle n'aurait jamais pu s'éloigner ni dire non.

Mais maintenant cela semblait si mal.

Ian Patterson était derrière les barreaux pour tentative d'assassinat contre sa sœur. On le suspectait d'avoir tué deux autres femmes et d'être peut-être aussi responsable de la disparition d'au moins trois autres personnes, y compris une jeune journaliste qui travaillait pour sa sœur.

Augusta était rongée par la culpabilité.

Comment avait-elle pu se tromper à ce point ?

Après son arrestation et le choc initial, elle s'était attendue à ce qu'ils le relâchent, disant qu'ils avaient commis une erreur. Son âme mourait un peu plus chaque jour sans sa libération. Non qu'elle ait besoin de le voir, de l'affronter, ni même parce qu'elle s'était vraiment trompée à son sujet, mais parce qu'elle avait été prête à se battre corps et âme pour défendre cet étranger.

Et parce qu'elle désirait sa langue entre ses jambes, même maintenant.

Le souvenir de ce moment-là lui donnait envie de glisser sa main sous les couvertures. Était-ce si étonnant qu'elle n'arrive pas à dormir ? Elle se sentait comme une traîtresse et une garce.

En gémissant d'un ton misérable, elle remonta les couvertures au-dessus de sa tête pour bloquer les chiffres rouges clignotants de son réveil. Par chance, tout irait mieux le lendemain matin.

Au loin, le soleil matinal se reflétait sur le toit métallique.

Imprégné de l'énergie environnante, il mit son petit bateau à l'eau, heureux du jour de congé et du paisible lever de soleil. Plus tard, le marais se transformerait en véritable bain de vapeur, mais pour l'instant il était serein et magnifique. Les oiseaux faisaient des piqués autour de lui, attrapant des insectes et de petites crevettes dans les eaux environnantes. Les gens le prenaient pour un pêcheur ordinaire poussant son bateau avec une perche le long des spartines inondées, à la recherche de sébastes. Le sang au fond de son bateau, sous la lame de son couteau, venait des derniers poissons qu'il avait pêchés.

Il avait le temps de faire les choses bien.

Il n'était pas pressé.

Envahi par la mer, cet endroit était juste un autre débarras, abandonné, oublié, picoté par les oiseaux et visité par des créatures dont le seul but était de manger, de dormir et de déféquer.

Comme le phare de l'île Morris, on ne pouvait l'atteindre que par bateau. Et une fois sur place, seuls les plus agiles et intrépides pouvaient accéder à l'intérieur du bâtiment. Les murs étaient élevés, les portes et les fenêtres barricadées depuis longtemps. À côté de lui, les rails ressemblaient à un grand squelette en acier, rouillé et prêt à s'effondrer dans le vent.

Un bateau fila, faisant onduler l'eau dans son sillage. Agacé, il tira sa ligne, regardant les vaguelettes atteindre les pylônes du bâtiment.

Il ne restait rien de précieux dans la carcasse en décomposition du bâtiment lui-même. Comme le reste des ruines de Charleston, il retournait lentement à la nature. Mais le toit était intact, dissimulant ce qui se trouvait à l'intérieur d'une vue aérienne. Les briques calcinées, tout comme la multitude de bateaux échoués le long du rivage, attiraient les regards des curieux, mais rien de plus. Les pêcheurs locaux fermaient les yeux sur lui. Les fêtards du weekend au volant de leurs bateaux s'intéressaient plus à leur bière. La présence éventuelle de mocassins d'eau ou d'alligators gardait même les plus curieux dans leurs bateaux.

C'était idéal pour une étape, le temps qu'il détermine la meilleure façon de récupérer sa terre sacrée.

Il attendit que l'eau retrouve sa tranquillité et que les vaguelettes cessent.

Les sébastes étaient des mangeurs opportunistes. Ils vivaient sur les bords du chenal, où se concentraient les courants de marée, et se positionnaient de sorte à profiter du courant. L'astuce était de savoir où pêcher et de garder l'appât au fond, le long du bord de la structure située au milieu d'un courant en mouvement. Le bâtiment créait un obstacle et procurait aux poissons un endroit idéal pour profiter des changements du flot.

C'était la clé. Savoir quand et où pêcher. À moins d'être prêt à se passer de petit poisson.

Il n'était pas prêt à ça.

Il n'avait pas vraiment envie d'ensevelir Pamela Baker

dans son endroit spécial. C'était du petit poisson. Elle faisait partie du jeu, rien de plus. Un jeu qu'il avait remporté trop facilement. Un jeu qui l'avait dégoûté et laissé insatisfait, sans fondement. Il voulait la laisser pourrir là-bas, dans le cimetière. Il avait l'intention de la recouvrir et de s'en aller. Jusqu'à ce que les gamins se pointent.

Avec leurs petites voix au loin, il les avait entendus s'approcher. Il s'était caché, prêt à ajouter deux autres corps à la fosse si besoin. L'un d'entre eux prit peur et s'enfuit. Il en restait un. Un parfait petit spécimen pour lequel tout avait valu la peine.

Il avait envisagé un instant de laisser partir le garçon.

Il savait qu'il valait mieux ne pas agir sur un coup de tête. Et pourtant, mise à part l'interruption inattendue, il avait planifié l'élimination avec le plus grand soin. Il n'y avait aucun indice pointant vers lui.

Les serpents muent.

Les papillons émergent de leurs cocons.

Les cigales sortent de leur carapace.

Les plans, comme les marées, sont destinés à changer.

Non, il avait besoin du gamin.

S'il pouvait avoir celui-là, il serait en paix. Pour un temps.

Il regarda l'ancienne gare ferroviaire. Il avait gardé la fille Baker vivante dans ce bâtiment et personne ne l'avait trouvée. Elle était cachée, à la vue de tous, invisible, comme les vieux. Même quand ils vous regardent droit dans les yeux, leurs yeux fatigués cherchant la reconnaissance, la plupart des gens passent devant eux sans les voir. Parce qu'on ne voit que ce qu'on veut bien voir.

Il avait attaché le gosse, bien serré.

Il prit son temps pour appâter un nouvel hameçon, savourant le calme du petit matin. Il attendait, pour être sûr que le bruit des tuyaux contre le mur de pierre soit recouvert par des sons plus paisibles. Les mouettes criaient au-

dessus de lui. Au loin, une corne de brume attira son attention. Mais tous les sons venant de l'intérieur du petit bâtiment, tout comme les craquements de l'ancien pont de chemin de fer, se perdaient dans la brise matinale. Enveloppés de tissu, ces vieux tuyaux sont largement assez solides, se dit-il. Il sourit. Posant les jambes sur le rebord du bateau, il se détendit et jouit de l'odeur de boue dans l'air du matin.

3

Épuisée et grincheuse après une nuit agitée, Augusta s'assit sur son lit et se sécha les cheveux avec une serviette. Elle fixa du regard le pic-vert perché sur le rebord de la fenêtre.

Trois mois déjà que les trois sœurs purgeaient leur peine. C'était comme ça qu'elle pensait maintenant aux conditions incluses dans les dernières volontés et le testament de leur mère. Et elle était plus embrouillée que jamais. En fait, elle ne s'était pas attendue à hériter d'un centime, surtout qu'elles ne s'étaient pas parlé pendant des années. C'était triste, mais elle ne pouvait même pas se souvenir de la dernière fois où elle avait eu une vraie conversation avec sa mère. Elle ne pouvait même plus se rappeler son visage. Elle essayait d'analyser ce qu'elle ressentait mais ne pouvait identifier une émotion particulière. Derrière son insensibilité se dissimulait quelque chose de douloureux, mais elle le repoussa.

Même si elle n'était pas aussi froide que Caroline et Savannah semblaient le croire, elle n'était pas non plus sujette à des accès de sentimentalité. Une caractéristique normale, vu que leur mère avait ressemblé à un mur de briques avec très peu de fissures. Néanmoins, Augusta avait été surprise d'apprendre que Caroline et Savannah avaient découvert de nombreux cartons de souvenirs au grenier, tous dissimulés par Flo apparemment. Leur mère avait un côté sentimental caché.

Prenez par exemple la chambre où Augusta dormait. C'était la chambre d'Augusta quand elle était petite, mais rien ne ressemblait plus à l'endroit où elle était passée par ses angoisses d'ado. Les murs avaient été remis à neuf et repeints en kaki. Ses couvertures de magazines et ses posters accrochés au petit bonheur la chance avaient fait place à des peintures respectables. Flo avait transformé cette pièce en chambre d'amis. Mais si vous recherchiez la nostalgie, elle était là : une simple collection de photos sur la commode en noyer, toutes d'Augusta avec ses sœurs et Josh Childres, son meilleur ami et complice pendant leur enfance.

Jetant sur la moquette sa serviette humide, elle s'avança vers la commode et saisit une photo d'elle et de Josh. Sur celle-ci, ils avaient probablement dix ans tous les deux et brandissaient une massette. Flo avait ordonné la démolition du logement des esclaves. Sachant combien cela comptait pour Augusta de détruire les dernières traces de leurs péchés de confédérés, elle avait laissé Augusta et Josh y donner les premiers coups. Sa sœur Caroline n'avait pas approuvé et avait refusé de participer. Sa sœur aînée estimait que bons ou mauvais, les vestiges de la culture des esclaves de Charleston faisaient partie de leur histoire et devaient être respectés. Sa sœur Savannah quant à elle était trop jeune pour soulever le lourd marteau ou avoir une opinion. Mais Augusta et Josh s'en étaient donné à cœur joie de tout détruire sur leur passage. Sauf qu'Augusta s'était limitée à des objets inanimés. Josh avait été distrait par les moustiques et les mouches, brandissant son marteau comme une arme de Viking.

Le fils unique de leur gouvernante Sadie était un gamin arrogant et plein d'entrain. Chéri par Sadie et Flo, c'était probablement le seul mâle que Florence Willodean Aldridge n'avait pas méprisé, en dehors de Sammy bien sûr. Elle avait adoré Sammy par-dessus tout. Sinon avant sa mort, du moins surtout après.

La disparition de son petit frère avait été un tournant dans leur vie, les changeant toutes, et pas en bien. Caroline s'était mise à vouloir plaire à tout le monde. Elle avait pris sur elle-même d'essayer de rendre heureuse leur mère morose et avait échoué à chaque occasion. Savannah s'était isolée dans sa tête. Leur père les avait abandonnées moins de deux mois plus tard. Il s'était trouvé une nouvelle petite amie puis était décédé, tout cela dans les six mois qui avaient suivi la mort de Sam. Et Augusta... Eh bien, elle était devenue un peu une perturbatrice, rebelle et en colère.

Elle aimait penser qu'elle avait changé, mais la vérité grondait quelque part sous la surface, menaçant d'entrer en éruption n'importe quand. Elle était *encore* en colère, mais c'était difficile maintenant de jouer la rebelle comme une ado. Elle était censée être une adulte.

Et de toute façon, contre quoi est-ce qu'elle se rebellait ? Flo ne s'était jamais souciée de ses filles. Si elles restaient tout simplement à l'écart, loin d'elle et du journal, leur mère était gaie comme un pinson, enfouie dans son palais en bord de mer.

Augusta soupira et reposa la photo sur la commode, jetant un coup d'œil rapide aux autres. Avec toutes ces photos occupant une place d'honneur, on pouvait facilement penser que ses filles avaient compté aux yeux de Flo. Mais c'était probablement juste pour le show, pour que ses invités louent son dévouement sans faille envers ses filles rebelles et ingrates.

À moins que Flo ait vraiment voulu garder une trace d'Augusta ici, comme un mémorial de la fille qui l'avait abandonnée. Qui sait ? Toutes les réponses avaient disparu depuis longtemps maintenant, enterrées avec leur mère.

Elle observa la photo de Josh.

Augusta ne l'avait pas souvent revu depuis que Caroline avait réussi à le fâcher en le citant comme source dans son article sur les meurtres de Secessionville. Un article qui avait d'ailleurs aussi failli aboutir au renvoi de son propre fiancé de la police. Comme Flo l'aurait probablement fait elle-même, sa sœur avait poursuivi Ian Patterson comme un pitbull. Augusta se demandait dans quelle mesure son propre entêtement était lié à l'arrestation de Ian. Elle n'arrivait pas à s'ôter de l'esprit qu'il était innocent. Cette impression se cramponnait à elle plus obstinément que les poils de leur retriever Tango.

Dégoûtée, elle se détourna de la commode.

Elle avait trop de choses en tête en ce moment, surtout avec la rénovation de la maison. À sa mort, leur mère avait assigné une tâche à chacune de ses filles. Une corvée finale pour gagner une dernière prime. Flo ne donnait jamais rien gratuitement. Ni les câlins. Ni les sourires. Tout devait se *gagner*, et le prix comprenait en général un morceau de votre âme.

Le *travail* de Caroline consistait à redonner vie au *Tribune,* un des plus anciens journaux de Charleston, en le faisant sortir de sa douloureuse agonie. Savannah, sa plus jeune sœur et la préférée de leur mère, si Flo avait une préférée, avait la tâche de faire face aux démons de l'écriture et de composer un nouveau livre. Flo espérait sans doute que Savannah l'immortaliserait à l'encre. Quant à Augusta, elle devait restaurer la maison où elles avaient grandi. Une monstruosité remontant à l'époque de la guerre civile. Elle en était venue à la haïr. Et le bouquet : elles devaient faire tout cela en vivant ensemble sous le même toit, sans s'entretuer.

Augusta ne savait pas ce que cela était censé accomplir. Mais Flo avait un sacré sens de l'humour et elles étaient les dindons de la farce.

Jusque-là, Augusta s'était contentée de vêtements rangés dans un seul tiroir, réticente à se mettre trop à l'aise. Mais elle ouvrit le tiroir de la commode et le trouva vide. Un coup d'œil au bas du placard confirma que toute sa garde-robe était là, par terre, attendant la lessive. Un sourire ironique se dessina sur ses lèvres. Apparemment, une garde-robe limitée ne marchait que si vous étiez prête à faire souvent la lessive.

Retirant un short de la pile sale et ramassant le plus propre des T-shirts, elle décida qu'un autre voyage à New York s'imposait. Elle avait gardé son appartement là-bas, avec la ferme intention d'y retourner après la fin de cette peine. Elle n'avait apporté que l'essentiel. Caroline allait piquer une crise si elle s'absentait à nouveau, elle le savait, mais elle ne pouvait pas faire autrement. À ce point, les crises de Caroline étaient le moindre de ses soucis. Même la maison venait bien après la situation avec Ian.

Qu'est-ce qu'il lui était passé par la tête ?

Coupable ou non, coucher avec lui avait été la chose la plus stupide de toute sa vie. N'osant pas explorer de trop près ses rêves de la nuit passée, elle descendit au rez-de-chaussée, passant par-dessus la planche mal ajustée qui avait causé la chute mortelle de sa mère. Pour la énième fois, elle s'arrêta pour l'inspecter et examiner le bois déformé. Cela ressemblait un peu à une infiltration d'eau, mais un coup d'œil en l'air ne révélait aucune tache au plafond. Touchant la marche du pied, elle décida de commencer dès que possible les travaux de rénovation de ce mausolée, cet hommage à l'aristocratie du Sud. Mon Dieu, si sa mère pensait qu'elle allait laisser la maison comme ça, elle avait complètement tort. Si elle était obligée de gérer la restauration de cette relique du Vieux Sud, celle-ci allait devenir quelque chose qu'Augusta pourrait regarder sans honte.

Ce n'était un secret pour personne qu'Augusta détestait cette maison. Elle détestait d'ailleurs tout Charleston et sa façade distinguée qui cachait une âme putride. C'était peut-être mélodramatique, mais cette description était parfaitement adaptée à ses sentiments. Donnez-lui plutôt New York et ses gens honnêtes et directs, et elle les accepterait en échange n'importe quand.

Au bas de l'escalier, elle se regarda dans le vieux miroir massif accroché dans l'entrée depuis un siècle littéralement. Elle fronça les sourcils en voyant les cernes sous ses yeux. Le miroir avait jadis appartenu à Charles Pinckney, l'un des signataires de la Déclaration d'indépendance. Mais cette distinction n'avait pas sauvé la plantation de Pinckney et il avait dû vendre la propriété, avec le miroir, en raison d'une mauvaise gestion. Sa perte avait apparemment été un gain pour les Aldridge, ou plutôt pour son arrière-arrière-grand-mère.

Quand elles étaient plus jeunes, Sadie les avait toutes convaincues que le miroir contenait les âmes des morts. Ce matin, c'était exactement ce à quoi elle ressemblait, à une morte. Le verre argenté n'était pas très flatteur, mais sa mère avait volontiers sacrifié sa réflexion pour le prestige de posséder un miroir jadis suspendu à Snee Farm.

Pour Augusta, tout ça était carrément de la merde. Elle n'aimait pas beaucoup se regarder dans un miroir, mais si elle devait le faire, mieux valait pouvoir se voir clairement.

Des voix lui parvinrent de la cuisine :

— Seigneur ! Caroline ! C'était pas la peine de faire ça, hein !

Augusta entra au moment où Sadie examinait un cadeau, apparemment de Caroline. Elle en sortit une petite louche et fit tourner le manche. Peint en jaune, le petit bol reposait sur une base en forme de tournesol miniature. Augusta s'avança pour l'inspecter. Réalisant ce que c'était, elle rougit et se détourna brusquement, disant seulement :

— Mignon.

Elle s'installa au bar de la cuisine et écouta sa sœur bavarder avec leur gouvernante de longue date et amie de leur mère, tout en essayant de bloquer tout souvenir des rêves de la nuit passée. *« Douce comme du miel... »*

— Où diable est-ce que vous avez trouvé ça ? demanda Sadie.

— Un petit magasin formidable à Mount Pleasant. Jack et moi on a déjeuné à Shem Creek la semaine dernière quand on faisait du shopping pour une robe de mariée.

— Je l'adore ! s'exclama Sadie. Vous avez décidé la date ?

— Non, pas encore, répondit Caroline.

Augusta pariait qu'ils ne le feraient jamais. Chez Caroline, la peur de s'engager frôlait la paranoïa. À son grand désarroi, Sadie posa le pot de miel sur l'îlot en face d'elle. Augusta regarda le bibelot en céramique non sans chagrin et essaya de ne pas penser à Ian.

Ce n'était pas comme si elle n'avait pas assez de pain sur la planche.

Et aujourd'hui, avant même de démarrer l'inventaire final des vestiges dont elles allaient se débarrasser à la vente aux enchères qu'elle avait organisée, elle devrait appeler son bureau à New York et signaler que son congé était permanent. Elle s'était menti à elle-même en imaginant qu'aucune d'elles n'allait pouvoir tenir plus de trois mois. Elles étaient toujours là, chacune profondément plongée dans sa tâche. La vérité était que, même si elle aimait à penser qu'elle était au-dessus de toute corruption, car c'était bien ce qu'était tout cet héritage, au fond elle ne l'était pas. Elle n'allait pas abandonner sa part de trente-sept millions de dollars. Jamais de la vie.

Ses sœurs non plus.

Peut-être qu'elle allait s'acheter un calendrier, l'accrocher dans sa chambre et cocher les jours comme un prisonnier oublié dans une cellule en pierre. La pensée la fit sourire. Accrocher un calendrier au mur avec des punaises rendrait furieux les fantômes de sa mère, comme autrefois.

— J'ai exactement ce qu'il faut pour mettre dedans ! annonça Sadie. J'ai acheté du miel local à Bee City. Mais mes filles, vous allez devoir venir chez moi pour le goûter, parce que je vais emporter cette belle petite chose avec moi.

— J'espérais bien que tu allais faire ça, dit Caroline. Tu t'occupes tellement de nous Sadie. Je voulais juste que tu saches combien on t'apprécie. T'as vu, il est signé, ajouta-t-elle en montrant du doigt le bas du pot.

Sadie poussa un petit cri de joie et embrassa Caroline sur la joue.

— Vous savez ce que j'apprécie ? Que vous ayez fait la vaisselle hier soir, ma petite.

Caroline tourna son regard vers Augusta.

— En fait, c'est Augie qui en a eu l'idée. On s'est dit que si tu cuisines pour nous, on peut au moins s'arranger pour nettoyer après.

Sadie se précipita vers Augusta et lui planta un baiser inattendu sur la joue.

Augusta se mit à rougir.

— Sapristi ! s'exclama-t-elle. Tous ces chichis à l'eau de rose me rendent malade.

Mais elle sourit, réchauffée par le baiser sincère de Sadie.

Son cœur protesta quand Sadie s'éloigna d'elle. C'était la seule personne chaleureuse de sa jeunesse dont elle pouvait se souvenir. Ses bras aimants lui manquaient.

Comme d'habitude, la cuisine sentait très bon, avec l'odeur de pain fraîchement cuit et de bacon fumé au bois de pommier. Le mieux qu'elle ait jamais eu à New York était l'odeur persistante d'une boîte de bagels H&H ou de café, de libre-échange bien sûr, fraîchement torréfié.

D'accord, il y avait donc peut-être des choses à Charleston meilleures que dans le nord. Au moins, cette peine de prison lui donnait l'occasion de renouer avec ses sœurs et avec Sadie. Néanmoins, cela l'agaçait que même de sa tombe leur mère ait toujours le contrôle de leur vie.

— Du café Augusta ?

Les yeux écarquillés, Augusta fit un grand oui de la tête à Sadie :

— S'il te plaît !

Mais elle se leva et alla elle-même chercher une tasse, ne s'attendant pas à être servie par Sadie. Elle était un peu distraite ce matin.

— Voilà, annonça Sadie, lui apportant une cuillère propre, tandis que le téléphone de Caroline se mit à sonner.

Comme elle en avait pris l'habitude ces jours-ci, Caroline se précipita sur son portable, en espérant que ce soit Jack. Ils étaient devenus inséparables depuis leur réconciliation. Augusta était heureuse pour sa sœur même si, à son avis, on ne pouvait pas retourner en arrière. Une fois que quelque chose était brisé, c'était brisé pour de bon. Comme une tasse cassée, on pouvait recoller les morceaux, mais pas se débarrasser des taches de colle. Au moins, sa mère avait eu raison sur ça.

Un souvenir lui traversa soudain l'esprit : elle tendait à Flo une tasse réparée, une jolie tasse à thé en porcelaine blanche avec des azalées peintes à la main. Sa mère la lui avait redonnée et lui avait dit de la jeter. Elle était abîmée. Inutilisable. Sans valeur. Augusta repoussa ce souvenir.

Elle espérait vraiment le meilleur pour Jack et Caroline.

— Allo ? dit Caroline avec le sourire, claire indication que c'était bien Jack Shaw.

Mais son sourire disparut et elle se précipita dans l'entrée pour parler :

— Oh non ! s'exclama-t-elle.

Augusta et Sadie échangèrent un regard complice.

— Déjà des problèmes au paradis ?

Augusta haussa les épaules. Ça ne la regardait pas. Elle prit la cuillère et remua la crème dans son café, essayant de ne pas écouter la conversation dans le couloir.

Sadie mania la petite baguette de son cadeau.

— Augusta, ma chérie, vous avez vu mon pot de miel ?

Augusta fit oui de la tête et se mit à rougir. Elle aurait voulu que le fichu pot soit n'importe où ailleurs que devant elle. C'était un bon geste de sa sœur, mais elle ne voulait surtout pas que quelque chose lui rappelle l'homme pour lequel elle avait perdu la tête.

— Oh mon Dieu ! entendit-elle Caroline s'écrier. Oh mon Dieu, Jack !

Caroline étouffa ses derniers mots. Un frisson parcourut le dos d'Augusta. Sa sœur n'était pas du genre mélodramatique. Aucune d'entre elles ne l'était, mais surtout pas Caroline. L'aînée des enfants de Florence Willodean Aldridge, c'était souvent elle qui devait recoller les morceaux. Parfois, Caroline semblait être une forteresse aussi solide que leur mère.

Écoutant aussi la conversation, Sadie lança à Augusta un regard curieux. Augusta sirota son café, attendant que Caroline revienne à la cuisine. Qu'est-ce qui pouvait bien la bouleverser à ce point ce matin ?

Peut-être que Jack se désistait ?

Mais Augusta ne le pensait pas. Elle n'avait jamais vu un homme avec de plus grands yeux doux que son beau-frère potentiel. Après dix ans de séparation, elle ne pensait pas que ces deux-là pourraient désormais être séparés d'un pouce. Mais Jack était agent de police, alors c'était peut-être en rapport avec son travail.

Il se fit un silence de mort dans l'entrée. Quand Caroline revint dans la cuisine, elle était pâle comme un linge et avait les yeux vitreux.

— Mon Dieu ! Qu'est-ce qui se passe ? demanda Sadie, ses yeux noirs remplis de crainte.

Refoulant ses larmes, Caroline s'avança, le regard

vide tourné vers Augusta. Elle déglutit et s'agrippa à l'îlot de cuisine.

— Ils ont retrouvé le corps de Pam Baker.

— Oh non ! s'écria Sadie.

Caroline semblait sur le point de s'évanouir.

— Et il y a quelque chose de plus, ajouta-t-elle.

Un frisson parcourut Augusta.

IAN AVAIT APPRIS à ignorer la plupart des sons de la prison, mais de petits bruits l'énervaient quand même. Sa chasse d'eau qui coulait tout le temps, le lointain *ding, ding, ding* de quelqu'un qui tapotait impatiemment sur un lit en métal et un son sourd qui ressemblait à des ongles sur le mur en ciment.

Allongé sur son lit, il fixa du regard les taches jaunes sous le matelas du lit placé au-dessus du sien. Il se demandait comment diable il était devenu tellement impliqué dans les affaires de quelqu'un d'autre.

Comme d'habitude, tout avait commencé assez innocemment. On lui avait demandé de chercher une fille de sa paroisse qui avait disparu. Jennifer Williams, âgée de seize ans, l'avait accusé de conduite inappropriée. Dans la souffrance à l'époque, le rejet de Ian l'avait abattue.

La jeune fille avait presque aussitôt regretté son accusation et avoué, mais trop tard pour sauver l'affiliation de Ian à l'Église. C'était tout aussi bien. Il n'était pas fait pour être prêtre.

Il n'était manifestement pas non plus fait pour être le sauveur de qui que ce soit, parce qu'il faisait un piètre boulot en essayant d'aider les autres, ou même de s'aider lui-même. Il avait réussi à plonger tête la première dans un tas de merdes juridiques. D'abord les accusations de Williams. Et maintenant, il était détenu non pas pour un mais pour deux meurtres qualifiés, sans avoir commis ni l'un ni l'autre.

Prévue dans trente minutes exactement, son audience préliminaire établirait une fois pour toutes si les preuves étaient suffisamment solides pour un procès.

Il savait qu'elles ne l'étaient pas. Quatre-vingt-dix pour cent des preuves avaient été truquées. Mais par qui et pourquoi ? Ça, il l'ignorait. Il comprenait juste que quelqu'un savait qu'il se rapprochait de la vérité et voulait se débarrasser de lui. Il sentait au fond de lui que tout conduisait aux Aldridge. Il y avait un lien, mais il ne savait pas encore lequel.

— Vous appréciez vos vacances ?

Reconnaissant la voix, Ian se raidit. Il ne prit pas la peine de se lever.

— Bien sûr, répondit-il, jetant un regard à celui qui le regardait à travers les barreaux. Les chambres sont grandes. J'ai toujours voulu une vue plongeante sur ceux qui se faisaient baiser, au sens propre et au sens imagé.

Jack Shaw se tenait devant sa cellule et l'évaluait du regard. Ian se redressa.

— Vous auriez belle allure en rose, suggéra Shaw, faisant référence à la couleur des tenues données par l'État aux délinquants sexuels. Mais personnellement, je préférerais vous voir en vert.

La couleur pour les condamnés à mort.

Même si Ian était innocent, la remarque de Jack fit mouche.

Il y a longtemps, il avait cru que toutes les bonnes gens allaient au ciel et les méchants en enfer. Il soupçonnait maintenant qu'il n'y avait ni ciel ni enfer, sauf celui qui existait ici sur terre, et spécialement ici, dans cette cellule. Il n'aurait jamais imaginé qu'un innocent puisse être reconnu coupable d'un crime, même après l'accusation de Jennifer Williams. En fin de compte, la justice avait prévalu. Mais pour l'instant, il faisait face à la possibilité d'être condamné à mort, parce que la Caroline du Sud était l'un des trente-trois États qui avaient encore un couloir de la mort.

Aux prises avec sa colère, il regarda ses chaussures de prisonnier.

— Qu'est-ce que vous voulez Shaw ?

— Voir votre réaction je suppose.

Ian se pencha en avant, intéressé malgré sa colère. Il serra les poings. Il ne lèverait plus jamais les mains en prière.

Il n'y avait pas de justice.

Il n'y avait pas de Dieu.

Il n'y avait plus d'innocents.

Pas même lui.

Shaw le regardait d'un air rusé.

— Ma réaction à quoi exactement ?

— Vous allez vite le savoir, suggéra Shaw. Je voulais être celui qui vous annoncerait la nouvelle. Ils ont apparemment retrouvé le corps de Pamela Baker.

L'estomac de Ian se serra. Ça n'avait pas d'importance qu'ils le pensent coupable. Il ne l'était pas. Et maintenant, une autre morte. Il se prépara pour le reste de la nouvelle. Mieux valait qu'il sache exactement de quoi on l'accusait.

— Et alors ?

Shaw haussa les épaules.

— On dirait que vous êtes tranquille pour celui-là.

Ian bondit sur ses pieds.

— Pourquoi ?

— C'est pas le genre de question qu'un innocent pose.

— Mon innocence vous a pas empêché d'essayer

de me poursuivre en justice jusque-là ni de harceler la jeune fille qui est mon alibi.

— Les gens mentent, suggéra Shaw.

Les deux se regardèrent fixement.

— Baker est morte depuis moins d'une semaine, ajouta finalement Shaw.

Clignant des paupières, Ian se dirigea vers les barreaux et regarda Jack droit dans les yeux. Quelque chose qui ressemblait à de l'espoir grandissait en lui.

— J'ai tué personne, jura-t-il pour la énième fois.

— C'est ce que vous avez dit.

— C'est la vérité.

Il tendit la main vers le barreau et enroula son poing autour du métal froid.

Shaw ne prit pas la peine de bouger.

— C'est ce que vous dites.

Les yeux dans les yeux, Ian faillit supplier dans un moment de faiblesse.

— Je ne suis pas coupable, insista-t-il, la mâchoire serrée.

Shaw semblait l'observer plus attentivement.

— Peut-être pas, concéda-t-il après un long moment.

Puis il fit un pas en arrière, se retourna et s'en alla, en suivant le couloir vers les portes de sécurité, laissant Ian bien verrouillé derrière les barreaux.

— Je veux voir mon avocat ! lui cria Ian.

— Il est en route, rétorqua Shaw sans se retourner.

Dieu lui vienne en aide. Ian ressentit un sursaut de soulagement. Plus que de l'amour ou de la compassion, voire même de la souffrance pour la jeune fille qui avait trouvé la mort, il ressentit du soulagement pour lui-même.

Tandis qu'il regardait Shaw disparaître derrière les portes de sécurité, il savait sans l'ombre d'un doute que tout vestige de l'homme qu'il avait été, ou essayé d'être, avait disparu.

Qui était-il maintenant ?

Quelqu'un qu'il ne connaissait pas.

Quelqu'un qu'il ne voulait pas connaître.

Après l'appel de Jack, Caroline alla directement à l'hôpital voir Rose Simmons. Augusta refusa de l'accompagner, surtout parce qu'elle ne pouvait pas supporter l'idée de se trouver face à face avec Rose ou sa famille, ne sachant pas encore ce qu'elle allait faire.

Un souvenir de Cody Simmons, minuscule, prématuré, les cheveux noirs, vint à l'esprit d'Augusta tandis qu'elle était assise dans la voiture de sa mère. Elle fixait du regard le bâtiment de King Street où se trouvait le bureau de Greene & Ashe Law, l'avocat de la famille. Il y avait des barreaux aux fenêtres, une nécessité dans cette partie de la ville. Même si elle avait défendu la décision de Daniel de rester ici dans cette zone urbaine en reconstruction, parce qu'elle admirait sa détermination à rester près des gens qui avaient le plus besoin de lui, elle ne se sentait plus à l'aise quand elle venait seule, depuis son agression le mois dernier. Elle avait verrouillé les portières et les vitres étaient remontées, mais la climatisation de la vieille voiture laissait à désirer.

Des gouttes de sueur lui coulaient entre les seins. Elle attendait, regardant tour à tour avec anxiété le journal sur le siège du passager et la porte du bureau peinte en noir.

Son téléphone retentit soudain dans son sac à main. Elle le saisit avec une certaine appréhension. C'était Josh. Elle fit une grimace en voyant qui c'était. De tous ceux qui pouvaient l'appeler, il était le seul qu'Augusta ne pouvait se résoudre à éviter. Contrairement à ses sœurs, elle se sentait obligée de décrocher quand il appelait, même si elle ne voulait pas lui parler. Peut-être un reste de loyauté ? Quand ils étaient enfants, sa mère disait qu'ils s'entendaient à merveille. C'était vrai, mais les choses avaient changé. Elle avait changé. Elle répondit et essaya de dissimuler le chagrin dans le ton de sa voix.

— Bonjour.

— Salut toi. J'ai entendu la nouvelle sur Cody. T'es où ?

Augusta fronça les sourcils à sa question. Pour un gars qui semblait réussir en tout, il manquait étrangement de savoir-vivre. Augusta ne voulait pas lui dire où elle était.

— En ville, dit-elle vaguement.

— Tu vas bien ?

— Ça va, le rassura-t-elle sans vouloir en dire plus.

Les jours où elle confiait tout à Josh étaient révolus. En plus, il ne pourrait pas comprendre.

Il y eut une longue pause à l'autre bout de la ligne. Elle avait le sentiment que sa réponse le décevait. Comme si en quelque sorte Josh s'était attendu à ce qu'elle réagisse à la nouvelle de la disparition de Cody avec la même indignation que quand elle était jeune. Plus même, elle sentait qu'il avait *besoin* qu'elle compte sur lui.

Un souvenir lui vint spontanément : tous les deux derrière le hangar à bateaux. Le jour où il l'avait embrassée. Ils avaient seize ans. Augusta l'avait immédiatement regretté et leur relation avait souffert par la suite, même si Josh semblait déterminé à prétendre que tout était exactement comme avant.

Eh bien non, tout n'était pas comme avant.

— Je voulais juste être sûr, dit-il. T'es en route vers l'hôpital ?

Elle ressentit une pointe de culpabilité.

— Caroline est là-bas, dit-elle. Tu sais que je suis pas très douée avec les mots.

— Si ça peut te consoler, je crois que personne sait vraiment quoi dire. Merde alors, c'est horrible. Promets-moi de faire attention.

Pourquoi est-ce que tout ce qu'il disait ces temps-ci semblait l'agacer ? Elle frappa le volant de la main et jeta un œil vers la porte du bureau de Daniel Greene.

— Promis Josh. Mais t'as pas à t'inquiéter pour moi, tu sais. Je suis une grande. Je peux m'occuper de moi-même.

Mais cela n'était pas tout à fait vrai. Ils avaient tous besoin d'un œil vigilant ces jours-ci, y compris Josh. Jusqu'à présent, on avait découvert trois corps. Tous nus, les mains en prière, la langue arrachée. Même si la police essayait de rester discrète sur les détails, il y avait peu de chance qu'Augusta ne connaisse pas certains détails horribles quand sa sœur était à la fois une victime potentielle et l'éditrice du *Tribune.* Sans mentionner le fait que le fiancé de Caroline avait été, au moins au début, le détective chargé de l'enquête.

Josh essayait d'aider, se dit-elle. Il n'était pas comme Caroline qui voulait toujours s'occuper de tous les détails. Au point d'éclipser tout le monde. Alors pourquoi est-ce qu'elle réagissait ainsi à l'égard de Josh ? Peut-être à son propre sentiment de culpabilité pour le baiser derrière le hangar à bateaux ? Elle n'avait jamais embrassé personne avant et l'avait en fait incité, avide de faire cette expérience. Le fait que cela lui ait donné une sensation de malaise n'avait rien à voir avec Josh ou avec ce qu'il avait fait. C'était uniquement de sa faute à elle.

De l'autre côté de la rue, Daniel Greene se gara devant son bâtiment et sortit de sa voiture.

— Bon Josh, je dois y aller.

Il soupira, mais Augusta ne pouvait pas changer ce qu'elle ressentait. Elle voulait qu'il oublie et aille de l'avant.

— Salut, dit-il.

Augusta raccrocha au moment où Greene entra dans son bureau. Elle reposa les yeux sur l'édition du matin du *Tribune* à côté d'elle, sur le siège du passager.

Ian était innocent, elle en était sûre.

Se mordant la lèvre, elle fixa le journal du regard. Jack n'avait pas donné beaucoup de détails à Caroline, mais elle en avait assez entendu pour savoir que Pamela était encore vivante une semaine auparavant. Elle était morte maintenant. C'était impossible que Ian l'ait tuée pendant qu'il était derrière les barreaux. Non, c'était le fait de quelqu'un d'autre. Elle se sentit plus coupable de ne pas avoir donné son témoignage plus tôt. Un alibi en plus aurait pu faire sortir Ian de prison. Apparemment, malgré ses beaux discours, elle était juste une poule mouillée. Mais elle pouvait se rattraper maintenant.

Considérant les conséquences possibles de sa décision, elle resta assise, comme enracinée sur son siège. Pas exactement partagée, juste remplie de crainte.

Caroline allait piquer une crise. Savannah ne dirait rien, mais en son for intérieur elle penserait qu'Augusta était folle. Qui savait ce que Jack ferait, compte tenu des crimes dont Ian Patterson était accusé : deux assassinats et au moins une tentative de meurtre. Et sa sœur Caroline, une victime potentielle.

Le fait est que... dès le début, Augusta n'avait pas cru Ian coupable. Même si elle était présente l'après-midi où ils l'avaient menotté et embarqué dans les ruines de leur propriété, elle avait du mal à croire que tout cela était vrai.

Ce regard blessé de Ian, elle ne pouvait pas l'oublier. Il l'avait regardée fixement, les yeux bleus remplis de colère. Et de quelque chose d'autre.

De la déception ?

Maintenant un autre enfant avait disparu. Dans ses tripes, Augusta sentait que Ian était la meilleure chance pour Cody Simmons. Elle le sentait même dans ses os. Peut-être pas tout à fait comme Savannah *savait* des choses, mais elle le sentait néanmoins, sans équivoque. Malgré le fait que cela semblait aller à l'encontre de toute pensée rationnelle. Ian *savait* quelque chose. Même s'il ne savait pas ce qu'il savait. Et quelqu'un était prêt à le piéger pour ça.

Une audience avait été prévue pour le matin. Les nouvelles faisaient déjà tous les gros titres. Ils avaient pris la décision très sensible et controversée de mettre Ian en liberté sous caution plutôt que de le garder en prison. Un million et demi, mais il lui suffisait de trouver dix pour cent. Elle savait qu'il n'avait probablement pas tout cet argent.

Mais Augusta l'avait.

Leur avocat allait rechigner, mais il ferait exactement ce qu'elle demandait. Après tout, c'était son argent et elle avait le droit de l'utiliser comme bon lui semblait. Cette fois, il ne s'agissait pas seulement de se mettre du côté de l'opprimé. Cela venait d'un désir profond et persistant de justice. Et Ian Patterson était au cœur de cette justice. Ayant passé les six derniers mois à rechercher Jennifer Williams, il en savait autant que la police sur cette enquête.

Peut-être qu'il trouverait Cody ? Il n'y avait pas beaucoup de chances, mais elle était prête à prendre le risque. À laisser les cartes tomber comme elles le devaient.

Même si cela signifiait ajouter son nom à la chasse aux sorcières.

Même si cela signifiait rompre le lien fragile qu'elle avait finalement renoué avec ses sœurs.

Même si cela signifiait prendre le risque d'avoir tort.

Prenant une profonde inspiration, elle ouvrit sa portière et sortit de la Town Car de sa mère. Elle verrouilla la voiture, mit les clés dans son sac à main, puis se dirigea vers le bureau de Daniel Greene, avec l'intention de payer la caution de Ian.

4

Apparemment, Madame Justice avait un nom : Augusta Aldridge.

Moins de deux heures après l'audience, une fois sa procédure de sortie terminée, Ian se précipita vers la porte. Il s'attendait presque à trouver Augusta l'attendant à l'extérieur. Elle avait payé sa caution, mais pas en personne. Elle avait envoyé son avocat à sa place. Il ne savait pas exactement comment prendre son geste. Mais il savait bien ce qu'il ressentait : il était à la fois soulagé et déçu de ne pas apercevoir ses cheveux blonds à l'extérieur de la gendarmerie, même s'il ne savait pas ce qu'il devrait lui dire, outre la remercier.

Il n'était pas arrivé à l'oublier.

Pendant ces trois semaines passées en grande partie dans sa propre tête, le visage d'Augusta avait été comme un fantôme constamment devant ses yeux. Son regard quand ils l'avaient menotté et emmené après l'épreuve de la sœur d'Augusta l'avait blessé plus profondément qu'il ne s'y était attendu. Surtout qu'il ne la connaissait pas vraiment. Il avait passé une nuit avec elle. Une seule nuit.

Mais une sacrée nuit.

Augusta n'était pas le genre de fille que vous pouviez facilement oublier. Effrontée. Honnête. Jolie. Elle parlait ouvertement et n'avait pas peur d'afficher ses sentiments. Exactement le genre de femme qu'il rechercherait, s'il était libre. Mais il n'était pas libre.

Pire encore, il était perdu.

Il n'avait pas encore digéré son excommunication de l'Église. Il n'avait jamais accepté à bras ouverts l'exigence du célibat, mais il avait été prêt à faire ce qu'il fallait. Ce n'était cependant pas son problème à l'heure actuelle.

Pour le moment, même s'il ne désirait rien de plus que s'éloigner et oublier tout ce qu'il savait, oublier qu'un meurtrier rôdait en quête de vies innocentes, il ne pouvait pas le faire. En fin de compte, quelqu'un était prêt à chambouler sa vie pour se débarrasser de lui. Quelqu'un l'observait. Et si on l'observait, c'est parce qu'il se rapprochait, même s'il ne savait pas de quoi. Mais il ne passait plus sous le radar, peut-être même qu'on l'avait repéré dès le début. S'il laissait Augusta Aldridge s'approcher de lui, il la mettrait aussi en danger. Parce que maintenant plus que jamais, Ian était déterminé à découvrir qui était responsable de la disparition de Jennifer Williams. Il avait le pressentiment que cette personne était également responsable de la mort d'au moins trois autres femmes, peut-être plus. En fait, il en était sûr. Même si on n'avait pas encore retrouvé le corps de Jennifer, il savait dans son for intérieur que les disparitions et les meurtres étaient tous connectés, y compris la disparition d'Amanda Hutto, une fillette de six ans de Folly-sur-Mer qui ne correspondait pas au profil des victimes connues.

Il héla un taxi et se rendit directement au service de location de voitures le plus proche. Il loua la voiture la moins chère qu'ils avaient, une Ford Focus rouge qui malheureusement ne l'aiderait pas à passer inaperçu. Son Acura avait été mise en fourrière pour y trouver des preuves. Heureusement, ils ne l'avaient pas détruite pendant le processus. Peut-être qu'il pourrait bientôt la récupérer. En attendant, il lui fallait une voiture. Il avait aussi besoin d'un peu plus de temps pour réfléchir à ce qu'il devait faire avec sa pauvre petite fille riche.

Avec un peu de chance, sa sœur Caroline n'allait pas fourrer son nez, et son journal tout juste bon à emballer le poisson, dans ses affaires. Mais il était sûr que ce n'était pas son style. Il pourrait toujours se débarrasser de cette connexion le moment venu. Il fallait commencer par le commencement. Il décida de rentrer chez lui et de voir si les flics avaient raté quelque chose quand ils avaient fouillé sa maison. Quelqu'un avait planté des preuves pour l'incriminer et Ian avait bien l'intention de savoir qui. Il n'avait jamais vu ce sac avant, ni son contenu, mais celui qui l'avait préparé avait su précisément quoi mettre à l'intérieur, y compris le même rouleau adhésif utilisé pour fermer la bouche des victimes et un flacon de teinture bleue, avec divers autres objets.

Il prit l'autoroute et traversa le fleuve Ashley vers James Island, chassant Augusta Aldridge de ses pensées.

Pour son propre bien à elle.

Pour son propre bien à lui.

POUR LE MEILLEUR ou pour le pire, l'acte était accompli. Augusta se préparait maintenant au pire. Au volant de la vieille Lincoln Town Car jaune citron de sa mère, elle prit l'allée de graviers et s'arrêta devant leur maison. Elle coupa le moteur et observa le bâtiment.

Juste devant, dans un jardin circulaire, se dressait

un chêne massif entouré d'azalées frissonnantes. À travers le pare-brise, Augusta regarda le vieil arbre maintenant bossu, avec d'un côté des branches qui s'étendaient vers le sol comme une mère penchée sur ses enfants. De l'autre côté, les branches qui menaçaient le toit avaient été élaguées, amputées, comme les bras et les jambes des soldats confédérés.

C'était là le problème, se dit Augusta. Ce que la plupart voyaient de l'extérieur, les pignons comme dans les contes se dressant par-dessus les chênes majestueux généreusement recouverts de mousse espagnole, et l'agréable place circulaire, rien de tout cela ne trahissait les sombres secrets dissimulés à l'intérieur de ces vieux murs.

Si certains gosses peuvent avoir des visions de dragées dansantes, celles d'Augusta avaient été de femmes atteintes de paludisme et de bébés esclaves travaillant dans les rizières. C'est ce que grandir près du quartier des esclaves faisait à l'imagination d'un enfant. Elle n'avait jamais compris comment Sadie avait pu s'installer dans la maison de ce foutu gardien d'esclaves. Mais c'était le problème de Sadie, pas le sien. Elle s'était depuis longtemps résignée au fait que Sadie avait le droit de dormir là où elle voulait. Si elle voulait poser la tête là où avaient dormi ceux qui avaient torturé ses ancêtres, ainsi soit-il. La « grande maison » avait d'ailleurs sa part de problèmes, et non des moindres, introduits par la génération actuelle des Aldridge, elle-même incluse.

Elle soupira. Un souffle traduisant en partie de la mélancolie, du soulagement et de l'appréhension.

Quand elle était enfant, des magazines comme *Southern Living* et *House Beautiful* étaient venus photographier les traces d'une époque révolue : les azalées autour de la façade en bois blanchie à la chaux, les hautes lucarnes qui pour Augusta ressemblaient à des yeux sinistres observant le monde. Elle dirigea son regard vers le belvédère, la promenade des veuves, comme on l'appelait dans la région. Son point culminant atteignait presque douze mètres sous les arbres, sa girouette en cuivre presque invisible dans la couverture de branches et de mousse qui l'entourait. Personne n'y montait plus jamais, mais c'était un vrai belvédère, pas pour faire beau. On ne pouvait y accéder que par le grenier maintenant, mais elle et ses sœurs y avaient marché pour se faire bronzer. Elle se demanda, pas pour la première fois, combien de veuves avaient attendu là-haut le retour de la guerre de leur mari et de leurs fils, boitillant, des membres amputés et l'ombre de la mort dans les yeux.

Tapotant les doigts sur le volant, elle laissa ses pensées retourner à Ian.

Est-ce qu'ils l'avaient enfin relâché ?

Elle inspira d'un souffle fragile, se demandant s'il lui téléphonerait.

Diable, qu'est-ce qu'elle pourrait bien lui dire ?

D'ailleurs, qu'est-ce que ses sœurs diraient quand elles découvriraient qu'elle avait payé sa caution ?

En réalité, elle n'était pas différente de cette maison. Elle offrait une façade au monde, mais derrière cette façade se cachaient des secrets qui révélés au grand jour changeraient la perception que les gens avaient d'elle. Malgré ses meilleures intentions, elle semblait ajouter à ces secrets de jour en jour. Pour son bien, il lui fallait croire que tous ses péchés pouvaient être absous.

Repoussant résolument Ian hors de ses pensées, elle étudia la maison qu'elle avait fini par mépriser. Elle se demandait par quelle partie commencer pour la rénovation. D'une certaine façon, même avec tout le drame qui les entourait, elle allait *devoir* prendre le temps de le faire, entre les funérailles et l'aide au meurtrier présumé. Mon dieu, dans quel bazar elle se trouvait ! Et bientôt, si elle ne se mettait pas à travailler sur la maison, elle se retrouverait aussi sans le sou.

Peut-être qu'elle pourrait appeller un entrepreneur demain ? Elle avait quelques recommandations, mais elle n'était pas allée plus loin.

Quand elle avait considéré la tâche de restaurer la vieille maison pour la première fois, c'était avec ressentiment et sans but réel. En fait, la seule chose qui l'avait un peu emballée était la chance de littéralement vider le truc et de se débarrasser de chaque meuble. Absolument rien ne lui aurait fait plus grand plaisir que de jeter dans un feu de joie ces vieux fusils de la guerre civile suspendus dans le bureau de sa mère et les portraits de famille de personnes auxquelles elle ne voulait pas être apparentée. Mais voilà, après avoir pleurniché pendant trois mois sur la tâche que sa mère lui avait confiée, croire que cette vieille maison pourrait en quelque sorte être rachetée commençait à devenir important pour elle.

Peut-être que sa mère avait su quelque chose après tout.

Non, décida-t-elle, refusant d'admettre que sa mère pouvait avoir du mérite. Florence W. Aldridge était restée complètement absente de leur vie. Elle ne s'était pas mise à s'occuper d'elles depuis sa tombe.

Augusta retira la clé du contact et sortit de la voiture. Elle claqua la portière et la verrouilla. Avant, on ne pensait même pas à verrouiller sa voiture devant sa maison, mais après tout ce qui s'était passé récemment, on ne pouvait pas être trop prudent.

Elle s'arrêta sur la dernière marche du perron et regarda le marais. Il y avait toujours une légère brise à proximité de l'eau, et les herbes des marais s'inclinaient docilement sous le soleil oppressif de l'après-midi.

Où est-ce que Ian va aller en premier ? Il va venir ici ? Retourner vers les ruines ? Il cherchait quelque chose, mais quoi ?

Elle avait gardé son portable à proximité, même si elle n'était pas sûre de répondre. Le pauvre Cody avait disparu de la vieille église abandonnée, là où elle et ses sœurs avaient joué quand elles étaient petites. L'endroit avait semblé sinistre. Même en ce temps-là. Pourquoi est-ce que les enfants étaient attirés par le danger ?

Pour la même raison que les adultes, lui répondit une petite voix dans sa tête. *Et Ian, il est pas dangereux ?*

Merde alors ! Elle ne se réjouissait pas à l'idée de devoir expliquer ses actions à ses sœurs.

Elle était tellement perdue dans ses pensées, se demandant quoi dire à ses sœurs, qu'elle n'entendit pas les voix élevées jusqu'à ce que Sadie s'approche de la porte d'entrée.

— Savannah, vous plus que quiconque ! Je m'attendais pas à ça de vous !

La porte s'ouvrit brusquement et Sadie, son sac à la main, jeta un regard furieux à Augusta. Puis, marmonnant quelque chose d'inintelligible, elle essaya de fermer la porte avant que Savannah puisse la suivre.

Mais Savannah sortit avant que Sadie puisse refermer la porte. Sadie se retourna et descendit les marches. Surprise, Augusta se rangea sur le côté. Savannah plaida sur un ton désespéré :

— Sadie, j'ai rien fait derrière ton dos ! S'il te plaît, écoute-moi !

Sadie continua de s'éloigner, les épaules droites, et se dirigea vers sa maison.

— Si vous avez faim, dit-elle sans se retourner, vous savez exactement où est le frigo !

Augusta était presque sûre que ces mots lui étaient adressés, puisque manifestement Sadie n'était pas contente de Savannah et s'en fichait bien si elle mangeait ou pas.

Savannah posa la main sur sa hanche. Sa main gauche, toujours dans le plâtre après une mauvaise chute d'un tabouret de cuisine, pendait désespérément à son côté.

— Sadie ! s'écria-t-elle.

Sadie l'ignora et poursuivit son chemin.

— Qu'est-ce qui se passe ? Merde alors !

Savannah donna un coup d'œil mécontent à Augusta et se retourna pour ouvrir la porte. Elle laissa Augusta la précéder dans la maison.

— Apparemment, je l'ai mise en colère.

— Toi ?

— Fais pas la maligne ! se rebiffa Savannah.

Sa plus jeune sœur était probablement celle d'entre elles qui avait le moins de chances de mettre quelqu'un en colère, et ce n'était pas facile de mettre Sadie en boule.

— Comment diable est-ce que t'es arrivée à faire ça ?

La porte claqua derrière elles. Savannah passa devant Augusta et se dirigea tout droit vers la cuisine. L'odeur de la nourriture fit grogner le ventre d'Augusta. Elle se rendit alors finalement compte qu'elle n'avait pas mangé de la journée, tellement elle avait été stressée au sujet de Ian.

— T'as faim ? lui demanda Savannah, en ignorant la question d'Augusta.

— Un peu.

— Sadie était en train de cuisiner. Je crois qu'on

peut finir ce qu'elle a commencé. T'as envie qu'on ouvre une bouteille de bon vin de Maman ?

Augusta rit.

— Mais oui pardi ! répondit-elle. Ça a dû être une sacrée discussion pour que tu plonges dans la cachette de Maman.

Savannah la regarda.

— J'aime le vin. Mais j'aime pas boire, lui dit-elle avec un petit sourire.

En principe, Augusta partageait cette opinion. Elle était loin d'être une alcoolo comme sa mère, mais le vin la détendait et elle n'avait pas assez de principes pour dire non à une bonne bouteille. Sur ce point, elle ressemblait beaucoup à sa mère. Et si elle ne s'était pas acharnée à être aux antipodes de Flo, elle aurait pu finir par être accro aux pilules comme elle. Mais les poules auraient des dents avant qu'elle partage les traits de sa mère. En plus, son goût pour le vin était beaucoup trop onéreux pour le satisfaire régulièrement. Son caractère pratique ne le permettrait pas.

— Je vais chercher le vin, proposa-t-elle.

Elle posa son sac à main et ses clés sur le comptoir, puis se dirigea vers la cave à vin que sa mère avait fait installer quelque temps avant sa mort. Bien qu'elle soit nouvelle, Augusta savait exactement ce qu'elle contenait. Elle choisit en un rien de temps. Elle attrapa un Gaja Barbaresco 2007, un vin rouge italien qui avait probablement coûté plus de deux cents dollars. Mais ça ne sortait pas de la poche d'Augusta, alors pourquoi pas. Celui-ci serait parfait pour compatir ensemble. Elle déposa la bouteille sur le comptoir et sortit deux verres.

— Caroline est rentrée ?

Savannah se tenait devant la cuisinière, examinant le dîner abandonné, à moitié préparé.

— Non, pas encore. Tu sais faire un roux ?

Augusta sortit un troisième verre, mais le mit à part sur le comptoir. Elle jeta un coup d'œil à Savannah.

— Non, mais Caroline sait faire ça.

— Oui, mais on peut pas l'attendre. Je vais essayer.

Augusta remplit un verre de vin et le dégusta.

— C'est juste du beurre et de la farine, non ? Tu fais frire la farine jusqu'à ce qu'elle brunisse et devienne visqueuse. On va pas en mourir si c'est pas tout à fait ça. On a des soucis bien pires.

Savannah soupira :

— Ouais.

Elle se retourna et vit Augusta vider son verre puis s'en verser un second.

— Je crois que j'ai jamais vu Sadie autant en colère, remarqua-t-elle, l'air inquiète.

Augusta prit le verre de Savannah du comptoir et le lui tendit.

— Moi si, avoua-t-elle, un petit sourire aux lèvres.

En fait, il y avait peu de gens qu'Augusta n'avait pas énervés à un moment ou à un autre, y compris Sadie.

Savannah rit, puis soupira en avalant une petite gorgée de vin.

— À la santé des emmerdeurs ! dit-elle en levant son verre.

Augusta pouffa de rire.

— Bien dit, reprit-elle. Alors dis-moi, qu'est-ce que t'as fait pour mériter la colère de Sadie ?

La douleur à sa cheville aida Cody à rester éveillé.

Il avait aussi mal à la tête et il se sentait un peu comme quand il avait fureté dans l'armoire à liqueur de son père, patraque et avec la nausée. Essayant de se concentrer, il fixa son regard sur le rail de chemin de fer au-delà de la fenêtre. Il pouvait le voir en partie de là où il était couché, menotté à de vieux tuyaux, assez pour reconnaître que c'était un rail d'un vieux pont, comme celui que son père l'avait emmené voir près de Bushy Park. Il lui avait dit que quand il était gamin, lui et ses copains s'amusaient à sauter du pont dans la rivière. Jusqu'au jour où un de ses amis atterrit dans un nid de mocassins et succomba à des centaines de morsures de serpents. Cody pensait que son père avait essayé de lui faire peur, mais il avait aussi cru entendre une note de nostalgie dans sa voix quand il lui avait raconté cette histoire. Ça n'avait pas d'importance, ça avait marché : Cody n'avait pas seulement le vertige, il était aussi terrifié par les serpents. Avant, il pensait que c'était la façon la plus horrible de mourir, entouré de crocs dans de l'eau noire et boueuse.

Mais il avait un autre cauchemar maintenant.

Un cauchemar dont il ne pouvait pas se réveiller.

Mourir ici, maintenant, serait la chose la plus horrible : mouillé, froid et tout seul.

Son père lui manquait beaucoup, au point de sentir comme une énorme boule dans sa gorge. Et sa mère et sa grand-mère étaient probablement malades d'inquiétude pour lui. Son jean était trempé, sans doute à cause de la rivière, mais il avait aussi fait pipi dans son pantalon et peut-être plus. Il était trop sonné pour se rendre vraiment compte. Il ne pouvait même pas essuyer la morve qui séchait sous son nez parce qu'il ne pouvait pas l'atteindre avec son épaule.

Il s'était réveillé ici, dans la nuit noire, sans se rappeler comment il était arrivé là. L'homme au masque lui avait pressé quelque chose de douçâtre sur le visage. Il était maintenant menotté à ces tuyaux, les pieds attachés avec des cordes, trop serrées. Il y avait quelque chose de doux fourré dans sa bouche, sous une bande adhésive, comme dans les vieux dessins animés quand ils attachaient une femme sur une voie ferrée devant un train qui arrivait.

Mais il n'y avait pas de train ici.

Dehors, tout était silencieux, à part le chant des grillons et le coassement des grenouilles.

Cody fixa le rail des yeux. Il était rouillé, peut-être cassé, mais il ne pouvait pas se redresser pour mieux voir. Toutes les fenêtres étaient barricadées, sauf une, où des lattes étaient clouées sur une partie de la fenêtre seulement. Au-dessus, il y avait des éclats de verre qui ressemblaient à des stalactites.

Il n'avait jamais de sa vie autant désiré être près de sa mère. Il s'en fichait si cela le faisait ressembler à un bébé. Cet idiot de TC l'avait laissé mourir là, dans les bois. Il avait mal à la gorge à force d'essayer de déglutir autour du tissu fourré dans sa bouche. Et il avait soif. Il inclina la tête contre le mur en briques, observant tout tant que restait un dernier rai de lumière.

Il n'avait jamais vu cet endroit avant, et il n'avait aucune idée de là où il se trouvait. Mais il pouvait sentir l'eau. Et la boue puante. Pas de doute possible sur ça. L'odeur était forte, comme si elle l'entourait. Le bâtiment était vide et semblait avoir été abandonné depuis longtemps. Il y avait peut-être eu un incendie, parce que les briques ressemblaient à l'intérieur de leur cheminée chez lui, brûlées et cendrées. Une énorme porte en métal rouillé se trouvait à l'extrémité opposée de la pièce. Elle était ouverte. Il pouvait voir dans l'autre pièce ce qui ressemblait à des casiers, pas une seule rangée comme à l'école, mais des casiers plus petits empilés les uns sur les autres, peut-être comme dans un gymnase.

Observant les tuyaux au-dessus de sa tête, il se dit qu'ils venaient peut-être d'une salle de bains, ou d'autre chose, il ne savait pas pour sûr. La seule chose dont il était certain c'est qu'ils étaient fermement attachés à la paroi avec un chiffon enveloppé autour d'eux, et ils ne bougeraient pas assez s'il essayait d'y donner des coups. Il avait les deux mains attachées par une seule menotte, au-dessus de sa tête, et liées à la même corde rugueuse qui lui entourait les chevilles. Essayer de s'en sortir en se tortillant lui mettait la peau à vif, presqu'au point de saigner.

Dehors, le soleil se couchait vite. Le trille des grillons et le croassement des ouaouarons s'amplifièrent de plus en plus. Une corneille noire atterrit sur le rebord de la fenêtre au bois rongé par l'humidité. Elle pencha la tête, l'air curieux, et l'observa. Quelque chose se précipita vers un coin sombre sur le sol en ciment. Une souris. Peut-être un rat.

Ou peut-être un serpent.

Un frisson de peur parcourut Cody.

Et puis il entendit quelque chose, et son cœur se mit à danser.

Le bruit d'un moteur de bateau.

Il attendit patiemment qu'il s'approche et quand il le jugea assez près, il ouvrit la bouche pour crier. Mais tout ce qui sortit fut un son étouffé qui fit s'envoler l'oiseau. Le bruit du moteur diminua peu à peu, laissant Cody seul dans l'obscurité croissante.

Il se mit à pleurer.

LE VENTRE PLEIN, Augusta était allongée sur un canapé, Savannah sur l'autre. Presque vide, la bouteille de vin était posée sur la table entre elles. Elles avaient en vain essayé d'appeler Caroline.

Aux actualités, elles avaient appris que Rose Simmons était décédée. La femme qui avait été comme la seule grand-mère qu'Augusta ait jamais eue ne s'était pas réveillée. Dieu merci, elle ne savait pas que son petit-fils était toujours porté disparu.

À la télé mise en sourdine, l'image de la journaliste Sandra Rivers défilait dans le cimetière abandonné où on avait découvert le corps de Pamela Baker tard la veille au soir.

Au lieu des nouvelles, cela ressemblait plus à un épisode de la série sur les meurtres non résolus. Rivers semblait savoir exactement où diriger son caméraman pour le plus grand effet. L'objectif revenait toujours directement au rouge à lèvres parfait de la journaliste et à ses beaux yeux verts. La femme avait fait du sensationnalisme une science. Le nom d'Augusta défila soudain sur l'écran et elle sursauta. Elle se redressa, scrutant anxieusement Savannah pour voir si elle l'avait vu aussi, mais sa sœur avait commencé à bâiller et ne faisait plus attention aux nouvelles.

Les sous-titres changèrent. *Ian Patterson en liberté sous caution*, disait maintenant l'écran, avec à côté la somme de 150 000 dollars. Mais le nom d'Augusta avait disparu.

Bientôt, tout le monde le saurait. Surtout maintenant que Rivers avait eu vent du fait. Mais la seule personne à laquelle Augusta redoutait de le dire était Caroline. Elle regarda à nouveau l'horloge, le cœur battant comme un poing contre ses poumons. Il était vingt-deux heures.

Y avait-il une chance que Caroline le sache maintenant ?

Oui, beaucoup de chances, se dit-elle.

Caroline était facilement entrée dans la peau de sa mère comme éditrice du *Tribune*. Peu lui échappait ces jours-ci. Le fait était que... si Caroline savait, elle serait probablement déjà rentrée en trombe maintenant avec Augusta dans son collimateur.

Elle envisagea brièvement de le dire à Savannah dans l'espoir de se faire peut-être une alliée. Mais Savannah n'allait probablement pas l'approuver non plus. Elle préféra donc se taire pour le dire à toutes les deux à la fois.

Mauviette.

La plupart des gens pensaient qu'Augusta était pleine de courage, mais la vérité était qu'elle tremblait à l'intérieur d'elle-même. Pourquoi, elle ne le savait pas. Caroline n'était pas sa mère. Elle n'avait pas non plus commis de péché ici. Elle avait tout simplement pris une décision honnête basée sur une forte intuition.

Sur l'autre canapé, Savannah était parfaitement inconsciente du message sur l'écran. Elle sirotait son vin, les yeux fermés. Augusta se réinstalla sur son canapé.

Le salon n'avait pas beaucoup changé au cours des années depuis qu'Augusta avait quitté la maison. Les mêmes murs lambrissés en merisier, ornés des mêmes portraits. Seuls la moquette et les canapés étaient nouveaux, probablement parce que sa mère était une germaphobe de première classe. Tout ce qui était organique avait été recyclé religieusement. Une seule tache sur la moquette déclenchait tout. Les gamins aux doigts tachés de chocolat n'étaient généralement pas les bienvenus chez Flo. Et pourtant, malgré ce fait, le salon était la pièce de la maison qui avait toujours paru accueillante.

De plus, c'était la seule pièce avec un téléviseur. Cela lui donnait une certaine normalité, même si Augusta avait du mal à imaginer sa mère regardant la télé.

Mais là aussi, elle ne pouvait pas vraiment en être sûre.

Seule Savannah avait passé du temps avec elle à la fin. Pour ce qu'Augusta en savait, Flo s'était assise ici toute seule chaque soir, le couvre-lit en patchwork de leur grand-mère sur les jambes. Seule et oubliée, regardant des rediffusions de *Jeopardy*.

Mais ce n'était pas l'image qu'Augusta avait en tête. Sa mère n'avait jamais été du genre à rester en place assez longtemps pour regarder une émission. Et certainement pas assez longtemps pour s'apitoyer sur son propre sort. Non, Florence W. Aldridge avait mené une vie bien remplie. Dont ses filles n'avaient pas fait partie. Si jamais elle avait ralenti cinq minutes, et si des sentiments l'avaient envahie, elle les avait gérés avec l'alcool ou les médicaments.

Malheureusement, c'était la Florence Aldridge dont Augusta se souvenait.

— Alors, t'as commencé à écrire ton nouveau livre ? demanda Augusta à Savannah.

Savannah ouvrit les yeux et fit non de la tête. Avalant la dernière gorgée de son vin, elle se pencha en avant pour reposer son verre sur la table. Puis elle se réinstalla plus confortablement sur le canapé, et tira à elle le couvre-lit de leur grand-mère.

Elle ne faisait plus face à la télé maintenant, ce qui soulagea un peu Augusta. Le bandeau en bas semblait afficher en permanence : Patterson en libertÉ sous caution.

— Peut-être quand ils m'enlèveront mon plâtre, répondit Savannah, levant le bras et inspectant les bords effilochés autour de ses doigts.

Augusta faisait beaucoup d'efforts pour ne pas être distraite par le journal télévisé.

— Ça sera quand ?

— La semaine prochaine, Dieu merci !

— Je suis vraiment désolée pour ta main Sav.

— Augie, arrête de t'excuser. Tu m'as donné un coup de coude. J'ai fait tomber un bout de bacon. Tango s'est précipité dessus. Il a heurté mon tabouret. Les accidents arrivent. Ça n'a plus d'importance pour moi.

Augusta soupira.

— À ton avis, pourquoi Maman t'a confié cette tâche spécifique ?

— Écrire un deuxième livre ? demanda Savannah en haussant les épaules. Qui sait...

Elle regarda Augusta en face, comme si elle voulait lui dire quelque chose. Mais elle hésita :

— C'est pas aussi facile que ça paraît, tu sais.

Augusta savait qu'elle faisait allusion à la remarque qu'elle lui avait lancée en colère, que sa tâche était une partie de plaisir et que ce n'était pas juste. Mais elle ne pouvait pas s'excuser de croire que Flo avait sa préférée. Augusta pensait toujours que c'était vrai. La tâche de Savannah n'avait absolument rien à voir avec la maison ou le journal. En fait, leur mère demandait à Savannah de faire exactement ce qu'elle avait choisi de faire de sa vie. Il ne semblait pas y avoir là de punition. En revanche, ni Caroline ni Augusta n'avaient jamais voulu être impliquées dans les affaires du *Tribune* ou de la maison. Le fait que Caroline semblait soudain embrasser son rôle dans le journal n'avait pas d'importance. Augusta n'arrivait pas à dépasser le sentiment qu'en fait Flo avait voulu donner une leçon à chacune d'entre elles. Ou du moins attirer leur attention sur quelque chose.

Ne pouvant résister, Augusta se tourna à nouveau vers la télé. Sandra Rivers, aux ongles parfaitement entretenus avec leur bout peint en blanc, se tenait devant l'entrée sombre de la petite église délabrée. Elle ressemblait plus à Marilyn Monroe qu'à un reporter et tenait le micro avec ses longs doigts. Augusta pouvait presque l'imaginer chanter d'une voix haletante « Joyeux anniversaire, monsieur le président ». Le ruban jaune brillant de la police s'étirait devant la porte de l'église, interdisant l'entrée dans son obscurité. La fenêtre brisée derrière Sanders était une spectaculaire toile de fond. Elle avait les cheveux blonds parfaitement en place. Si elle avait des glandes sudoripares, manifestement elles ne fonctionnaient pas.

— Cette bonne femme me rend malade, dit Caroline en entrant dans la pièce.

Tango, le labrador noir de leur mère qui semblait s'être attaché à Caroline plus qu'aux autres, l'avait probablement attendue à la porte. Il déambula derrière elle, son collier tintant.

Savannah se redressa.

— Te v'là ! dit-elle. Je t'ai pas entendue rentrer. T'as faim ?

Caroline fit non de la tête et posa son sac à main sur le meuble TV recouvert de marbre. Leur mère leur aurait coupé les doigts si elles l'avaient touché. Elle s'assit au bout du canapé de Savannah. Celle-ci replia ses jambes pour lui faire de la place. Tango s'installa par terre aux pieds de Caroline.

— Rose Simmons est morte dans la soirée, annonça-t-elle solennellement.

Puis elle se pencha pour caresser Tango sur la tête.

— On a entendu, dit Augusta, jetant un regard anxieux vers l'écran.

Elle saisit la télécommande et éteignit le téléviseur.

Savannah se réinstalla sur le canapé, ses orteils touchant la cuisse de Caroline qui baissa les yeux.

— On a essayé de t'appeler, lança Savannah.

Caroline hocha la tête et tira un coin du couvre-lit de Savannah sur ses genoux, couvrant les orteils de Savannah. Elle s'essuya les yeux.

— J'étais avec la famille.

Sentant sa détresse, Tango, futé, se redressa et la regarda. Caroline le caressa automatiquement pour le rassurer.

Les yeux de Savannah s'embuèrent aussi. Augusta se demandait pourquoi elle ne pouvait pas ressentir ce qu'elles ressentaient. Rose Simmons avait été l'une des amies les plus chères de leur mère, mais Augusta ne l'avait même pas saluée à l'enterrement de Flo. Mais cela ne l'inquiétait pas autant que le fait de ne pas encore avoir versé une seule larme pour sa propre mère. Toute sa vie, elle s'était sentie poussée à aider les autres parce que son cœur saignait sans distinction. Mais maintenant, il semblait que sa source d'émotions se soit complètement asséchée. Et pourtant, elle ne pouvait pas se sortir Cody Simmons de la tête. Si son cœur saignait, c'était pour lui en ce moment.

— C'est ce qu'on s'est dit, reprit Augusta. Comment ils vont ?

Caroline haussa les épaules.

— Bouleversés.

— Ça se comprend.

— Mon dieu, on peut se mettre à leur place ! ajouta Savannah. Cody a disparu. Rose est décédée. Comment diable tu fais ton deuil quand t'as en plus un enfant porté disparu ?

— Je peux pas imaginer, dit Augusta, ses pensées tournées vers Cody.

Où pouvait-il être ?

On n'avait jamais retrouvé Amanda Hutto, malgré l'argent offert en récompense pour toute information. L'argent donné par Augusta et parrainé par le *Tribune*. Ils avaient reçu des tonnes d'appels, mais personne n'avait procuré d'informations fiables. Néanmoins, elle envisageait de toute façon d'offrir une autre récompense pour Cody, malgré le fait que la famille du gamin avait assez d'argent pour faire ce qu'ils voulaient. Elle se dit finalement que ce n'était probablement pas approprié. Mais cela l'avait été de faire sortir Ian de prison pour qu'il puisse poursuivre les pistes qu'il avait. Elle ne voyait pas de raison de regretter son geste.

Caroline soupira :

— Pauvre Janet.

— Et Claire ? demanda Savannah.

Caroline secoua la tête.

— Je l'ai pas vue. Je suppose qu'elle va arriver demain.

Janet était la fille cadette de Rose Simmons. Claire, son aînée, avait été la meilleure amie de Caroline, avant les changements dans leur vie, avant l'affaire avec Jack qui avait conduit à dix ans de rupture entre lui et Caroline. Leur frère aîné Nick avait été le chouchou de toutes les filles à l'école, y compris d'Augusta. Mais elle n'avait aucune idée de l'endroit où il était maintenant. Elle était sûre de le voir à l'enterrement de sa mère. Même si elle espérait éviter d'y aller, elle avait encore assez le sens des convenances pour ne pas ignorer l'obligation des funérailles. Si elle avait pu, elle ne serait pas allée à celles de sa propre mère.

Elles restèrent assises toutes les trois un long moment, réfléchissant aux circonstances. On n'entendait rien d'autre que le tapotement nerveux des ongles d'Augusta sur son verre en cristal et le faible tintement du collier de Tango quand il ajusta sa position aux pieds de Caroline.

— Est-ce que Sadie est rentrée chez elle ? demanda enfin Caroline, surprise par cette possibilité.

À juste titre : depuis la mort de leur mère, Sadie avait passé plus de temps chez elles que dans sa propre maison.

— Ouais… Euh, à ce propos… avança Savannah en grimaçant. Ça m'embête d'avoir à te dire ça après une telle journée, mais il y a un autre drame, alors accroche-toi.

Avant que Savannah puisse commencer son histoire, Augusta saisit la bouteille de vin et versa le reste dans son propre verre. Elle prit une profonde inspiration. Elle se sentait seulement un peu coupable de ne pas en offrir à Caroline. Mais après cette conversation, si Caroline voulait du vin, Augusta ouvrirait volontiers une deuxième bouteille.

— Je crois que Sadie va pas revenir pendant un certain temps, dit Savannah.

Et elle se mit à raconter à Caroline leur dispute de l'après-midi. Augusta avait déjà entendu l'histoire, alors elle se tut, espérant passer inaperçue.

Quelques semaines auparavant, Savannah avait découvert un codicille destiné à être ajouté au testament de leur mère. Bien que signé et daté, pour une raison ou une autre il n'était pas inclus dans la copie de l'avocat. Dans le testament original, Flo avait légué à Sadie la maison du gardien et la propriété alentour. Mais selon le nouveau codicille, la maison lui était retirée et offerte, avec les terres environnantes, au comté de Charleston. Même si Sadie avait toujours affirmé que le terrain ne l'intéressait pas, pour sûr la maison l'intéressait sacrément. Et évidemment, Savannah avait fait partager sa découverte à leur avocat de famille sans en parler à Sadie en premier. À son tour, il avait annoncé la chose à Sadie. De toute évidence, la relation entre Daniel Greene et Sadie était devenue un conflit d'intérêts. Daniel devrait être tenu responsable pour son manquement à l'éthique, mais il était bien sûr trop proche de leur famille et de Sadie pour penser que l'une d'entre elles le dénoncerait. Il avait raison.

Caroline réagit comme Augusta l'avait fait quand Savannah lui avait raconté l'histoire plus tôt. Elle fronça les sourcils, l'air perplexe.

— Qu'est-ce que tu veux dire, un codicille ? demanda-t-elle en secouant la tête. Et *pourquoi* j'en ai pas entendu parler avant ?

— Eh bien...

Savannah se redressa, rejetant nerveusement le couvre-lit. Augusta remarqua son geste. Elle se demanda pourquoi elles semblaient toutes les deux tellement craindre la colère de Caroline. Elle était l'aînée, d'accord, et alors ?

— C'est pas un document officiel, expliqua Savannah. Je voulais juste voir ce que Daniel en pensait. Honnêtement, je m'attendais pas à ce qu'il le dise à Sadie.

Caroline sembla encore plus perplexe.

— Je comprends pas. Qu'est-ce que tu veux dire, c'est pas un document officiel ?

— Ouais, c'est là que ça se complique, ajouta Augusta en avalant la dernière gorgée de son vin et en reposant son verre sur la table.

Savannah soupira.

— Bon, pour commencer au début de l'histoire...

J'ai trouvé ce bloc-notes dans le bureau de Maman. J'ai remarqué des marques bien définies sur la feuille, alors par curiosité j'ai utilisé un crayon de papier pour passer dessus. J'ai pas l'original, celui avec la signature et l'écriture. Je croyais pas que le fichu truc serait valide devant un tribunal de toute façon. Je voulais juste savoir *pourquoi* un codicille que Maman a signé et légalisé n'a jamais été inclus dans la version définitive de son testament. Je me suis dit que Daniel devait être au courant, alors je lui ai demandé. C'est simple.

— Maman est... était notaire, non ?

Savannah haussa les épaules.

Caroline se passa une main sur le front, comme si la conversation menaçait de lui donner un mal de tête.

— Ça me semble pas aussi simple que ça.

Savannah poursuivit :

— Bref, Daniel dit qu'il a jamais vu le document. Il pense que Maman a dû écrire le codicille, puis a changé d'avis et l'a jeté.

— C'est tout à fait possible, en convint Augusta.

— Puisqu'elle l'a écrit la veille de sa mort, c'est bien la date n'est-ce pas, peut-être que l'original est toujours ici, suggéra Caroline. Peut-être qu'il est quelque part dans les affaires de Mère et qu'on l'a pas encore trouvé ?

Savannah haussa à nouveau les épaules.

Caroline fronça les sourcils.

— Alors Sadie est maintenant en colère parce que t'as apporté le document à Daniel ?

Savannah secoua la tête d'un air solennel.

— Non, elle est en colère parce que je lui ai demandé si elle avait vu le codicille. Elle a cru que je la soupçonnais de nous cacher quelque chose. Et parce que j'ai demandé à Daniel s'il y avait un recours juridique pour enquêter sur les dernières volontés de

Mère, si c'est effectivement ce que le codicille représente.

— Et la réponse est ?

— Non. Y a pas d'original, et même si c'était pas juste ombré au crayon, c'est notre parole contre...

— Sadie mentirait *jamais* ! leur assura Caroline. Même pas pour sauver sa maison !

Un sentiment de tristesse passa dans les yeux gris de Savannah.

— Je lui ai juste demandé si elle l'avait vu dans les affaires de Mère, Caroline. Je l'ai pas accusée.

Elles restèrent assises en silence pendant quelques instants, puis Savannah ajouta :

— Mais on peut se poser des questions sur le cambriolage d'il y a quelques mois. Ça paraît trop commode que Maman ait apparemment écrit ça et soit morte juste le lendemain.

C'était vrai. Augusta avait presque oublié le cambriolage avec tous les autres drames qui étaient arrivés depuis. La nuit du premier meurtre à Secessionville, quelqu'un était entré par effraction dans le bureau de leur mère, brisant l'une des précieuses portes vitrail qui menaient à la véranda arrière. Aucune empreinte n'avait été découverte, et rien n'avait été déplacé. Caroline était seule cette nuit-là, avec Jack, dans la cuisine. Augusta était à New York, où elle était allée chercher ce dont elle avait besoin pour un séjour prolongé à Charleston. Savannah était avec Sadie. Cela voulait dire que Sadie ne pouvait pas être la voleuse, à moins que cela ait été fait beaucoup plus tôt dans la journée et la scène plantée pour ressembler à un cambriolage. Mais pourquoi se donnerait-elle cette peine quand elle avait accès libre à la maison à tout moment ? Ça n'avait aucun sens.

— Oubliez pas non plus le cambriolage dans le

bureau de Daniel le jour de la lecture du testament, intervint Augusta, se souvenant soudain de l'événement.

Caroline se leva. Elle en avait apparemment assez.

— Mon dieu, pas étonnant que Sadie soit en colère ! Surtout si t'as parlé de toute cette merde à Daniel !

Savannah se rassit sur le canapé, l'air vaincue.

— Qu'est-ce que tu voulais que je fasse ? Que j'ignore le papier ?

Caroline lança un regard furieux à Savannah.

— T'aurais pu nous le montrer Savannah. Mettre Sadie en colère est la dernière chose dont a besoin en ce moment ! On peut pas se débrouiller sans elle.

Secouant la tête, elle sortit de la pièce, attrapant son sac au passage. Le bruit de ses pas s'estompa dans le couloir. Tango la suivit en douce.

— Elle a eu une dure journée, lança Augusta, une fois Caroline hors de portée de voix. C'est pas de ta faute Sav. Et c'est pas non plus de ta faute si Sadie et Daniel se baisent.

Savannah rit à l'image qui se présenta à elle et pencha la tête, l'air curieux.

— T'en es sûre ?

— Je les ai pas suivis dans leur chambre, mais tu crois pas que c'est évident ? Ils passent beaucoup de temps ensemble.

Savannah haussa les épaules.

— Quoi qu'il en soit, Daniel aurait dû la fermer.

— J'ai juste posé des questions, expliqua Savannah. Est-ce que c'est pas à ça que servent les avocats ? Je voulais juste être sûre que c'était quelque chose d'important avant de mettre tout le monde en boule avec. Il s'avère que c'est rien, mais tout le monde est quand même en boule. Si seulement il avait rien dit à

Sadie. Mais je me demande pourquoi maman voulait tout à coup donner la maison de Sadie à la ville. C'est très différent du testament original et les cambriolages sont pour le moins des coïncidences bizarres. Tu ne crois pas ?

Augusta secoua la tête.

— C'est pas possible de savoir à quoi Mère pensait. Mais je sais que Sadie aurait accepté la décision de Maman sans aucune question. Elle est loyale.

— Et elle aurait renoncé à la maison ?

— Pas avec joie, mais oui, elle l'aurait fait.

— Mais maintenant ça la met en colère, observa Savannah.

— Ouais. Mais je le serais aussi si tu venais pas m'en parler directement. En plus, est-ce que t'as pas impliqué qu'il y avait quelque chose de louche ?

— Indirectement, oui.

— Je juge pas Sav. De nous trois, c'est toi qui as le plus grand cœur et t'as fait ce que t'as jugé bon. Mais Sadie fait partie de la famille. Si tu mets ma loyauté en question, je serais aussi en colère.

Les larmes montèrent aux yeux de Savannah. Elle tourna son regard vers l'écran de télé éteint.

— Mon dieu ! on est dans un beau pétrin, hein ?

Augusta ricana doucement.

— Certaines plus que d'autres, et j'accepte la plus grande part des ennuis.

Elle leva son verre :

— Je sais que c'est ce que vous pensez de toute façon.

Les yeux toujours embués, Savannah ajouta en riant :

— Alors, comment diable est-ce que je peux résoudre ce problème ? T'as plus d'expérience que moi avec ce genre de trucs.

C'était malheureusement vrai.

— T'inquiète pas. Je passerai voir Sadie demain matin.

Savannah pencha la tête, l'air surprise.

— Toi ?

Augusta se souleva sur une épaule.

— Ouais, pourquoi pas ?

— Augusta, t'es pas allée chez Sadie depuis plus de quinze ans !

Augusta sourit tristement, sachant que Savannah n'exagérait pas. Même si la maison de Sadie était littéralement à un jet de pierre de la leur, Augusta ne supportait pas l'endroit et n'y était pas allée depuis ses années d'ado au mauvais caractère.

Certains pourraient juger qu'elle avait toujours mauvais caractère, se dit-elle.

— Je suppose qu'il est temps alors, hein ?

Savannah sourit.

— Je te le rendrai, dit-elle.

Augusta lui fit un clin d'œil complice.

— Pas besoin, on est sœurs. On est toutes dans le même bateau, non ? Rappelle-toi seulement la prochaine fois que je te mettrai en colère.

Ce qui serait précisément le lendemain, se dit Augusta.

Savannah rit à nouveau.

— Tu me mets pas exactement en colère, répliqua-t-elle.

Augusta lui adressa un sourire ironique. Pour une fois, sa remarque était sincère et dépourvue de sarcasme, ou du moins elle en contenait juste un peu.

— Seulement parce que t'es née en odeur de sainteté Sav, ce que Caroline et moi on partage malheureusement pas.

Savannah lui lança un regard complice, un qu'Augusta reconnaissait. Un regard qui donnait à Augusta l'impression que Savannah pouvait lire ses pensées, comme si en quelque sorte sa sœur connaissait tous ses secrets les plus sombres.

— Peut-être que j'arrive mieux à garder mon diable muselé ? suggéra-t-elle avec un petit sourire.

— Ouais. Bon ! dit Augusta en se levant, craignant la tournure que prenait la conversation.

Demain serait assez tôt pour déballer son histoire sur Ian.

— Je vais me coucher, ajouta-t-elle.

Savannah lui jeta un autre regard, comme si elle attendait qu'Augusta parle. Mais il n'y avait aucune chance que Savannah soit au courant pour Ian, sinon elle aurait dit quelque chose. Pour l'instant, Augusta souhaitait qu'elles s'en tiennent là.

— Bonne nuit Sav.

— Bonne nuit Augie.

— Bonne nuit les petits, ajouta Augusta.

Le rire de Savannah la suivit tandis qu'elle quittait le salon.

5

Mercredi 18 août, 8:13

Certains secrets étaient plus difficiles à garder que d'autres.

Sadie Childres fixa des yeux les trois tombes. Elle se sentait vieille et fatiguée. À force de ténacité, le soleil matinal avait fini par percer à travers les arbres au-dessus d'elle, mais l'herbe sous le bosquet de vieux chênes était reconnaissante pour le répit. De l'herbe verdoyante même dans cette chaleur infernale. De nouvelles touffes commençaient déjà à pousser sur la tombe de Florence.

Florence était décédée depuis quatre mois. Rien ne serait plus comme avant.

La tombe vide de Sammy se trouvait entre celles de ses parents, un changement décrété par le divorce opportun et très discret de Robert et de Florence. Ni l'un ni l'autre n'avait supporté l'idée que leurs os se côtoient pendant l'éternité. Robert, avec ses yeux bleus souriants, pouvait convaincre quiconque de quoi que ce soit. Et Florence, dont l'amitié avait été tellement importante pour Sadie, une amitié qui avait duré toute leur vie.

Ses yeux s'embuèrent. Elle les essuya et cligna des paupières en regardant les roses fraîches qu'elle venait de déposer sur leurs tombes. Des roses pour Florence et Sammy.

Rien pour Robert, qui n'avait jamais rien donné lui-même. Comment quelqu'un avait pu l'aimer était un mystère pour elle. Comment *elle* avait pu l'aimer elle-même était inconcevable.

Tant de secrets.

Tant de mensonges.

Tant de regrets.

Fixant les roses du regard, Sadie refoula l'assaut de souvenirs douloureux.

Elle était venue là en secret depuis des années maintenant, depuis la mort de Sam. Florence, Dieu ait son âme, n'avait jamais pu le supporter, mais quelqu'un devait bien honorer ce pauvre enfant.

Dévastée par sa mort, Flo s'était complètement effondrée après, refusant de le laisser aller, d'admettre qu'il était parti. Quand les autorités avaient cessé la recherche de son corps, longtemps après la moindre chance qu'on le retrouve vivant, elle avait fait draguer le rivage, plus pour prouver qu'il n'était pas mort plutôt qu'il l'était. Avec les puissants courants du chenal, on n'avait jamais retrouvé son corps. Mais aux yeux de Florence, pas de corps voulait dire pas de preuve. Elle était machinalement passée par les sentiments qu'on éprouve quand on enterre un enfant, mais au fond elle avait toujours cru que son Sammy était encore en vie.

Mais il avait disparu à jamais. Sadie le savait.

Toutes ces années plus tard, elle n'arrivait pas à oublier son doux sourire, ses yeux bleus comme ceux de son père et ses petits doigts potelés quand il tirait sur ses jupes. Perdre Sam les avait tous dévastés, pas seulement Florence. Mais malgré sa peine, elle n'était jamais revenue sur la tombe de Sammy après ses funérailles. C'était Sadie qui apportait des fleurs fraîches.

Et maintenant, elle s'occuperait aussi de celles de Flo, malgré tout.

Seigneur, est-ce que Florence avait vraiment eu l'intention de la chasser de sa maison ?

Sadie avait du mal à y croire, et pourtant... Et si elle avait découvert le secret que Sadie avait gardé toutes ces années ? Même vingt-neuf années de prière ne lui avaient pas apporté la paix. C'était sans doute pour cela qu'elle ne pouvait se séparer des filles, même maintenant.

La culpabilité.

La vérité était qu'elle n'était pas vraiment en colère contre Savannah pour avoir montré ce stupide morceau de papier à Daniel. Elle comprenait pourquoi Savannah avait besoin de réponses. Mais Sadie avait le cœur brisé par la remise en question de sa loyauté et de son honnêteté. Le cœur brisé, pas indigné.

Parce que oui, elle *avait* menti.

Et elle continuait de mentir.

Et elle continuerait de le faire jusqu'à son dernier souffle, parce qu'avouer cette vérité en particulier ne servirait à rien sinon à détruire des vies.

C'était son fardeau à porter. Et si son secret était un billet aller simple pour l'enfer, ainsi soit-il. Elle ne serait pas la seule là-bas. Elle jeta un regard à la tombe de Robert et fronça les sourcils.

— *Trouve-moi, Sadie !*

Elle entendit la petite voix de Sam l'appeler d'un lointain passé.

— *Je fais la lessive, mon enfant. À moins que tu sois dans le panier à linge, je vais pas te chercher aujourd'hui, hein !*

Son petit visage la regardait en coin. Il semblait négligé. Ses joues roses si différentes de celles de son fils à la peau foncée, mais ses yeux du même bleu vif.

— *S'il te plaît, s'il te plaît ! supplia-t-il.*

Sadie laissa tomber un pyjama rouge sur le sol du hall.

— *Eh voilà, hein ! Pourquoi est-ce que tu viens pas plutôt aider Sadie ?*

Il regarda le pyjama. Il était trop intelligent pour un gamin de quatre ans et demi.

— *Est-ce que je pourrai avoir une glace quand t'auras fini la lessive ?*

Sadie lui sourit.

— *Bien sûr mon petit homme ! répondit-elle en désignant le pyjama de la tête. Tends-le-moi. Tu veux ta glace à la pêche ou à la mûre ?*

— *À la pêche ! s'écria-t-il joyeusement avant de bondir en avant pour ramasser le pyjama rouge. J'adore les pêches Sadie !*

— *Je sais mon chéri. Et du coup, je suis allée t'en acheter une autre boîte. Et maintenant, qui est-ce qui va manger toutes les glaces à la mûre, hein ?*

Il s'avança fièrement à côté d'elle dans le couloir, lui jetant un petit sourire.

— *Josh ?*

Sadie avait ri.

Josh, tu parles.

Josh avait été le seul homme vers lequel le garçon avait pu se tourner. Son propre père était toujours absent, même quand il était dans la même pièce. En vérité, même quand Robert Aldridge se tenait juste devant vous, il semblait ailleurs.

— *T'es ma meilleure amie, annonça doucement Sam.*

— *Vraiment ?*

— *Voui madame.*

Sadie fixait maintenant sa tombe vide des yeux, les larmes lui brouillant la vue.

— Je t'aime, mon petit garçon, murmura-t-elle.

Une grosse larme lui coula le long du nez tandis qu'elle se penchait pour redresser une rose couleur pêche dans le vase de Sammy. Elle l'ajusta de sorte que la gypsophile la tienne en place. Elle fanerait bientôt sous l'effet de la chaleur, mais pour l'instant, Sadie voulait que la fleur se tienne droite dans toute sa beauté. Quand les fleurs de Sammy furent à son goût, elle arrangea les roses de Florence. Puis, sans même jeter un coup d'œil à la tombe voisine dépourvue de décoration, elle se retourna et partit.

Quand Augusta passa chez Sadie, il n'y avait personne. Alors elle laissa la Town Car de sa mère dans l'allée et se hasarda vers les ruines, son portable à la main. Ses chaussures crissèrent sur les gravillons tandis qu'elle suivait le chemin jusqu'à l'herbe calcinée.

Cela faisait trois semaines depuis l'incendie qui avait presque coûté la vie à sa sœur. Trois semaines depuis l'arrestation de Ian. La forêt était dévastée. Seul l'ouragan Hugo avait causé autant de ravages, déracinant les arbres, comme après un combat de chats où des touffes de poils sont arrachées en masse aux racines.

Mais Hugo avait été un acte de Dieu.

Et cela avait été un acte de violence humaine.

S'il n'avait pas plu peu de temps auparavant, le feu aurait pu en fait détruire aussi la maison de Sadie. Il n'y aurait alors pas eu de bagarre pour le domicile, songea Augusta. Elle regarda la maison de Sadie. Le bleu de la véranda avait pâli maintenant et ressemblait plus à un bleu-gris terne. Bleu ciel. C'était une vieille coutume de Charleston qui remontait directement au folklore Gullah. Le bleu était censé repousser les mauvais esprits et protéger les occupants de la maison. Mais c'était maintenant une mode et la plupart des gens peignaient leurs vérandas en bleu clair dans la région. Même la véranda de la maison principale était peinte en bleu ciel pâle pour correspondre au bleu clair d'un ciel estival.

Augusta se tint là, à scruter le paysage.

Avant l'incendie, on ne pouvait pas du tout apercevoir la maison de Sadie. Même en hiver, elle était complètement cachée. Mais l'épais sous-bois était maintenant brûlé, et beaucoup d'arbres avaient aussi péri. Ceux qui restaient étaient calcinés. Scrutant les troncs brûlés, elle se demanda combien de vieux chênes avaient survécu au premier incendie, celui qui avait détruit la maison d'origine, pour succomber dans celui-ci.

Les vieux logements des esclaves s'étaient jadis dressés de ce côté de la maison de Sadie, loin de la maison principale et à proximité du marais, là où il y avait le plus de moustiques. Leurs cabanes avaient disparu, mais Augusta avait toujours eu un sentiment général de malaise quand elle marchait sur cette partie de la propriété. Aujourd'hui, la tristesse était palpable.

Elle aurait pu grandir ici, mais il y avait quelque chose qui clochait à Oyster Point. Quelque chose qu'elle n'était jamais arrivée à identifier, mais qui était là quand même.

Est-ce que Ian l'avait senti aussi ? Qu'est-ce qu'il cherchait ? Il suivait apparemment une piste dans ces bois, mais pourquoi ?

La première fois qu'elle l'avait aperçu, il était juste là, dans ces bois. Il avait à la main une basket de leur mère, comme on tient un ballon de foot. Il les avait observées de loin, Caroline et elle-même, tandis qu'elles promenaient Tango. Son expression avait trahi la curiosité, pas la méchanceté.

Qu'est-ce qu'il recherchait ce jour-là ?

Elle essaya de regarder l'endroit avec ses yeux à lui.

Certainement pas la fichue basket, même si trouver la chaussure de leur mère dans les bois était certainement bizarre. Sur le moment, Augusta avait minimisé le fait alors que Caroline en avait fait tout un plat. Mais elle devait admettre que c'était flippant. Florence W. Aldridge n'aurait jamais mis les pieds dans les bois. Elle aurait pu déchirer sa jupe dans les ronces. Et merde alors ! elle avait acheté des baskets, mais Augusta était prête à parier qu'elle ne les avait jamais mises dans ce but. Alors qu'est-ce que sa basket faisait dans les bois ? Et une seule basket, pas les deux ?

L'idée que Ian s'était introduit dans leur maison, avait volé la chaussure de leur mère, puis l'avait rendue pour servir d'avertissement était ridicule. Tout d'abord, la mort de leur mère avait été un accident. Flo était tombée dans ses escaliers. Pas d'intrigue ici. Et si Caroline était devenue la cible d'un tueur, c'était probablement à cause de son rôle au *Tribune*. Caroline était maintenant une personne très en vue et elle avait fait toute une affaire pour rechercher le tueur de Secessionville. Bien sûr qu'il l'aurait remarquée. *Tout le monde* dans la ville l'avait remarquée. Et malgré les conneries qu'ils disaient tous et ce qu'ils ressentaient au sujet de leur mère, Caroline paraissait tout à fait prête à se mettre dans la peau de Flo. Son caractère semblait avoir plus de relief qu'une gaufre.

Certes, Augusta avait du mal à accepter cela. Peut-être qu'elle n'avait pas toujours raison, et peut-être que parfois elle était un peu garce, mais au moins quand elle disait quelque chose, elle n'hésitait pas. Quoi qu'il arrive, elle était résolue et déterminée.

Elle ne connaissait plus sa sœur et cela l'attristait.

Elle tourna et s'avança de quelques mètres dans les broussailles jusqu'à la carcasse de la vieille maison géorgienne. La maison principale d'origine avait brûlé lors d'un incendie de cuisine l'année suivant la fin de la guerre civile. Il en restait seulement un tas de briques calcinées, avec les vestiges d'une cheminée à un bout. Les colonnes en bois avaient complètement brûlé la première fois, mais les piliers étaient toujours là et montraient où elles s'étaient jadis dressées, avec quelques marches en briques qui conduisaient à la véranda. On pouvait encore faiblement distinguer là où Jack avait gravé ses initiales et celles de Caroline dans la brique, durant leur année de terminale. Espérons que leur relation dure au moins aussi longtemps que leur graffiti, se dit Augusta. Puis elle s'arrêta devant les marches pour examiner les environs.

Celui qui avait attiré Caroline ici cette nuit-là l'avait fait en se servant du portable d'Augusta. Elle essaya de se rappeler du gamin qui avait volé son sac à main ce jour-là après qu'elle ait quitté le bureau de Daniel Greene. Mais elle se rappelait seulement qu'il avait des cheveux courts, bruns et de grands pieds. Elle n'avait même pas pu donner une description précise à la police pour un portrait-robot parce qu'il était tard et elle ne l'avait vraiment vu que de dos quand il s'était enfui en courant. Quand elle avait réalisé qu'il lui avait volé son sac à main, ses clés de voiture et son portable, le gamin avait disparu dans une ruelle. Augusta ne l'avait pas poursuivi, surtout à cause de quelque chose que Savannah lui avait dit.

Quelques soirs avant l'agression, elle lui avait dit : *« Viendra peut-être un moment où tu te demanderas : "Qu'est-ce que je dois faire ?" Fais ce qu'Augusta Aldridge ne ferait jamais. »* Même si cela avait mis Augusta en colère sur le moment, Savannah semblait avoir cette étrange capacité de savoir ce qui allait se passer.

Sans ses clés de voiture, elle avait appelé Savannah pour qu'elle vienne la chercher. La Town Car de leur maman avait survécu une nuit dans une rue d'un des pires coins de la ville, sans une seule égratignure. Plus tard, la police avait fouillé le secteur en vain. Rétrospectivement, Augusta regrettait de ne pas avoir fait plus attention aux détails. Mais qui aurait pu prédire les événements qui s'étaient déroulés cette nuit-là ? Pas même Savannah.

Croisant les bras, elle se demandait... s'ils pourraient établir un lien avec le vrai tueur en retrouvant le gamin qui avait volé son sac à main ? Ian était innocent. Elle en était plus que jamais certaine.

En équilibre sur la plus haute marche en ruine, elle jeta un œil vers le marais. À marée basse, les eaux peu profondes semblaient s'étirer à l'infini. Avec tellement d'arbres décimés, on voyait maintenant les spartines sur des kilomètres. D'où Augusta se tenait, elle pouvait facilement voir jusqu'où l'eau était montée la nuit de l'incendie, parce que l'herbe roussie s'arrêtait brusquement et l'herbe fraîche s'élevait au-delà de cette limite, ses pointes dorées se balançant doucement dans la brise.

Le cimetière où Cody Simmons avait disparu se trouvait juste au bout de la route. Assez près pour donner la chair de poule à Augusta.

Y avait-il quelque chose de spécial dans ces ruines ? Ou était-ce simplement une coïncidence que Jennifer et Pamela les aient toutes les deux visitées, et que Caroline y ait aussi été attirée ? Augusta se dit que Ian croyait qu'il pouvait y avoir un rapport.

Elle se tourna pour réexaminer les briques calcinées. Pour l'instant, elles étaient à nu, la mousse et la vigne vierge qui les recouvraient avaient brûlé. Derrière les ruines, elle pouvait voir Lamar Fort Road. Peu de voitures passaient par ce bout de la rue, seulement celles qui se rendaient à Oyster Point pour la plupart, puisque la route se terminait en cul-de-sac à leur propriété. Les ruines étaient pour ainsi dire tout simplement des ruines. À peu près comme toutes les autres ruines de la région : des tas de briques que la nature avait commencé à envahir.

Augusta était tombée une fois sur une vieille photo qui montrait la maison dans toute sa gloire d'antan. Ses deux ailes s'étendaient comme des bras autour de la maison principale. Le moment le plus fier de son histoire était quand elle avait servi d'hôpital de campagne pour la division confédérée. Au bout de la route, commémorant la bataille de Secessionville, gisaient près de trois cents tombes anonymes parmi lesquelles elle et ses sœurs avaient joué. Il était maintenant interdit de piétiner les talus, mais il y avait quelque chose dans les vieux cimetières qui attirait les enfants. Comme la lampe d'un porche attire les papillons de nuit.

Pauvre Cody.

Son portable retentit. Elle sursauta et regarda le numéro. *Caroline.* Sa sœur l'avait appelée dès qu'elle était arrivée au bureau ce matin. Augusta savait pourquoi : Caroline devait maintenant être au courant qu'Augusta avait payé la caution de Ian. Mais elle n'était pas d'humeur à écouter un sermon de sa sœur. Elle attendit que la sonnerie s'arrête pour être sûre de ne pas répondre par accident, puis refourra le téléphone dans sa poche arrière.

Elle devrait tout simplement l'éteindre, vu qu'elle recevait des dizaines de textos. La plupart de gens en colère. Ils n'étaient pas d'accord qu'elle ait payé la caution de Ian. Cela ne regardait personne. Elle avait fait une grave erreur en donnant son numéro de téléphone personnel comme contact pour la récompense à celui qui aiderait à retrouver Amanda Hutto. Tous les habitants de Charleston semblaient l'appeler. Bien ou pas, elle ne finirait jamais d'en entendre parler maintenant.

— Qu'est-ce que tu fais ici ?

Augusta sursauta au son de la voix de Josh.

— Merde ! s'exclama-t-elle. Tu m'as fichu une sacrée frousse !

Elle porta la main à sa poitrine pour retrouver son calme. Elle n'avait pas réalisé à quel point elle était effrayée de se trouver seule ici, là où sa sœur avait presque été assassinée et où deux autres femmes avaient disparu.

— J'inspecte les alentours, je suppose. Et *toi*, pourquoi diable est-ce que t'es par ici ?

— J'ai vu la Town Car de ta maman.

Les mains dans les poches, dans son costume habituel d'homme politique, Josh était comme un étranger pour elle. Tellement différent du petit garçon avec lequel elle avait grandi. Contrairement au Josh actuel, le gamin n'avait pas toujours eu d'ordre du jour.

— Sadie était pas chez elle, reprit Augusta. Alors je suis venue fouiner ici. Tu sais où elle est ?

— Ouais, répondit-il, sans en dire plus, lui lançant seulement un regard patient et un peu condescendant.

Augusta s'offensa. Un frisson d'irritation lui parcourut l'échine.

— Et alors ?

Quelle qu'ait été la dispute entre Sadie et Savannah, ça n'était pas de la faute d'Augusta. Elle n'appréciait pas l'attitude de Josh.

Il sortit les mains de ses poches, mais se tint immobile. Il avait probablement peur de salir son costume Armani. Augusta regarda l'ourlet de son jean, remarquant pour la première fois qu'elle était couverte de cendres noires.

— Merde ! lança-t-elle en brossant son pantalon.

— Maman veut pas te parler pour l'instant. Donne-lui un peu de temps.

— Tu sais bien que Savannah avait pas l'intention de la contrarier, reprit Augusta, se sentant impuissante et un peu perdue sans Sadie dans leur vie.

D'aussi loin qu'elle se souvienne, c'est toujours Sadie qui avait nettoyé leurs égratignures. C'est elle qui tendait un jus d'orange à Augusta quand elle rentrait en sueur après avoir joué dehors. Leur propre mère n'avait jamais été là pour cela.

— Peu importe ce qu'elle avait l'intention de faire Augie. Le fait est que Maman l'a mal pris.

— Aucune de nous n'imagine qu'elle ait quelque chose à voir avec le codicille manquant Josh, même pas Savannah.

Josh haussa les épaules, apparemment pas convaincu.

— Elle est écrivaine bon sang ! protesta Augusta. Elle doit poser des questions, quoi qu'elle pense !

— Ah ouais ? Donc, moi je suis avocat, répliqua-t-il. Les questions c'est aussi mon domaine. Mais je te défendrais sans hésitation, parce que je *sais*. Je crois que vous auriez dû savoir.

Même si Augusta n'avait rien à voir avec l'affaire, le regard satisfait de Josh la mit en colère.

— Les gens font des erreurs Josh, poursuivit Augusta. Dans ce cas, Savannah a fait une erreur. Est-ce que Sadie va vraiment toutes nous punir, à cause de quelque chose que l'une d'entre nous a fait ? Tu rigoles !

Josh secoua la tête.

— Comme j'ai dit, donne-lui du temps. De toute façon, on peut pas dire qu'il y ait vraiment une relation entre vous et maman, hein ? Si vous avez peur que vos chaussettes ne soient pas pliées, vous pouvez embaucher une femme de ménage.

Augusta se balança sur ses talons et tomba presque à la renverse, comme si Josh l'avait giflée. Plus que quiconque, il savait ce qu'elle pensait de l'emploi de Sadie à Oyster Point. C'était Augusta qui s'était offensée de la relation de la mère de Josh avec cette relique de l'esclavage. Elle ne trouvait même pas les mots pour se défendre.

— Est-ce que t'es aussi en colère contre moi, pour une raison ou une autre ? lui demanda-t-elle directement. On dirait que tu gardes tes distances. Je croyais que c'était à cause de Caroline, mais j'ai l'impression que t'as aussi un compte à régler avec moi.

Il secoua de nouveau la tête.

— Non, je suis pas fâché. J'ai appris il y a longtemps que pour toi tout passe après tes croisades, et on dirait que Ian Patterson est devenu ta dernière campagne.

Augusta s'avança vers lui, oubliant maintenant les ruines.

— Ah, c'est à propos de ça ? demanda-t-elle en colère. Ian Patterson ?

Il haussa les épaules.

— Qui j'aide ou à qui je tiens, c'est pas tes oignons Josh !

Il resta sur place, le regard sombre.

— Alors tu tiens à lui maintenant ? Vraiment ?

La question la prit par surprise. Elle hésita.

— J'ai pas dit ça !

Il refourra les mains dans ses poches et il lui lança ce « regard d'avocat » qu'il maîtrisait si bien.

— Je proteste, c'est exactement ce que t'as dit.

Mon dieu ! c'était bien ce qu'elle avait dit, non ?

Ce simple fait la fit se taire plus vite que tout. Ses mains tremblaient. Elle pouvait bien se considérer une femme du monde, capable de coucher avec n'importe qui, mais ce n'était évidemment pas la vérité.

Elle tenait en effet à Ian. Mais ça ne pouvait pas être de l'amour. C'était trop tôt pour être de l'amour, non ?

La tête se mit à lui tourner. Trop de choses arrivaient en même temps. Les larmes lui montèrent aux yeux.

Josh fronça ses sourcils sombres au-dessus de ses yeux bleus lumineux.

— C'est facile à calculer. Tu donnes pas 150 000 dollars pour un gars dont tu te fiches Augusta.

Il était maintenant en colère et voulait apparemment qu'elle le sache.

— C'est une chose d'offrir dix mille dollars pour aider à retrouver un gamin qui a disparu, c'en est une autre d'en casquer cent cinquante mille pour un meurtrier présumé. Tu peux pas expliquer ça sans échanger un peu de fluides corporels. Putain de merde ! T'as pensé à Caroline dans tout ça ? Ou à Jack ?

Elle se rendit compte qu'il n'avait pas fait référence à lui-même. Elle savait qu'il se fichait de Caroline ou de Jack. Sa plus grande préoccupation avait toujours été sa petite personne. La poitrine d'Augusta se serra de colère. Elle voulait se déchaîner contre lui, lui dire que c'était pas non plus ses oignons avec qui elle couchait.

Il avait évoqué leur relation sur un ton tellement clinique, sordide et affreux.

Il l'avait fait paraître égoïste et indifférente, exactement ce qu'elle s'efforçait de ne pas être. Le jour où elle fermerait les yeux, elle voulait qu'on se souvienne de sa nature généreuse.

Elle voulait dire à Josh qu'elle ne pourrait jamais l'aimer. Jamais, peu importe leur histoire. Elle voulait lui dire qu'elle s'était enfuie loin de lui, de ses attentes et de ses airs de chiot blessé, tout autant que de sa mère et de cette maison dysfonctionnelle. C'était pas de sa faute si elle ne ressentait pas ce qu'il ressentait.

— Va te faire voir ! cria-t-elle avant de passer devant lui en furie et de se précipiter vers sa voiture.

Elle savait qu'il ne la suivait pas, mais elle s'enfuit aussi vite qu'elle le pût.

Josh resta planté là et la regarda s'éloigner. Le fossé qui les séparait ressemblait maintenant à un abîme infranchissable. Sadie arriva en auto au moment où Augusta atteignit sa voiture, mais Augusta ne pouvait pas trouver les mots pour la raisonner, encore moins au sujet de Savannah. Elle ouvrit sa portière quand Sadie sortit de son véhicule. Elle la regarda bouche bée. Augusta mit la Town Car de sa mère en route et partit en trombe devant elle.

— Qu'est-ce qui s'est passé ?

Josh haussa les épaules.

— Elle peut débiter des vérités sur les autres, expliqua-t-il, mais apparemment elle supporte pas qu'on lui dise les siennes.

. . .

Ian passa la plus grande partie de la journée à remettre sa maison en ordre, littéralement. Non pas qu'il ait beaucoup de choses à son nom, mais tout ce qu'il possédait avait été soit fouillé puis laissé de côté une fois qu'ils étaient sûrs que c'était inutile pour l'enquête, soit confisqué. La seule vraie perte était le carnet où il avait fait la chronique de son enquête. Au lieu de l'incriminer, cette preuve aurait servi à confirmer son histoire.

Malheureusement, il allait devoir mettre sa vie entre les mains d'un jury qui, après avoir suivi la chasse aux sorcières de Caroline Aldridge dans les journaux, ne pouvait pas être objectif. Il n'avait pas eu la chance que les accusations portées contre lui soient rejetées. Pour l'instant, la cour se dirigeait vers un procès, même si son avocat avait déposé une motion pour supprimer les preuves. La police avait affirmé que sa porte avait été laissée entrouverte et que des objets suspects avaient été laissés en vue. Mais c'était impossible. Ian n'avait rien à cacher, mais il n'était pas non plus assez stupide pour quitter sa maison sans la fermer à clef. En plus, aucune des « preuves » retrouvées chez lui ne lui appartenait. Si la maison était ouverte, c'est qu'elle avait été laissée ouverte par celui qui y avait déposé le sac. La police avait probablement passé toute la maison au crible pour trouver des empreintes digitales. Il était certain que cela n'avait rien donné, sinon il en aurait entendu parler. Ils avaient poursuivi le mauvais homme, mais ils travaillaient certes de façon approfondie et diligente.

Alors où est-ce qu'il en était exactement ?

Il s'assit sur son lit. C'était le seul vrai meuble de la maison, un fait qui n'avait probablement pas beaucoup arrangé son cas. Aux yeux des autres, il était en transit, un ex-prêtre avec un casier judiciaire. Il était parfaitement tombé dans leur filet de profilage. Il comprenait ça. Après coup, il supposait que la plupart de ses décisions étaient suspectes.

Il avait choisi de louer cette maison parce qu'elle se trouvait près des ruines, le dernier endroit où on avait vu Jennifer. Le fait que maintenant au moins deux des victimes possibles avaient aussi visité ce site, et que Caroline Aldridge y avait été attirée, l'amenait à croire que l'endroit avait une certaine importance. Quoi exactement, il ne le savait pas.

Se trouver au bon endroit au mauvais moment pouvait réellement arriver. Le fait que les trois femmes étaient venues là auparavant était peut-être une coïncidence ? Jusqu'à l'incendie, c'était un coin privé, caché. Il lui avait fallu plusieurs incursions dans les environs pour localiser l'endroit qu'il avait seulement vu sur une photo.

Elle avait été prise de près, avec seulement une vue floue des ruines d'une cheminée derrière la fille. À en juger par le sourire de Jennifer, non seulement elle connaissait assez le photographe pour lui tendre son portable, mais apparemment elle l'admirait aussi. Il y avait ce regard dans ses yeux, le même qu'elle avait adressé à Ian, ce regard qui l'avait contraint à la renvoyer chez elle en lui faisant la leçon et en lui donnant un mot pour sa mère, la suppliant de demander de l'aide pour Jennifer.

Il saisit un nouveau carnet et dressa la liste des personnes connectées aux Aldridge. Il écrivit le nom des trois sœurs et s'arrêta pour souligner celui d'Augusta. Pas parce qu'il la soupçonnait d'être impliquée, mais parce qu'il n'arrivait pas à s'empêcher de penser à ce regard sur son visage quand ils l'avaient menotté et poussé dans la voiture de police.

Confusion. Colère. Peine.

Elle n'était pas seule.

Il ajouta Joshua et Sadie Childres à la liste, la gouvernante des Aldridge et son fils unique, un avocat ambitieux avec en vue le poste d'avocat de la ville ainsi que celui de maire si James Island réussissait à conserver son récent statut de territoire incorporé. Josh avait une réputation impeccable. Il avait reçu la mention très bien à son diplôme, grâce au programme de science politique rigoureux qu'il avait suivi en même temps que ses études de droit.

Quant à Jack Shaw, le fiancé de Caroline, apparemment l'enquête les avait rapprochés. Très pratique, surtout compte tenu du fait que l'une des victimes était l'ex-petite amie de Jack, et l'autre une employée au *Tribune*. Ça ressemblait à un crime incestueux, sauf qu'au moins la moitié des victimes présumées n'avaient aucun lien avec les Aldridge : Amanda, Jennifer et Amy.

Il fixa son carnet des yeux, réfléchissant à ce fait.

Au bas de sa liste se trouvaient Florence et Robert Aldridge, tous les deux décédés. Puis il y avait Sam, leur fils qui s'était noyé en 1989. Pas grand-chose à poursuivre là. D'autant qu'il puisse en juger, le gamin avait dérivé dans son petit bateau gonflable et disparu dans l'inconnu. Ces choses arrivaient, surtout autour de Charleston où les courants étaient forts.

Le père était apparemment mort la même année, d'une crise cardiaque. Et la mère, il y a quatre mois. Un accident. Elle était tombée dans ses escaliers. D'après le journal, la femme de ménage l'avait trouvée le lendemain matin. Rien qui sorte de l'ordinaire. La famille Aldridge semblait convenable pour ainsi dire. Un peu trop prétentieuse peut-être. Si l'une des sœurs trébuchait, tout le monde en entendait parler. Et maintenant l'aînée était à la tête du huitième journal le plus ancien de la nation. Il avait pitié de Jack Shaw. Cette femme pouvait être une vraie casse-couilles.

Il ajouta un point d'interrogation après le nom de Jennifer et d'Amanda Hutto. Comme Jennifer, Amanda était toujours portée disparue.

Amy Jones était la première victime. La jeune fille avait été étudiante à l'université de Charleston. Elle n'avait aucun lien avec les Aldridge, à la connaissance de Ian. Il l'avait aidée à faire le plein la nuit de sa mort. Cela lui avait valu une accusation de meurtre, même s'il avait un alibi valable.

Contrairement à Pamela Baker et à Kelly Banks, elle n'avait pas de lien avec les Aldridge. Il ne semblait pas y avoir là de schéma récurrent. Néanmoins, Ian sentait dans ses tripes que toutes ces morts étaient liées les unes aux autres.

Qu'est-ce qu'une fugueuse de dix-sept ans, une étudiante de vingt-deux ans, une femme agent de police de trente ans, une fillette de six ans et une journaliste de vingt-trois ans ont en commun ?

Et puis il y avait Cody Simmons. Encore une autre connexion avec les Aldridge, même si dans une ville à l'histoire millénaire, qui pourrait ne pas connaître les Aldridge ? Mais Cody n'avait rien de commun avec les autres victimes présumées. Peut-être que le gamin avait juste eu la malchance de voir le meurtrier ?

Il écrivit le nom de Cody puis tapota son crayon de papier. Il savait exactement dans quel cimetière le gamin avait été enlevé, il s'y était rendu lui-même plusieurs fois en passant la région au peigne fin. Il serait impossible d'y aller maintenant, au moins pour un temps. Interdit d'accès par la police. Le journal disait que Cody n'avait pas été tout seul, mais ils ne voulaient pas révéler le nom de son copain. Bonne idée, mais bonne chance pour garder ça secret. Les gamins de douze ans aiment causer. Leurs mères en colère aussi.

La sonnette retentit. Un carillon ennuyeux qui heureusement ne sonnait pas souvent.

Frustré, Ian reposa son crayon. Il connaissait peu de gens à Charleston, à part son vieux copain de lycée, propriétaire de la station de lavage à Mount Pleasant. C'était sa belle-sœur qui lui avait procuré son alibi, la même fille qu'il était allé regarder chanter la nuit où Augusta avait surgi dans sa vie.

La maison qu'il louait le ramenait aux années soixante-dix, un pavillon de plain-pied qui s'avançait jusqu'à l'eau. La seule chose qui lui avait évité de payer un loyer élevé était le fait que la propriété n'était pas entretenue. Même si le propriétaire ne vivait pas sur place, il ne voulait apparemment pas qu'on construise sur sa terre une de ces maisons de millionnaires. Et Ian cherchait juste un endroit propre, surtout après avoir passé trois semaines sur un lit souillé dans une cellule de prison.

Dans le salon se trouvaient une chaise de plage pliée dans un coin et quelques livres empilés à côté. Les murs étaient nus, repeints récemment, mises à part quelques éraflures.

Ian tourna le verrou et ouvrit la porte, s'attendant à voir un autre journaliste. Ils étaient comme des cafards autour d'une miette.

Le visage pâle, Augusta Aldridge se tenait sur la véranda. Elle serrait son sac à main et ressemblait trop à une jeune innocente, pas à la tentatrice qu'elle pouvait être, comme il le savait.

Son regard se dirigea vers la voiture garée à une dizaine de mètres derrière sa vieille Lincoln Town Car : une berline noire aux vitres teintées qui pouvait appartenir à la police.

— Salut, dit-elle, sur un ton hésitant, de peur qu'il l'envoie promener peut-être.

Malgré sa détermination plus tôt à la garder éloignée de sa vie, il ouvrit la porte en grand et la fit entrer.

— Tu devrais pas être là Augusta.

Ses yeux bleus sombres semblaient implorer Ian.

Elle venait apparemment de pleurer. Il se détourna, lui laissant le choix de fermer la porte ou de la garder grande ouverte au cas où elle souhaiterait s'enfuir en courant. Il désirait à la fois qu'elle le fasse et qu'elle reste.

— Dis donc, s'exclama-t-elle en regardant autour d'elle, tu parles d'une vie dépouillée !

— J'avais pas l'intention de rester là longtemps, reconnut Ian en jetant un coup d'œil par-dessus son épaule. Tu veux un verre d'eau ?

Elle avait une de ces longues jupes qui descendent aux chevilles et un simple débardeur blanc qui lui moulait les seins et révélait la bordure en dentelle de son soutien-gorge. Après des semaines sans voir une femme, il sentit son pénis s'agiter comme un gamin dévoyé prêt à aller à l'encontre de ses désirs.

Elle posa son sac par terre vu qu'il n'y avait pas d'autre endroit où le mettre.

— S'il te plaît.

Ian arracha son regard de ses seins. Il n'arrivait pas à oublier ce qu'il avait ressenti quand il était en elle, la douce chaleur veloutée de son corps. À la savoir à portée de bras, il sentait la tension grandir en lui.

Il ne se sentait pas à l'aise dans cette maison trop silencieuse. Il alla chercher un verre propre sur l'étagère de cuisine. Il ouvrit le robinet et se sentit coupable en regardant le verre se remplir. L'eau avait ici un goût dégueulasse. Mais il n'avait pas pu passer au magasin. Tout ce qui était dans son frigo avait été bon à jeter. Et puis merde, elle vivait dans le coin, elle devait donc être habituée à cette eau-là. En plus, il ne l'avait pas invitée. Il lui tendit le verre tout en l'observant à nouveau.

Putain, quelle beauté !

Il secoua la tête d'un air espiègle. Il n'avait pas pu lui résister ce jour-là sur la plage. Il ne pensait pas pouvoir lui résister davantage maintenant.

Il voulait qu'elle garde ses distances.

Elle accepta le verre et leurs doigts se touchèrent un bref instant. La bête à l'intérieur de son pantalon remua à nouveau.

Mon dieu !

Elle avait une sorte de pouvoir sur son corps. Si elle disait le mot juste, il l'emporterait sur son lit et la déshabillerait. Il la désirait tellement.

— Pourquoi est-ce que t'es là Augusta ?

Droit au but.

Ceux qui ont quelque chose à cacher évitent le sujet, se dit Augusta, et elle n'avait jamais rencontré quelqu'un d'aussi direct que Ian Patterson. C'était une des raisons pour lesquelles elle croyait si résolument en lui. Cela n'avait rien à voir avec le besoin de justifier le fait qu'elle avait couché avec lui, se rassura-t-elle. Pour l'instant, elle devait se préoccuper d'affaires beaucoup plus importantes. Un enfant porté disparu et le fait que ses sœurs allaient probablement la renier à jamais pour tout ce qu'elle avait fait.

Il méritait son honnêteté, décida-t-elle.

— Je savais pas où aller.

Avide de le voir, elle l'observa par-dessus son verre en avalant une petite gorgée, heureuse d'avoir quelque chose de solide entre eux, même si c'était seulement un verre d'eau.

Il lui tournait la tête.

Il la jaugea du regard, de la tête aux pieds. Mais Augusta sentit que c'était plus qu'un regard sexuel. Elle résista à la vague d'émotion inattendue qui l'empêchait de parler. Elle prit une autre gorgée d'eau et se racla la gorge.

— T'aurais pas dû venir, reprit-il.

Les larmes montèrent aux yeux d'Augusta, mais elle parvint heureusement à les retenir.

— Comme j'ai dit, je savais pas vers qui me tourner. Je t'ai dit que je croyais pas que t'étais coupable, Ian... Je le crois toujours pas.

Avec ses yeux bleus, il la transperça du regard.

— T'es sûre ?

Elle ne le blâmait pas de douter d'elle. Elle était restée immobile, sans un mot, quand ils l'avaient arrêté la nuit de l'incendie. Et elle n'avait toujours pas dit à ses sœurs, ou à la police, qu'elle était avec lui la nuit où on avait découvert le corps de Kelly Banks. Même si elle avait pleinement l'intention de le faire quand l'occasion se présenterait.

— Sûre et certaine, j'en mettrais ma tête à couper.

Un sourire triste se dessina sur ses lèvres.

— Des mots bien choisis.

— Pas exprès, l'assura Augusta en lui souriant d'un air las. Ils vont abandonner les charges ?

Ian fit non de la tête.

— Pas pour le moment. D'après ce qu'ils savent, et d'après ce que tu sais Augusta, j'ai un complice. À leur place, je ferais la même chose, ajouta-t-il en l'étudiant de ses yeux bleus.

— Alors... t'as un... ?

Il souleva les sourcils.

— Tu crois que je le dirais si j'en avais un ?

Augusta haussa les épaules.

— J'imagine que non.

— Alors, pourquoi est-ce que tu prends la peine de me demander Augusta ? Soit tu crois que je suis capable d'un meurtre de sang-froid, soit tu le crois pas. C'est simple.

— J'ai payé ta caution, lui rappela-t-elle. Tu penses que j'aurais fait ça si je croyais pas en toi ?

Ils se fixèrent des yeux. Il plissa les siens et arrêta son regard sur sa bouche sexy. Elle se pinça les lèvres. Elle avait l'impression qu'ils jouaient à un jeu d'intimidation. Et si elle gagnait, peut-être qu'il la croirait alors ?

— C'était stupide de venir ici, lui dit-il tout à coup. Si tu crois que je suis innocent, tu dois croire aussi que quelqu'un a monté un coup contre moi. Si c'est le cas, tu crois honnêtement qu'il va soudain m'ignorer ? Je dirais plutôt qu'avec ma liberté sous caution, il a retrouvé leur bouc émissaire.

— J'ai besoin de ton aide pour retrouver Cody, dit-elle.

Il lui lança un regard incrédule.

— Tu veux rigoler ! Qui c'est qui t'a demandé de sauver le monde ?

Il avait touché une corde sensible. Augusta lui redonna son verre, ne sachant trop quoi faire sinon lui jeter à la tête. La colère monta en elle.

— C'est un ami de la famille, expliqua-t-elle.

— Dommage, commenta-t-il en haussant les épaules comme s'il s'en fichait.

Il prit son verre et se dirigea vers la cuisine.

— J'en ai fini avec ça, lui dit-il en s'éloignant. Mon implication dans ce cas m'a déjà causé assez de problèmes comme ça.

Augusta le suivit.

— Et Jennifer ?

Il reposa le verre sur le comptoir et se tourna pour la regarder. Il avait le visage inexpressif, mais ses yeux révélaient quelque chose de différent.

— Quoi Jennifer ?

Après tout, il ne pouvait pas tout simplement en avoir fini. Le simple fait que quelqu'un était peut-être toujours prêt à se servir de lui comme bouc émissaire semblait une bonne raison en soi pour poursuivre la vérité. Mais plus important encore, la vie d'un petit garçon était en jeu.

— Je croyais que tu t'étais engagé envers la famille de Jennifer, envers sa mère. Et maintenant, un enfant est aussi porté disparu. C'est juste un gosse Ian. À nous deux, je sais qu'on peut aider à...

— Aider à quoi ? interrompit-il. Ça fait près de six mois que je cherche Jennifer. Elle est morte Augusta ! Je dois accepter le fait et sa mère aussi. J'en ai marre d'être traqué par les journaux, par ta sœur. J'en ai fini, putain !

Les épaules d'Augusta se tendirent.

Il lui mentait.

Elle en était sûre.

Ses paroles ne correspondaient pas à l'émotion qu'elle lisait dans ses yeux. Il ne ressemblait pas non plus à l'homme qu'elle avait appris à connaître. En fait, est-ce qu'elle le connaissait vraiment ?

Qu'est-ce qu'elle savait au juste sur Ian Patterson ?

Tout le monde semblait si certain qu'il était coupable.

Et si elle se trompait ?

Il dut se rendre compte qu'elle hésitait. Soudain, son visage s'assombrit et sa bouche prit un air cruel.

— Je veux que tu t'en ailles, suggéra-t-il. Ça m'intéresse pas de m'occuper d'un autre cas de charité ni de t'aider à retrouver un gamin. Pour l'instant, je veux surtout éviter la prison.

— Je te crois pas ! rétorqua Augusta, les pieds solidement plantés.

Il plissa les yeux et s'avança vers elle.

— Pourquoi ? Tu me connais si bien que ça ?

Il se retrouva soudain juste devant elle, si près que si elle se penchait, les lèvres d'Augusta auraient touché le menton de Ian. Même avec ses hauts talons, elle devrait se mettre sur la pointe des pieds pour effleurer ses lèvres.

— Tu me connais pas du tout, lui assura-t-il.

Augusta se redressa de toute sa hauteur, mais sans trouver les mots justes.

Il ne la toucha pas. Il garda les mains le long de son corps, mais la tension de celui-ci était palpable et il avait un regard menaçant. Il lui sembla tout à coup un parfait étranger dans cette cuisine vide. Elle prit peur.

Elle regarda autour d'elle. Rien ne pouvait lui donner une idée de *qui* était vraiment cet homme. Il n'y avait pas de photos. Pas de vaisselle sale. Pas de verres sur le comptoir, sauf le sien. Pas de petite table de cuisine intime. Pas de liste sur le frigo. Seulement un aimant de Piggly Wiggly. Elle tourna son regard vers ce qui y était accroché : une photo imprimée et froissée de Jennifer Williams, près des ruines. Elle avait le sourire sincère, comme si elle posait pour un inconnu, et un regard plein d'adoration. Ses cheveux blonds ressemblaient à ceux d'Augusta. Quelque chose en elle semblait si familier à Augusta qu'elle resta là à la regarder, choquée.

Elle reconnut la photo. Caroline en avait une copie. La mère de Jennifer la lui avait donnée et lui avait dit que sa fille avait envoyé la photo à Ian par courriel.

Mais Ian *aurait pu* prendre cette photo lui-même. Elle le regarda en clignant des yeux.

— Il est temps de partir, annonça-t-il en frappant dans ses mains.

Il s'avança vers elle et la força à faire un pas en arrière. Elle comprit aussitôt, se retourna et se dirigea vers le salon. Il était sur ses talons. Même si c'est elle qui ouvrait la marche, elle se sentait comme une brebis égarée qu'on essaie de parquer. Elle prit son sac à main au passage. Elle avait l'impression que si elle s'arrêtait deux secondes de trop, il se précipiterait sur elle.

Elle atteignit la porte. Il était juste derrière elle. Il tendit le bras devant elle et effleura sa taille. Elle sursauta, mais il se contenta d'ouvrir la porte. De toute évidence, elle n'était pas la bienvenue. Cette nuit-là sur la plage n'avait aucune valeur pour lui. Elle était stupide. Stupide d'être venue ici.

— Sois prudente, lui dit-il, et il désigna de la tête la voiture toujours garée discrètement sur le trottoir. Et oublie pas de sourire devant la caméra.

Augusta lui jeta un coup d'œil agacé, mais il ajouta seulement :

— Et salue ta sœur de ma part.

Puis il claqua la porte.

Abasourdie par la hâte et l'animosité avec lesquelles il s'était débarrassé d'elle, Augusta resta immobile sur sa véranda, serrant son sac à main. Elle jeta brièvement un regard à la voiture noire banalisée. Elle savait pour sûr que ce n'était pas la presse. C'était plus comme une Dodge Charger de la police, semblable à celle de Jack. Mais elle était certaine que ce n'était pas Jack. Sinon il lui aurait fait la leçon pour s'être trouvée là. Elle se précipita vers sa voiture, espérant que personne ne la reconnaisse.

Elle traversa la cour à toute vitesse, monta dans sa Lincoln et ferma la portière. Si elle voulait aider Cody, elle allait devoir agir seule. Mais par où diable commencer ?

Peut-être que Ian avait raison ? Peut-être qu'elle devrait rester à l'écart ? Vouloir ou même avoir besoin d'aider ne voulait pas dire que c'était la bonne chose à faire. Quoi qu'il en soit, elle était sûre d'une seule chose : elle n'était pas encore prête à affronter ses sœurs. Elle ne se dirigea donc pas vers leur maison.

6

Jeudi 19 août, 12:22

Loin de ressembler au spectacle obscène des funérailles de sa mère, le cimetière Magnolia était quand même bondé. À quatre-vingt-sept ans, Rose Simmons venait d'une famille ancienne de Charleston. Parmi ceux venus aujourd'hui lui rendre un dernier hommage se trouvaient des politiciens, des filles de la Confédération et des mondains. Même si Rose et la mère d'Augusta avaient fréquenté les mêmes cercles, la plupart des gens présents avaient les yeux rougis et les lèvres tremblantes. Pas comme les visages impassibles et les regards vides de ceux qui avaient suivi le cortège des funérailles de Flo. Rose Simmons était aimée de ses voisins. Flo adulée. Une grande différence.

Écoutant le pasteur d'une oreille distraite, Augusta parcourut la foule du regard. Bouches serrées, lunettes noires, ils étaient accablés de chagrin.

De l'autre côté de la tombe, Sadie se tenait immobile à côté de Josh. Ni l'un ni l'autre ne regarda dans la direction d'Augusta. Celle-ci se dit que Josh devait toujours être en colère contre elle, même si elle était certaine que ses raisons n'étaient pas les mêmes que celles de sa mère ou de ses sœurs à elle. Derrière Sadie se tenait Daniel Greene. Si Augusta avait besoin d'une preuve qu'ils entretenaient une liaison, elle l'avait maintenant. Sa main était posée sur son épaule avec sollicitude, lui rappelant sa présence. À droite de Sadie se trouvait la gouvernante de Rose, Queenie Pritchett. Elle avait fait le trajet depuis St Helena Island une fois par semaine depuis aussi longtemps qu'Augusta se souvienne. Queenie et Sadie étaient cousines éloignées. Queenie faisait le meilleur riz aux haricots rouges qu'Augusta ait jamais mangé, même si elle ne l'avouerait jamais à Sadie. Queenie au moins la salua d'un petit geste de la tête, les yeux noirs, mélancoliques.

Rose avait sûrement laissé un bel héritage à Queenie, même si sa vie allait sans doute changer maintenant. Aucun des trois enfants de Rose n'était du genre à avoir des serviteurs. C'était donc la fin d'une ère pour les Pritchett et les Simmons. Augusta se demandait si Sadie suivrait sa cousine. Elle l'espérait. On aurait pu penser qu'elle aurait rompu les liens qui unissaient leurs familles depuis longtemps. Mais jusqu'à présent, elle était restée inébranlable, prête à renoncer à sa vie pour s'occuper des Aldridge. C'était un mystère en soi que Josh n'en ait jamais été indigné. Mais après toutes ces années, Sadie méritait de prendre sa retraite.

Le bruit de l'argile et de la terre humide contre le bois creux la fit sortir de sa rêverie.

— Aide-nous à trouver la paix dans la connaissance de ton amour miséricordieux, entonna le pasteur. Donne-nous la lumière et guide-nous de nos ténèbres à l'assurance de ton amour, par Jésus-Christ notre Seigneur.

— Amen, répondit la foule.

Augusta saisit le moment et n'attendit pas ses sœurs. Pour s'esquiver vers sa voiture, elle serpenta entre les parcelles afin d'éviter toute conversation.

— Augusta ! l'appela une voix familière.

Augusta se retourna et vit Nick Simmons se diriger vers elle.

— Salut, dit-elle, s'arrêtant à côté d'une croix en pierre recouverte de mousse.

— T'es pas avec tes sœurs ?

— Je suis arrivée en retard, avoua Augusta, en montrant Caroline et Savannah de la tête.

Les deux se dirigeaient vers la tombe de leur mère. Ce qu'Augusta voulait désespérément éviter. Elle supposait que ni l'une ni l'autre ne pouvait justifier de venir là sans au moins jeter un coup d'œil à la pierre tombale de Flo. Augusta n'avait pas le moindre désir de penser à sa mère, même pas cinq minutes.

Nick les regarda un instant puis se retourna pour lui parler :

— Vous pouviez jamais rester toutes les trois ensemble dans la même pièce pendant longtemps.

Il n'avait pas l'intention de l'offenser, mais Augusta fronça les sourcils. Ce n'était pas précisément vrai. Sa perception la perturbait, elle ne le corrigea cependant pas. Après tout, il s'agissait de l'enterrement de sa propre mère. Elle haussa les épaules.

— On s'entend bien maintenant, avança-t-elle, même s'il n'avait pas demandé et que ce n'était pas tout à fait vrai. Avec la mort de Maman, tu sais.

— J'imagine qu'il faut ça des fois.

Il chercha ses propres sœurs des yeux. Il les aperçut marchant ensemble vers la limousine. Claire semblait soutenir Janet.

— Et toi ? lui demanda Augusta. Tu tiens le coup ?

— Ça va, répondit-il en regardant ses sœurs. Maman adorait vraiment Cody tu sais. Je crois que c'est mieux qu'elle soit plus là.

Augusta acquiesça de la tête, mais il ne la regardait pas.

— Toujours pas de nouvelles ?

Il fit non de la tête et reposa son regard vers elle.

— Rien du tout.

— Et comment va Janet ?

Il haussa les épaules.

— Elle prend du diazépam et tu sais ce qu'elle pense des médicaments. On va pas faire une grande réception à la maison, ça semblait pas approprié. J'espère que tout le monde comprendra, ajouta-t-il en soupirant.

— On s'en fout des règles, déclara Augusta avec un petit sourire.

Nick fit oui de la tête.

— Passe chez nous après si t'as envie, lui proposa-t-il. Je vais rester un peu dans le coin.

Puis il la salua d'un petit geste gauche en agitant deux doigts et s'éloigna. Il marchait en direction de sa voiture à elle. Ne voulant pas le suivre, elle resta sur place, l'air maladroit. Elle laissa les gens passer devant elle. Après quelques minutes inconfortables, elle céda et se dirigea vers ses sœurs qui se tenaient près de la tombe de Flo. Elle se prépara à une dispute.

Près d'un groupe de tombes plus récentes appartenant à l'équipage du CSS H. L. Hunley, entre deux pierres tombales sans taches, une araignée des jardins avait filé sa toile. Une superbe toile double avec un centre en zigzag. La femelle faisait plus de trois centimètres de long. Elle avait des marques jaunes, noires et blanches. On aurait pu penser qu'avec ces couleurs si attirantes, elle se cacherait. Mais non, elle restait là sur place, visible aux yeux de tous.

Aujourd'hui, un bébé anole vert se débattait en vain pour s'extirper de la toile collante. Il empirait son cas à chacun de ses mouvements. L'araignée restait à distance, au centre de son nid de soie d'où elle pouvait parfaitement maîtriser l'ondulation pour emprisonner davantage sa malheureuse victime. Plus tard, une fois qu'elle serait sûre de pouvoir s'emparer du lézard, elle s'approcherait avec précaution et lui injecterait son venin, puis l'envelopperait soigneusement pour s'en nourrir.

Il y avait des leçons à tirer de la nature.

Patience maintenant.

Le garçon était dans un endroit sûr. Personne ne pourrait le trouver.

Et même s'ils le trouvaient, le gosse ne pourrait pas l'identifier.

Mieux valait attendre, comme l'araignée.

Cette proie l'excitait. Le gosse n'était pas comme les autres, qui ne méritaient pas d'être enterrés sur une terre sacrée. Plus de jeux maintenant. Plus de vanité. Il était plus intelligent qu'eux. Celui-ci valait la peine d'attendre. Il avait du temps : quelqu'un en bonne santé pouvait vivre peut-être neuf ou dix jours sans boire ni manger. Mais il n'aurait pas à attendre aussi longtemps.

Il fixa l'araignée des yeux sans sourciller, pensant à l'ironie de la situation : elle avait choisi pour faire sa maison les tombes de l'équipage du Hunley. Ironique au moins à ses yeux. Les hommes du sous-marin historique, retiré des eaux seulement récemment, avaient étouffé dans leur prison de fer au fond de l'Atlantique, à moins de sept kilomètres de Sullivan Island.

Il savait mieux que quiconque à quoi ils auraient ressemblé au moment de mourir, les yeux aux vaisseaux rompus exorbités et ensanglantés. Les noyés auraient de l'écume dans les voies respiratoires, à cause du mélange de mucus et d'eau quand ils avaient lutté pour respirer. Le cœur élargi. Sous un microscope, on pourrait trouver la présence d'algues et autres substances hydriques. Habituellement dans l'estomac ou dans les voies respiratoires. La composition chimique de leur sang serait altérée.

Certaines de ses victoires étaient propres.

Pas toutes.

Pas la première.

Le garçon avait à peine plus de quatre ans. Son petit radeau avait commencé à sombrer, à se remplir d'eau. Sanglotant doucement, il avait appelé à l'aide, mais personne ne l'avait entendu. Sauf lui.

Au début, le regard de l'enfant avait été rempli de confiance, puis de confusion et enfin de peur. Mais il y avait eu un moment au-delà de la peur, quand la compréhension avait pénétré ses yeux. Quand il avait compris que son salut était juste là sous ses yeux, au lieu d'essayer de s'enfuir dans les dernières secondes, ses petits doigts s'étaient agrippés à lui de façon possessive tandis qu'il le maintenait sous l'eau. Assez près pour observer le processus avec la même curiosité morbide qui faisait ralentir un homme après un accident, et passer les yeux baissés, à moitié horrifié seulement à l'idée d'espionner la mort. Avec les petits bras du gamin fermement sous son emprise, et ses jambes s'agitant comme celles du lézard en ce moment, il avait éprouvé un sentiment de puissance comme nul autre.

Émerveillé, il regarda l'araignée s'approcher maintenant, les crochets ouverts. Comme si elle avait de petits poings et se les frottait de joie.

Il leva le regard sur le nom de la pierre tombale : Arnold Becker. Décédé en 1864. Enterré en 2004.

Ce jour-là, il s'était tenu ici, avec d'autres badauds, tandis qu'on avait enterré huit cercueils en bois, entassés ensemble comme quand ils étaient morts dans ce malheureux sous-marin.

C'était la beauté d'un lieu comme celui-ci. Même si c'était l'élite, tout le monde pouvait y venir et les touristes le faisaient souvent.

Non loin d'où il se tenait, à admirer l'araignée, Augusta Aldridge s'approchait de ses sœurs après avoir parlé à un gars. Son langage corporel avait attiré son attention. Dragueuse. Elle lui avait touché le bras.

Pute.

Au lieu de voler son téléphone et d'entraîner sa sœur vers les ruines, c'est elle qu'il aurait dû attirer là-bas. Et au lieu de l'abandonner et permettre qu'on la découvre, il aurait dû la tuer et l'enterrer dans le marais.

Exactement comme son petit frère.

— Est-ce que t'allais nous le dire un jour Augie ?

— Oui, un jour ou l'autre, répondit Augusta, même si elle n'avait pas eu l'intention de donner cette réponse.

L'attitude de Caroline l'énervait. Flo l'avait mise à la tête du *Tribune*, mais personne ne lui aurait donné la responsabilité de la famille.

Savannah rencontra son regard, mais ne dit rien. Caroline ne souhaitait apparemment pas en rester là :

— J'aurais apprécié que tu me mettes au courant, au lieu de l'apprendre de Sandra Rivers. J'avais vraiment l'air d'une idiote Augie !

— Je voulais te le dire Caroline. Je t'assure. Je voulais vous le dire à toutes les deux, poursuivit-elle en regardant Savannah.

— Alors pourquoi tu l'as pas fait ? demanda doucement Savannah.

Augusta secoua la tête sous le regard furieux de Caroline.

— Je sais pas... J'y arrivais pas.

— Merde, Augie ! Comment est-ce que t'as pu payer la caution de ce gars ?

Augusta se hérissa en entendant la question. Elle savait que c'était exactement la raison pour laquelle elle n'était pas arrivée à leur dire. Parce que ni l'une ni l'autre de ses sœurs ne pourrait comprendre. Et elle ne pouvait ni ne voulait leur expliquer qui était Ian. Pour résumer, elle se contenta de dire :

— Parce que je crois qu'il est innocent.

— Il aurait pu me tuer cette nuit-là ! rétorqua Caroline.

— Mais il t'a peut-être aussi sauvée ! contrecarra Augusta, voulant que Caroline voie la situation différemment. Et s'il disait en fait la vérité ? S'il t'avait pas trouvé à temps, tu serais aussi carbonisée que ces bois !

Caroline ne pouvait rien opposer à cela.

Elle avait passé des mois à essayer de prouver que Ian était un tueur de sang-froid. Elle semblait *avoir besoin* de croire qu'il l'avait attirée vers ces ruines avec l'intention de la tuer. Mais cela n'avait aucun sens aux yeux d'Augusta. D'accord, on avait trouvé Ian avec Caroline dans ses bras. Mais cela ne voulait pas dire qu'il avait effectivement l'intention de lui faire du mal. Il la portait loin de l'incendie. Et avec la police se précipitant toutes sirènes hurlantes dans Fort Lamar Road et une seule issue, où est-ce qu'on croyait qu'il allait l'emmener ? Augusta était de plus en plus persuadée qu'il disait la vérité. Toute la vérité. Elle n'était pas précisément ravie de lui en ce moment, mais elle ne croyait pas non plus qu'il était coupable.

Elle et Caroline se regardèrent fixement, dans une impasse. Augusta se rendit compte que Caroline avait pris cela personnellement. Comme si d'une certaine manière, en payant la caution de Ian, elle avait pris son parti et non celui de Caroline. Mais Augusta était d'un seul côté : celui de la vérité.

Elle n'allait pas s'excuser pour cela.

Sagement, Savannah ne s'en mêla pas. Elle se tenait à côté d'elles, les mains croisées devant elle, et adressait un petit sourire triste à ceux qui passaient près d'elles. Augusta se fichait de ce que les gens pensaient. C'est Caroline qui avait commencé cela.

— Tu crois *vraiment* qu'il est coupable Caroline ? lui demanda-t-elle, la sentant hésiter.

Caroline serra la mâchoire, l'air obstiné. Elle ne répondit pas.

— Tu crois qu'ils l'auraient libéré sous caution s'ils avaient des preuves ? insista Augusta.

Augusta pouvait discerner l'incertitude dans les yeux de Caroline. Elle savait que c'était tout ce qu'elle pouvait attendre pour le moment. Caroline avait bon cœur. Si elle prenait le temps de réfléchir, elle en viendrait aux mêmes conclusions qu'elle. Augusta connaissait assez sa sœur pour le savoir.

— Je sais pas quoi penser de Ian Patterson, rétorqua finalement Caroline, mais j'ai le droit d'exiger que *ma* sœur soit honnête avec moi. Surtout quand son comportement peut me faire passer pour une imbécile ! T'es bien arrivée à venir me voir quand tu voulais offrir cette récompense pour Amanda Hutto. Ça c'est bien pire Augusta ! Cet homme est accusé d'avoir essayé de me tuer ! Malgré ce que tu crois, ils ont pas abandonné les charges contre lui. T'as pas les idées claires quand il s'agit de lui !

— Toi non plus ! rétorqua Augusta avec obstination. Je le jure, tu l'as presque crucifié !

— J'ai fait ce que je pensais être juste, répliqua Caroline.

— Moi aussi, dit Augusta, ferme sur ses positions.

Sur ce, Caroline s'éloigna d'un pas raide, laissant Augusta et Savannah toutes seules. Quelques personnes les regardèrent l'air curieux.

— Mets-toi à la place de Caroline, intervint Savannah, mais sans colère. T'as payé une caution pour un gars accusé de...

— Je sais ce que j'ai fait Sav ! J'ai pas besoin que tu m'expliques. Je voulais pas que ça se passe comme ça, mais mon cœur me dit que Ian est innocent et que Caroline a été injuste envers lui ! C'est pas un meurtrier, insista-t-elle.

Savannah regarda un moment l'herbe à leurs pieds, semblant peser ses mots. Puis elle releva la tête.

— Je te rappelle que... je pense aussi qu'il est innocent, offrit-elle.

Ses yeux gris traduisaient tellement de compassion qu'Augusta, prise au dépourvu, se sentit perturbée. Savannah soupira profondément.

— Mais on sait toutes les deux que t'as vraiment pas les idées claires en ce qui le concerne. Caroline a au moins raison sur ça.

Augusta reconnaissait la vérité quand elle lui crevait les yeux. Le fait était que... certes elle pensait avec son cœur, mais sa tête ne protestait pas du tout. Une vague d'émotion faillit la submerger.

— C'est peut-être vrai, admit-elle.

— Quoi qu'il en soit, reprit Savannah, on va chez les Simmons. Tu viens avec nous ?

Augusta fit non de la tête. Elle savait qu'elle devrait y aller, mais elle se sentait trop désorientée pour pouvoir offrir du réconfort.

— Alors... je ferais mieux d'y aller avant qu'elle me laisse là, dit Savannah, en jetant un coup d'œil vers la voiture.

Caroline était déjà au volant, à vérifier son maquillage dans le rétroviseur.

— Appelle-moi plus tard si t'as besoin de parler, lui proposa-t-elle.

Augusta acquiesça, et Savannah se jeta si vite dans ses bras qu'elle n'eut pas d'autre choix que de la serrer contre elle. Elle résista à une autre vague d'émotion presque impossible à ignorer. Tous les sentiments qu'elle avait refoulés depuis des mois menaçaient maintenant de jaillir ici, devant la moitié de la ville. En quelque sorte, elle sentit que Savannah en savait plus qu'elle ne le montrait. La compassion de sa sœur était trop pour elle.

À cet instant, elle regretta de ne pas être restée plus proche de ses sœurs. Mais il n'était pas trop tard pour y remédier. Et c'est ce qu'elle voulait désespérément. Savannah lui manquait, et la camaraderie qu'elles partageaient quand elles étaient enfants. Et Caroline lui manquait vraiment beaucoup. D'une certaine manière, Augusta s'était construit une forteresse de glace autour du cœur. Elle était restée assez longtemps au nord de la ligne Mason-Dixon pour la garder gelée et infranchissable.

Peut-être qu'il était temps de changer cela ?

Peut-être qu'il était temps de prendre la restauration de la maison un peu plus au sérieux ?

Peut-être que le temps de la guérison était venu ?

— Faut que j'y aille, dit Savannah en sortant de son étreinte.

Augusta ressentit la douleur de la séparation. Elle déglutit en regardant sa sœur cadette s'avancer vers la Lexus gris métallisé de Caroline. Elle resta clouée sur place pendant un moment, essayant de maîtriser ses émotions. La foule des funérailles s'était déjà dispersée et elle ne voulait parler à personne. Elle s'attarda un instant à regarder ses sœurs partir en voiture, avec tant d'intensité qu'elle sursauta au son d'une voix inattendue à ses côtés.

— Bonjour, dit l'homme.

En fin de trentaine, il avait l'air vaguement familier même si Augusta n'arriva pas à le reconnaître immédiatement. Il lui tendit la main.

— Brad Bessett, dit-il. Je travaille avec Caroline au journal, ajouta-t-il en remarquant son air perplexe.

Augusta déglutit et hocha la tête.

— Ah, bonjour, dit-elle avec un sourire forcé.

— Je vous regardais avec vos sœurs, dit-il avec un petit air rusé dans ses yeux bleus. Caroline pète le feu des fois, n'est-ce pas ?

Augusta se dit qu'elle n'aimait pas du tout le gars. Peu importe comment elle appelait ses sœurs en privé, elle leur était farouchement loyale. Elle se retint pourtant, ne voulant pas attaquer l'employé de sa sœur sans raison.

— Vous êtes ami des Simmons ? lui demanda-t-elle sur un ton cassant.

Il lui lança un petit sourire narquois, comme s'il savait exactement ce qu'elle voulait dire : que sinon, il était un intrus. Pour le bien de Caroline, elle était exceptionnellement délicate. Elle fut contente de voir qu'il n'était pas obtus.

— Non, je fais un article sur l'enterrement pour le journal. C'est pas vraiment mon truc, mais puisqu'il est connecté à l'enquête, j'ai pensé faire d'une pierre deux coups.

Augusta se raidit.

— Ah, je vois.

Apparemment une autre Sandra Rivers, avec en plus un pénis entre les jambes.

— On s'est rencontrés quand vous êtes venue faire l'inventaire du bureau il y a quelques semaines. Vous vous rappelez ? reprit-il sentant Augusta se refermer.

— Ah oui, mentit Augusta.

Elle avait été bien trop distraite ce jour-là pour se rappeler quoi que ce soit. Elle s'était rendue aux bureaux du *Tribune* pour en faire l'inventaire avant la collecte de fonds, pour se concentrer sur les extravagances de sa mère et s'en débarrasser. Elle en était ressortie avec un seul article sur sa liste : un lustre tape-à-l'œil. Et une toute nouvelle croisade en la personne de Ian Patterson.

Se rappelant l'expression de Ian quand il l'avait chassée de chez lui, elle lutta contre une nouvelle vague d'émotion.

— Alors comment va la collecte de fonds ?

Petit merdeux et fouineur.

— Elle fait un peu fausse route, pour des raisons évidentes, répondit Augusta en regardant autour d'elle pour voir si quelqu'un pourrait lui permettre de s'échapper. La plupart des invités étaient déjà partis. Elle ne reconnut personne parmi ceux qui étaient toujours là.

— Ça se comprend, dit-il en souriant.

Augusta voulait lui demander ce que diable il attendait d'elle. Il était certes mignon, mais il y avait quelque chose en lui qui lui tapait sur les nerfs. C'était peut-être le sentiment qu'il semblait penser pouvoir ouvrir toutes les portes avec son sourire. Il lui rappelait ces gars du secondaire qui s'attendaient à ce que les filles tombent à la renverse quand ils passaient.

Son expression changea soudain. Il prit un air réfléchi.

— Quoi qu'il en soit, je fais aussi un article sur les funérailles de Pam Baker. Dommage, c'était une fille sympa. Ça me rappelle ces meurtres dans les années quatre-vingt-dix, vous vous souvenez ? Les agentes immobilières étaient toutes enlevées pendant qu'elles montraient des maisons ? Parlez-moi de se trouver au bon endroit au mauvais moment, hein ?

Un frisson parcourut Augusta au choix de ces mots.

Au bon endroit au mauvais moment.

Les ruines lui revinrent à l'esprit. Pamela Baker avait disparu après s'y être rendue. Mais est-ce que beaucoup de monde le savait ? Augusta était au courant des photos de Pam dans les ruines le jour de sa disparition, mais seulement grâce à Jack et Caroline. D'après ce qu'Augusta savait, Caroline n'avait pas partagé cette information avec l'équipe du journal. En fait, Augusta était pratiquement sûre que Jack essayait de cacher cette information aux médias. Mais ce n'était peut-être pas ce que Brad voulait dire. Elle le regarda en plissant les yeux.

— Bon, je dois y aller... chez les Simmons, ajouta-t-elle en mentant et en ressentant un peu de culpabilité. Enchantée de vous avoir revu... Brad ?

Il hocha la tête et lui tendit la main. Augusta la serra, même si elle ne voulait pas le faire. Puis elle s'éloigna aussi vite que possible.

— À plus, lui lança-t-il tandis qu'elle se précipitait vers sa voiture.

Pas si elle pouvait l'éviter, se dit Augusta.

7

Pour une fois, les journalistes ne campaient pas dans sa cour devant la maison. Ian décida alors que ce pouvait être le bon moment pour sortir et prendre soin de ses affaires. À moins de vouloir passer le reste de sa vie derrière les barreaux, il avait besoin de trouver un bon avocat, pas un nommé par l'État.

En se dirigeant vers la porte, il attrapa au passage la liste qu'il avait imprimée sur Internet, déterminé à poursuivre sa recherche de Jennifer.

Sa mère n'avait toujours pas de nouvelles d'elle ni des autorités. À bien des égards, c'était comme si elle était sortie de chez elle et avait disparu dans les airs. Elle avait envoyé quelques textos à Ian et cette photo d'elle-même dans les ruines. À part ça, il n'avait pas beaucoup de preuves qu'elle ait jamais été dans cette ville. Il avait vérifié les abris. Il n'avait pas pu localiser où elle avait pu se loger. Rien n'indiquait non plus qu'elle avait pu avoir un emploi. Et pourtant, sa facture de portable était payée. Il le savait par les textos et la photo qu'elle lui avait envoyés.

Il se souvint qu'elle avait signé Jennifer Leigh, ses premier et deuxième prénoms, d'après l'actrice Jennifer Jason Leigh. Apparemment, elle avait été influencée en regardant l'actrice dans *Le grand saut* où Leigh jouait un rôle de reporter. C'est ce que Jennifer voulait faire dans la vie, être reporter.

Une pensée lui vint à l'esprit.

Fourrant la liste des avocats dans sa poche, il se demanda si Jennifer avait ressenti une attraction pour les Aldridge à cause du *Tribune*. Peut-être qu'elle avait essayé d'y obtenir un travail ? Augusta pourrait sans doute l'aider à le savoir, mais la dernière chose qu'il voulait était de l'impliquer. Merde alors ! Elle était une distraction qu'il ne pouvait pas se permettre de suivre.

Il ferma la porte à clef et vérifia deux fois.

Augusta était comme une tique dans son cerveau. Elle s'y était implantée, et malgré tous ses efforts pour l'extirper, elle n'en bougeait pas. Son regard blessé avant qu'il lui claque la porte au nez le rongeait maintenant.

Il ne savait pas exactement pourquoi, mais il se sentait inexorablement attiré par elle. Cela n'avait rien à voir avec la trique qu'il se trimballait dans le pantalon depuis qu'il avait posé les yeux sur elle. Merde alors ! Il n'arrivait pas à avoir les idées claires en sa présence, ou même quand elle n'était pas là apparemment.

Qu'il soit pendu s'il ne voulait pas la voir. Mais il voulait plus que cela. Il voulait enfouir son visage entre ses beaux seins. Il voulait lui faire correctement l'amour. Pas sur une plage, sous une jetée, avec le sable qui lui entrait entre les fesses. Quand tout cela serait fini, si elle le voulait toujours, c'est exactement ce qu'il ferait.

S'il ne finissait pas en prison pour le reste de ses jours.

Il monta dans sa voiture et ferma la portière. Puis il fixa son portable des yeux, déterminé à ne pas composer le numéro qu'il commençait à connaître trop bien.

Se sentant un peu seule, sans amis, Augusta rentra chez elle, reconnaissante de trouver Tango qui l'attendait près de la porte pour la saluer, remuant joyeusement sa queue noire. Il gémit et elle se mit à rire, malgré sa mauvaise humeur. Elle le tapota affectueusement sur la tête.

— Tu veux aller pisser mon vieux ?

Il gémit à nouveau, sur un ton pitoyable. Elle interpréta cela comme une réponse affirmative et se dirigea vers la cuisine. Elle posa son sac à main sur le comptoir et chercha sa laisse.

— Où est-ce que Sadie garde ta laisse Tango ?

Tango gémit et frappa sa queue contre le sol de la cuisine.

— Pas à la vue de tous bien sûr, se plaignit-elle.

Puis elle se retourna pour regarder Tango.

— Pourquoi est-ce que t'aimes tellement Caroline quand Savannah est probablement celle qui va te promener, hein ?

C'était un mâle, se dit-elle, et les mâles aimaient toujours Caroline. Probablement parce qu'elle était beaucoup plus serviable qu'Augusta et n'en voulait pas aux autres. Augusta acceptait cela. Elle se rendait compte qu'elle n'était pas la plus facile à aborder. Mais Savannah était beaucoup plus agréable que Caroline. Augusta en faisait voir à sa sœur cadette, probablement parce qu'elle regrettait ne pas avoir même une fraction de la patience de Savannah.

Tango ne répondit pas, du moins pas ce qu'elle aurait espéré. Elle continua de chercher sa laisse, tout en pensant à sa sœur aînée. Même si Augusta ne pouvait pas mener sa vie en suivant les édits de Caroline, c'était probablement vrai que ses deux sœurs étaient beaucoup moins enclines à lui pardonner ces jours où elle n'en faisait qu'à sa tête. À bien des égards, après toutes ces années, elles étaient maintenant des étrangères. Et combien est-ce qu'elle avait effectivement contribué depuis son retour ? Elle avait passé tellement de temps à être en colère à propos du testament de sa mère qu'elle était toujours dans le flou. Il était temps qu'elle fasse sa part, même si c'était un séjour temporaire. Et maintenant que Sadie était partie, tout le monde allait devoir y mettre du sien. Avec un peu de chance, ils allaient bientôt enlever le plâtre de Savannah.

Elle avait parlé à un ouvrier. Il avait dit qu'il pouvait commencer dès le surlendemain, le vingt-et-un du mois. C'était bien. En attendant, il était probablement temps qu'elle fasse un peu plus connaissance du chien de sa mère, puisqu'ils avaient encore neuf mois d'incarcération à passer ensemble.

La laisse cependant semblait l'éviter. Elle fouilla en vain dans les tiroirs, en essayant de penser comme Sadie. Où est-ce que Sadie rangerait la laisse ?

Même si le chien semblait suivre Caroline comme son ombre, elle savait que Caroline ne passait pas assez de temps à la maison pour s'occuper des besoins de Tango. Et Savannah, avec son plâtre, avait probablement besoin qu'on l'aide pour le promener.

On pouvait trouver du réconfort dans les corvées quotidiennes, surtout dans ces circonstances difficiles. Enfants portés disparus. Voisins morts. Femmes mutilées. Avec tout ce qui se passait, était-il étonnant qu'Augusta ne puisse pas se concentrer sur sa tâche ? Et puis il y avait la collecte de fonds... Elle devait encore virer tout ce bazar avant de pouvoir vraiment mettre en route la restauration de la maison. Fouiller dans les tiroirs encombrés ne faisait qu'enfoncer le clou.

D'après les clauses du testament de sa mère, il lui restait environ neuf mois. Puis l'horloge s'arrêterait et toutes trois s'en iraient soit avec tout soit avec rien. Mais comment diable était-elle censée rénover la maison quand les gens se faisaient assassiner à droite et à gauche ?

Littéralement.

Non seulement les ruines se trouvaient au beau milieu de leur propriété, mais le premier corps des meurtres de Secessionville, celui d'une étudiante, avait été découvert à un jet de pierre de là, dans la cour de l'une des maisons toutes neuves encore en vente dans Backcreek Road. Elle pourrait aisément cracher de sa fenêtre à leur quai.

Augusta repensa à la jeune fille qui jouait sur scène la nuit où elle avait rencontré Ian. À en juger par la façon dont la jeune fille les avait fixés du regard, elle était éprise de lui.

Est-ce qu'elle aurait menti pour lui fournir un alibi ?

Elle ne pouvait pas commencer à remettre en cause tout ce qu'elle faisait maintenant.

Les sourcils froncés, elle interrompit sa recherche de la laisse. Elle avait soif et devait boire un coup avant de poursuivre. Elle ouvrit le frigo et attrapa une bouteille d'eau. Puis elle la dévissa et avala quelques gorgées avant de la reposer sur le comptoir.

— Désolé mon vieux, dit-elle avant de reprendre sa quête.

Tango la suivit autour de la cuisine, gémissant sur ses talons tandis qu'elle ouvrait d'autres tiroirs.

Elle trouva enfin la laisse dans un tiroir à côté du garde-manger et la posa sur le comptoir. C'est alors seulement qu'elle remarqua la vieille photo sur l'îlot de cuisine. Elle n'avait pas vu une photo Polaroïd depuis des années. Depuis le départ de son père. Saisissant la photo, elle fronça les sourcils. L'image était surexposée. Augusta imagina le soleil brillant dans les yeux du photographe, mais elle reconnut la personne sur la photo et le petit bateau gonflable. Tous deux avaient disparu le même jour.

Sammy.

Tango gémit à nouveau, mais elle l'ignora et continua d'étudier la photo.

D'après ce qu'elle savait, la photo avait été prise le jour où Sam avait disparu. Elle n'en était pas sûre. Mais c'était le même bout de plage où ils allaient toujours, au nord de Folly-sur-Mer. À bien y réfléchir, un endroit stupide pour laisser un gamin dans un petit radeau gonflable quand les courants étaient connus pour y être périlleux.

Non loin de là, le phare de Morris Island avait livré une bataille perdue d'avance contre la mer. À sa construction, le phare s'était dressé au milieu d'une île, à quelque huit cents mètres à l'intérieur des terres. Il se trouvait maintenant à presque cinq cents mètres de la côte et s'avançait lentement dans l'Atlantique. En fait, dans les années 1700 il y avait trois îles s'étirant sur plus de six kilomètres entre Folly et Sullivan Island. Le phare avait été érigé sur l'île du milieu. Finalement, à cause des courants, et en partie à cause des efforts pour approfondir le chenal, les criques qui séparaient ces îles s'étaient envasées, résultant en une seule bande de terre connue plus tard sous le nom de Morris Island. Des gens avaient trouvé la mort dans ces eaux. Aujourd'hui, seuls les idiots nageaient dans cette partie de l'océan. Des surfeurs, encore plus stupides, bravaient parfois les moutons.

Mais il fallait être fou pour laisser un gosse de quatre ans flotter dans un canoë gonflable surveillé par trois petites étourdies de moins de neuf ans. Augusta avait sept ans à l'époque, Caroline huit ans et demi, et Savannah cinq ans. Quelle stupidité de les laisser avec ce fardeau !

Augusta était toujours en colère contre Flo à ce sujet. Elle espérait que sa mère avait apprécié chacune de ses Margaritas ce jour-là sur la plage. Et toutes les suivantes depuis. Pour sa part, Augusta ne pouvait pas voir un verre de Margarita avec un rebord frotté au sel ou avec un petit parapluie de papier sans penser à cette terrible journée.

Elle se demandait laquelle de ses sœurs avait déniché cette photo. Qu'est-ce qu'elle faisait sur le comptoir ? Elle la retourna, mais cela ne la renseigna pas. Son père écrivait parfois au dos de ses photos Polaroïd. Mais celle-ci n'avait rien d'écrit.

Savannah et Caroline avaient récemment fureté dans le grenier pour essayer d'aider Augusta à rassembler des objets pour la collecte de fonds, mais aucune n'avait mentionné la découverte de la photo. Ce n'était pas non plus quelque chose qu'elles seraient enclines à laisser traîner. Même si elles adoraient toutes leur petit frère, aucune d'entre elles n'appréciait les souvenirs que son nom évoquait. Et Sammy avait été banni des discussions et rappels depuis longtemps. Pendant un temps, elles n'avaient même pas eu le droit de prononcer son nom ou de faire référence à sa mort. Flo avait été si sûre si longtemps qu'il avait tout simplement disparu et qu'on le retrouverait un jour. Elle avait mis tout son cœur à le trouver puis était devenue dépressive quand elle n'y était pas arrivée.

Augusta reposa la photo sur l'îlot en soupirant, se demandant comment allait la mère d'Amanda Hutto. Elle avait essayé d'aider Karen à retrouver sa fille en offrant une récompense. Mais maintenant que tant de temps s'était écoulé sans une seule piste à suivre, la pauvre femme avait cessé de l'appeler et Augusta essayait de ne pas penser à elle. C'était différent pour Cody. Sa disparition était récente et la touchait plus personnellement.

Elle se souvenait de la naissance du gamin. D'être allée le voir à l'hôpital. L'une des dernières choses qu'elle avait faites à Charleston avant de quitter la ville. Il était si mignon, avec son petit visage rouge et ses minuscules poings fermés. Augusta se rappelait avoir vivement ressenti de l'envie à la pensée que peut-être elle ne serait jamais assez proche de quelqu'un pour justifier le fait d'avoir un enfant. Jusqu'à présent, elle avait eu raison. Une succession de mauvaises relations l'avait laissée plus heureuse seule. Jusqu'à ce qu'elle rencontre Ian. Et pourtant, Ian n'était pas non plus la réponse apparemment. Même en mettant de côté tous les autres problèmes, il semblait ne rien vouloir avoir à faire avec elle.

Tango se remit à gémir. Elle attrapa la laisse et sortit de sa réflexion. Elle accrocha la laisse à son collier, concentrant son attention sur autre chose que le drame, que Ian et que la photo sur le comptoir.

C'était quand même étrange que cette photo apparaisse aujourd'hui même, quand ils venaient d'enterrer la grand-mère de Cody. Et Cody était toujours porté disparu.

Elle regarda le calendrier accroché au mur près de la porte, et une réalisation inattendue la sidéra.

On était le dix-neuf août.

Elle jeta un autre coup d'œil à la photo et l'appréhension l'assaillit. C'était le vingt-neuvième anniversaire de la mort de Sammy.

8

Augusta fronça les sourcils et s'empara à nouveau de la photo de Sam. Elle la fourra dans son sac à main et saisit son portable au passage avant de sortir avec Tango. Elle se sentait complètement perturbée. Sous la véranda, Tango gémit quand elle s'arrêta pour démêler sa laisse entourée autour de son téléphone.

— Attends mon vieux, lui demanda-t-elle.

Elle avait oublié combien Oyster Point pouvait être sinistre quand il n'y avait personne. Même en plein jour, cela faisait quelque chose de se trouver au bout d'une route isolée avec une seule issue, entourée du marais croassant qui lui avait toujours un peu filé les chocottes. Ajoutez à cela ses réserves sur l'histoire de la propriété. Ce n'était pas exactement un endroit où elle avait envie de se trouver. Flo devait rire dans sa tombe de l'avoir forcée à revenir dormir sous ce toit maudit.

Cela n'aidait pas beaucoup que la disparition de Cody lui rappelle Sammy. Et aujourd'hui même, trouver sa photo sur le comptoir de la cuisine !

La sueur lui perlait entre les seins, trempant son soutien-gorge. Le mois d'août à Charleston avait toujours été un bain de vapeur. Tout sauf du coton blanc était une erreur par ce temps-là. Mais Tango ne pouvait pas attendre qu'elle change les vêtements qu'elle avait portés pour les funérailles. Alors elle ajusta son soutien-gorge, s'enroula la laisse autour de la main et saisit cette occasion pour regarder autour d'elle.

Oyster Point était complètement isolée au bout de Fort Lamar Road. Mais avec la forêt avoisinante décimée, la propriété semblait maintenant vulnérable aux regards curieux, même les grilles fermées. Elle avait l'impression que quelqu'un observait. C'était probablement juste de la paranoïa. La foudre ne frappait jamais deux fois au même endroit, n'est-ce pas ? Parce que sa sœur s'était trouvée dans le collimateur d'un tueur ne voulait pas dire pour autant qu'Augusta était en danger. En fait, Augusta se dit qu'elles étaient peut-être plus en sécurité que la plupart des gens, parce qu'elles vivaient maintenant comme sous une loupe. Pourtant, elle n'était pas stupide au point de se promener toute seule sans son téléphone et elle n'avait pas l'intention d'emmener Tango loin de la maison.

Ses sœurs devaient être chez les Simmons maintenant, Sadie et Josh probablement aussi. Augusta se demandait s'ils trouveraient un moyen de se réconcilier ou s'ils allaient continuer de s'éviter pour toujours. Connaissant Savannah, elle ne laisserait pas longtemps Sadie tranquille sans essayer à nouveau de lui présenter ses excuses.

La peinture bleue écaillée au plafond de la véranda attira son regard. Toute la maison avait besoin d'être repeinte, et les restaurations imminentes commençaient à lui peser. Si elle ne les commençait pas bientôt, elle n'arriverait jamais à les finir à temps pour respecter les clauses du testament de sa mère. Ses sœurs ne lui pardonneraient jamais si elle les escroquait de trente-sept millions de dollars.

D'ailleurs, merde alors ! elles ne lui pardonneraient probablement pas de toute façon pour ce qu'elle venait de faire.

Elle aperçut le vieux banc du coin de l'œil. Long de cinq mètres, il se trouvait exactement là où il avait toujours été, même si, contrairement à la maison, il avait reçu une nouvelle couche de peinture verte pas encore décolorée par trop de derrières. Augusta doutait que quelqu'un s'y soit jamais assis récemment. Apparemment là juste pour faire beau maintenant, il lui rappelait non seulement sa jeunesse, mais aussi une époque révolue. Enfants, elle et ses sœurs s'y étaient assises pour se taquiner. C'était un banc spécial où on pouvait rebondir. Ce n'était donc pas un endroit idéal pour s'asseoir, même s'il se trouvait à un bout de la véranda, entouré de plantes qui offraient un peu d'intimité. Caroline surtout s'y était souvent assise. Augusta était presque sûre que c'était là qu'elle avait reçu son premier baiser de Jack. Elle sourit en se rappelant comment elle se cachait avec Savannah dans les azalées pour les espionner tous les deux. Pauvre Savannah qu'elle avait toujours entraînée dans ses coups fourrés.

À l'autre bout de la véranda, sa mère avait rassemblé une collection de rocking-chairs, tous faits à la main par un artisan local. Comme l'homme l'avait promis, les chaises avaient tenu plus longtemps que Flo, et dureraient probablement plus longtemps qu'elle et ses sœurs aussi, même si l'idée de vieillir sous cette véranda particulière, à regarder fixement les spartines se balançant au vent, ne fit pas grand-chose pour apaiser son esprit.

Tango tira sur sa laisse pour descendre les marches, traverser l'allée de graviers et aller dans l'herbe. Elle serrait toujours son téléphone à la main quand il se mit à sonner. Elle sursauta. Son cœur fit un bond à la vue du numéro. *Ian*.

Elle fit tomber le téléphone au bord du chemin, dans l'herbe heureusement.

— Merde ! s'exclama-t-elle en se penchant pour le ramasser à tâtons. Bon... bonjour, balbutia-t-elle, et roula des yeux à la note de désespoir dans sa propre voix.

— Salut, dit-il. Je te dois des excuses Augusta, ajouta-t-il sans préambule.

Augusta ne savait que dire. Elle était juste contente d'entendre sa voix.

— Écoute, je te remercie d'avoir payé ma caution. C'était ingrat de ma part de ne pas te l'avoir dit plus tôt. Est-ce que tu peux me pardonner ?

Il semblait sincère, sans la colère qui semblait dirigée contre elle la veille.

— Bien sûr. Comme je t'ai dit Ian... je crois en toi, répondit-elle, le cœur un peu serré.

Elle l'entendit soupirer de soulagement.

— Écoute, je voulais pas t'appeler... mais j'ai besoin de ton aide, reprit-il, en venant au fait.

— Bien sûr, répéta-t-elle.

Elle resta immobile, serrant la laisse de Tango et essayant de faire le tri des émotions qui l'assaillaient, de la déception surtout. Les paroles de sa sœur lui revinrent à l'esprit : *T'as pas les idées claires quand il s'agit de lui.*

— Ma maison grouille de journalistes, poursuivit-il. Est-ce qu'on pourrait se voir au Shack ?

Son cœur se mit à battre la chamade.

— À Folly-sur-Mer ?

— Ouais.

— Quand ?

— Maintenant.

Augusta prit une profonde inspiration. Ses émotions montaient en flèche. Elle se sentait excitée comme elle ne l'avait pas été depuis bien trop longtemps. Peut-être qu'il se servait tout simplement d'elle. Peut-être pas. Elle détecta de la sincérité dans sa voix. Elle voulait croire que si les circonstances étaient différentes, leur relation le serait aussi.

— Bien sûr, reprit-elle. Je rentre le chien à la maison et j'y vais.

Il y eut un moment de silence.

— Tu veux que je passe te chercher ? lui proposa-t-il. Je sais que t'as horreur de conduire ce monstre de voiture.

— Non, répondit-elle aussitôt, souriant qu'il se soit souvenu. Je m'y habitue. À dans vingt minutes ? ajouta-t-elle se sentant maladroite et ne sachant trop quoi dire d'autre.

— D'accord, à dans vingt minutes, dit-il.

Augusta raccrocha. Le sourire aux lèvres. Elle se rendit compte après coup qu'elle avait été tellement excitée qu'elle ne lui avait même pas dit au revoir.

Et s'il avait appelé juste parce qu'il avait besoin de son aide ? C'était un début, se dit-elle. Entendre sa voix suffisait à la faire se sentir mieux en quelque sorte. Elle attendit que Tango finisse ses besoins, puis le reconduit vers la maison, écourtant la promenade.

Le chien de sa mère la regarda de ses yeux noirs pleins de censure. Si Augusta n'avait pas plus de bon sens, elle pourrait penser que Flo lui avait appris ce regard.

— Quoi ? lui demanda-t-elle sur la défensive. Les longues balades, c'est fini, avança-t-elle comme s'il pouvait comprendre ce qu'elle disait. Au moins pour le moment.

Tango la dévisagea.

— Eh, sois heureux que je te laisse pas pisser sur le journal !

Il agita la queue et regarda vers les bois. Augusta tira un peu sur sa laisse et se dirigea vers la véranda, se sentant coupable. Le pauvre chien ne pouvait absolument pas comprendre ce qui se passait. Même si Ian n'avait pas appelé, elle n'aurait pas mis les pieds dans les bois, pas à la tombée du jour. Tango obéit et elle lui donna une petite tape sur la tête. Puis elle s'assura qu'il avait tout ce qu'il fallait et à manger, avant de vérifier son maquillage dans le miroir du hall d'entrée. Elle secoua la tête à son reflet, se disant que Sadie avait probablement raison : le miroir devait être hanté, parce qu'elle ressemblait un peu à une morte-vivante. Elle espéra que Ian ne remarquerait pas. Elle donna une dernière caresse à Tango et sortit précipitamment.

Assis sur la terrasse, Ian observa Augusta tandis qu'elle se garait devant le Shack dans une place de stationnement assez grande pour l'énorme bagnole, celle de sa mère, avait-elle dit. Il était difficile de ne pas remarquer la vieille Town Car, avec sa nouvelle couche de peinture jaune citron. À peu près aussi difficile à ne pas remarquer que la voiture banalisée stationnée devant la boutique de T-shirts. C'était la même voiture qui s'était garée près de chez lui plus tôt, à peu près aussi discrète que des feux d'artifice, avec sa courte antenne radio sur le coffre, ses phares de devant et ses projecteurs télécommandés.

Ignorant la voiture, il reposa sa bière et regarda Augusta s'avancer vers lui. Il se sentit soudain affamé. Mais pas de nourriture.

Elle était habillée en noir aujourd'hui : une jupe noire, des chaussures noires et un chemisier noir. Elle semblait revenir d'un enterrement. C'était probablement le cas. Il avait entendu aux nouvelles que la vieille dame dont le petit-fils était porté disparu était décédée. Il avait de la peine pour la famille. Augusta devait les connaître. Il lui semblait que leurs familles fréquentaient les mêmes cercles, du moins sa mère. Il ne savait pas encore grand-chose sur les filles Aldridge. Tout ce qu'il savait sur Augusta, c'était que sa bouche avait le goût du citron vert et que la jeune fille avait de sérieuses tendances altruistes. Il n'avait jamais connu quelqu'un d'aussi prêt à saigner pour le monde entier. En dehors de lui. Le simple fait qu'il avait été prêt à sacrifier sa vie, le sexe, les enfants, l'amour, sans réelle conviction religieuse, uniquement dans le but d'aider les autres, semblait extrême. Mais seulement maintenant qu'il avait rencontré Augusta.

Il la regarda atteindre la porte d'entrée et parler à l'hôtesse d'accueil. Elle avait dû lui demander où il était assis, parce qu'elles regardèrent toutes les deux vers la terrasse. Augusta lui fit signe de la main, dit quelque chose à la serveuse et s'avança vers lui.

Comme un jeune du secondaire, ses paumes se mirent à transpirer et le monstre dans son pantalon à s'agiter. Merde ! C'était presque comme si elle avait sa propre relation avec son pénis. Et ce petit traître se fichait bien de ce que Ian avait à dire.

Son cœur se mit à battre plus fort quand elle se glissa sur le siège en face de lui avec un sourire timide. Un sourire si doux qu'il dut se retenir pour ne pas tendre la main afin de repousser une mèche qui lui touchait les lèvres.

— Salut, dit-elle, l'air incertaine.

Ian voulait l'embrasser avant de dire un mot, mais il se retint.

— Merci d'être venue, dit-il au lieu.

— Alors, c'est quoi le mystère ?

Ian prit une profonde inspiration et décida d'aller droit au fait. Ni l'un ni l'autre n'aimait tourner autour du pot. Ils avaient beaucoup de choses en commun. Il le sentait sans avoir besoin d'en parler.

— J'ai menti, admit-il. Mais je suis sûr que tu le sais déjà.

Augusta se prépara pour ce qu'il allait dire ensuite.

Elle n'était pas vraiment sûre de vouloir savoir sur quoi il lui avait menti. Surtout qu'il avait déballé cette vérité avant même qu'elle ait eu le temps de bien s'installer sur sa chaise. Elle posa son sac à main sur le siège à côté d'elle.

— OK, crache le morceau alors, demanda-t-elle sur un ton exigeant.

Il s'ajusta sur sa chaise et croisa les bras.

— Je suis toujours à la recherche de Jennifer.

Un sentiment de soulagement la traversa. Elle inspira, n'ayant pas réalisé qu'elle avait retenu son souffle.

— Rien de nouveau pour moi Ian. J'étais sûre que t'allais pas laisser tomber.

Il pencha la tête, comme un gosse à l'air incertain, en totale contradiction avec les traits durs de son visage et sa barbe non rasée.

— Je pensais pas que tu m'avais cru. Je voulais seulement que tu sois pas impliquée. Tu me comprends bien, n'est-ce pas ?

Augusta haussa un sourcil.

— Mais tu le veux maintenant ?

— Non, répondit-il en la transperçant du regard avec ses yeux bleu pâle.

— Alors qu'est-ce qui a changé ?

— Comme je t'ai dit, j'ai besoin que tu m'aides.

Augusta essaya de regarder ailleurs, mais il la fixait

des yeux. Elle n'arrivait pas à comprendre ce qui l'ensorcelait chez cet homme.

— Et comment est-ce que je peux t'aider exactement ? lui demanda-t-elle, résignée à le soutenir autant que possible.

La triste vérité était qu'elle commençait à croire qu'elle lui donnerait tout ce qu'il demanderait.

Tout.

Y compris son cœur.

Mais il ne demandait apparemment pas ça.

— Je veux juste savoir si Jennifer Williams a jamais posé sa candidature pour un emploi au journal.

Augusta fronça les sourcils, surprise par la demande.

— Au *Tribune* ?

— Voulez-vous une bière ? interrompit le serveur.

Son ton n'était pas particulièrement sympathique. Augusta leva les yeux vers le gars. Un mec genre surfeur, la petite vingtaine. Elle posa son regard sur la bouteille devant Ian et leva un sourcil.

— Non merci, dit-elle avec un petit rire.

La dernière fois qu'elle avait bu de l'alcool avec Ian, ils avaient fini sur la plage, même pas dans un lit, et l'odeur de sable humide et d'air salin était beaucoup trop proche. Un thé, ajouta-t-elle en se raclant la gorge.

— Un thé sucré ?

Augusta sourit, surtout pour le serveur. Elle se sentait tellement anxieuse qu'elle pensait vraiment vomir.

— Vous voulez dire que j'ai le choix ? plaisanta-t-elle.

Avant, dans les restaurants du Sud, on vous donnait toujours du thé sucré, rien d'autre. Le garçon fit oui de la tête, ne semblant pas comprendre sa question. Ou il n'était peut-être pas d'humeur à blaguer. Il regarda Ian avec prudence.

— Non sucré, ajouta-t-elle. Merci.

Le garçon se dirigea vers une table de l'autre côté de la terrasse pour prendre une commande. Ce couple se concerta quand le serveur s'éloigna de leur table et regarda vers eux. Augusta se tourna vers Ian et les ignora. Ils avaient probablement reconnu Ian ou elle-même. Mais elle refusa de les laisser la déranger ou de leur donner la satisfaction de son agacement.

— Je te suis pas. Pourquoi est-ce que Jennifer Williams aurait posé sa candidature au journal ?

Ian avala une longue gorgée de sa bière, reposa la bouteille devant lui et joua avec, tout en regardant Augusta.

— Plus jeune, elle voulait être journaliste.

— Est-ce qu'elle a vraiment *étudié* le journalisme ?

— J'en doute. C'était une fugueuse, lui rappela-t-il en secouant la tête.

— Alors sa candidature aurait pas abouti loin au *Tribune*. Maman était très à cheval sur l'éducation. Elle a failli refuser que Caroline y fasse un stage.

— Est-ce qu'elle a pu y être stagiaire ?

Augusta haussa les épaules.

— Peut-être, mais je pense que Flo aurait plutôt embauché des étudiants. Mais je suppose que c'est possible.

Ian hocha la tête.

— J'aurais voulu demander à ta sœur, mais de toute évidence, elle m'aime pas beaucoup, commenta-t-il en souriant.

Augusta éclata d'un rire nerveux et secoua la tête.

— Honnêtement, j'arrive pas à croire qu'on ait cette conversation, admit-elle. Compte tenu des circonstances...

Il posa une main sur sa bouteille, enroulant ses longs doigts autour d'elle.

— Sois tu crois que je suis innocent, soit tu le crois pas Augusta, déclara-t-il sur son ton traînant et sexy habituel. Si tu me crois, comme tu le dis, j'ai besoin de ton aide.

Augusta soupira.

À l'extérieur, deux moineaux se poursuivaient du toit à un perchoir sur la moustiquaire de la véranda. La lumière de fin d'après-midi, tamisée par la terrasse, emplissait la pièce de brillantes teintes rouge orangé. Il n'y avait rien de mal dans cet instant. Ses tripes ne donnaient pas de signal d'alarme. Elle n'avait pas l'impression de faire une erreur. Être avec Ian, croire en lui, semblait être la bonne chose à faire. C'est ce qu'elle ressentait.

Et pourtant, elle était la dernière personne sur terre qui pourrait l'aider dans cette affaire.

— Ma sœur me parle pas exactement, avoua-t-elle.

Il leva la bouteille.

— À cause de moi ?

Augusta fit un petit signe de la tête. Inutile de mentir ou d'éviter des sujets. Elle avança sa main sur la table pour jouer avec la salière.

— En partie oui... et en partie parce que j'ai été assez bête de pas lui parler de toi avant qu'elle l'apprenne des autres.

Il souleva un sourcil et la regarda ostensiblement.

— Qu'elle apprenne quoi exactement sur moi... Que t'as payé ma caution... ou que t'es mon alibi pour la nuit du meurtre de Kelly Banks ?

Ian reposa la bouteille et tendit la main, refermant ses doigts sur les siens. Sentir la main chaude de Ian fit battre son cœur plus vite.

— À moins que tu parles du fait qu'on ait échangé un peu plus que de la salive ?

— Elle est seulement au courant de la libération sous caution, répondit Augusta, fixant sa main du regard, incapable de le regarder dans les yeux. Pourquoi est-ce que t'as pas parlé à la police de la nuit qu'on a passée ensemble ?

— Mon avocat le sait, mais la police m'a pas demandé, dit-il. Jusqu'à présent, ils se sont concentrés sur l'enlèvement et la tentative d'assassinat de ta sœur.

— Et c'est pas toi...

Ce n'était pas une question, mais Augusta leva quand même les yeux pour examiner sa réaction.

Il hocha la tête après quelques secondes.

— C'est pas moi. Mais puisque j'ai déjà un alibi à la fois pour la nuit du meurtre d'Amy Jones et pour celle de la mort de Kelly Banks, un alibi qu'ils semblent pas vouloir croire, le cas de ta sœur était le plus fort et ils se sont concentrés sur ça. Jusqu'à présent, on a pas retrouvé le corps de Pamela Baker, et on sait tous les deux exactement où j'étais quand elle a poussé son dernier soupir.

En prison.

Les nuits des meurtres d'Amy et de Kelly, Ian avait dit être au Windjammer à regarder son amie jouer. Pour au moins l'une de ces nuits, Augusta savait sans l'ombre d'un doute qu'il disait la vérité.

Il la regarda intensément.

— Est-ce que tu vas leur dire que j'étais avec toi cette nuit-là ? demanda-t-elle.

— Plus précisément... est-ce que *tu* vas leur dire que t'étais avec *moi* ?

Augusta hésita un bref instant, puis hocha la tête avec certitude.

C'était apparemment ce qu'il avait besoin d'entendre. Il la récompensa d'un sourire.

— C'était probablement pas très malin de pas parler à ta sœur de la liberté sous caution, admit-il. Mais j'apprécie vraiment ton aide Augusta. Je me rends compte que ça a pas dû être facile pour toi.

Augusta avala l'énorme boule qui se développait dans sa gorge. Elle détourna son regard, se demandant ce que Caroline penserait de cette simple invitation à dîner. Elle devrait peut-être lui dire ? Elle connaissait la réponse à cette question, même si leur relation en souffrirait davantage.

Il serra sa main.

— Je voulais pas faire de mal à ta sœur ce soir-là Augusta. Il faut que tu me croies.

Augusta rassembla toute sa volonté pour relâcher le souffle qu'elle retenait et prendre la parole :

— Je te crois, absolument. Je t'ai dit que je te croyais. Je te crois vraiment.

Il détacha sa main de la sienne et la reposa sur ses genoux.

— Je suis perdu, admit-il. Je sens dans mes tripes que Jennifer fait partie de tout le tableau d'une façon ou d'une autre, mais j'arrive pas à comprendre comment, expliqua-t-il en se grattant distraitement la mâchoire, un geste qu'elle reconnaissait maintenant comme un signe de frustration.

À regret, Augusta devait lui poser une question :

— Ian... ça fait des mois maintenant que Jennifer a disparu... bien avant Pamela Baker. Est-ce que t'as envisagé le fait que peut-être elle est...

— Morte ? Évidemment, répondit-il en faisant un petit signe de tête et en croisant son regard.

— Il me semble que trouver Cody serait plus important.

— Je connais pas Cody, répliqua-t-il.

— *Moi je le connais.*

Il la regarda sans sourciller.

— C'est un boulot pour la police Augusta.

— Je pourrais en dire autant de Jennifer.

Il acquiesça de la tête.

— C'est juste.

— Les flics font ce qu'ils peuvent, mais ils ont jamais retrouvé Amanda Hutto ni Jennifer. Ni mon frère d'ailleurs. Tu sais combien de temps ça fait ? En fait, mon frère est *toujours* porté disparu.

Elle jeta un regard vers le sac à main où se trouvait sa photo.

— On a mis *toute* notre confiance dans les autorités toutes ces années et tu sais quoi ? On a toujours absolument aucune idée de ce qui est arrivé à mon petit frère. Tu imagines comme c'est débilitant ? Je *sais* ce que les gens ressentent quand ça arrive.

— Augusta, des milliers de personnes sont portées disparues chaque jour, des adultes et des enfants. Seule une fraction d'entre eux ont vraiment été enlevés ou kidnappés. La plupart sont juste malchanceux.

— Comme Jennifer ? insista-t-elle.

Il plissa les yeux, mais Augusta ne savait pas vraiment comment interpréter son expression.

— Tu crois que tu peux faire un meilleur boulot que la police ?

Augusta haussa les épaules.

— Peut-être, peut-être pas, mais pourquoi pas essayer Ian ? S'ils lancent une alerte enlèvement, est-ce qu'on est pas censé enlever nos œillères et commencer à regarder les gens qu'on croise dans la rue ?

Elle le vit serrer la mâchoire.

— Ouais, mais regarder quelqu'un sur le trottoir, c'est *pas* la même chose que de poursuivre un tueur.

— Vraiment, tu crois que je le sais pas ? Mon dieu, regarde ce qui est presque arrivé à ma sœur ! D'après ce qu'on sait, mon frère s'est noyé, Amanda Hutto aussi peut-être. Mais pour Cody Simmons, c'est une tout autre histoire. Il a disparu d'une scène de crime connue. Je *sais* que tu en sais plus que tu veux bien laisser entendre.

— Je sais en gros ce que tu sais, dit-il.

Un mensonge. Augusta pouvait le voir à sa mâchoire.

— Peu importe. À ce stade, Cody a une meilleure chance que Jennifer. Si tu sais quelque chose, c'est lui que tu devrais rechercher.

— Te mêle pas de ça, dit-il doucement.

Ils se fixèrent des yeux, ni l'un ni l'autre prêt à céder d'un pouce.

Après ce qui sembla une éternité, le serveur revint prendre leur commande. Augusta ne prit pas la peine de regarder le menu en plastique. Ian le saisit et le lui tendit.

— T'as faim ? lui demanda-t-il pour changer de sujet.

— Un peu.

— Tu sais ce que tu veux ?

Augusta fit non de la tête.

— Je peux revenir un peu plus tard, proposa le serveur, les yeux fixés sur Augusta. De toute évidence, il n'était pas à l'aise en présence de Ian ou près de leur table.

— Pourquoi pas nous apporter un seau d'huîtres et on va réfléchir à la suite, suggéra Ian. Et apportez une bière pour la dame. Avec un citron vert, ajouta-t-il, un sourire crispé aux lèvres et en regardant Augusta droit dans les yeux.

Augusta se lécha les lèvres, se souvenant du goût de sa bouche cette nuit-là. Il regardait fixement ses lèvres maintenant. Si intensément qu'elle n'arrivait pas à penser avec clarté. C'était probablement l'intention de Ian.

— Cody est juste un gamin, insista-t-elle, le serveur s'étant éloigné. Peut-être qu'on le retrouvera pas, mais je vois pas pourquoi on pourrait pas au moins essayer. Je pense que tu sais quelque chose, répéta-t-elle. En fait, j'en suis persuadée. C'est une des raisons pour lesquelles j'ai payé ta caution.

— Ah, je vois, fit-il sur un ton légèrement différent. Pas parce que tu crois que je suis innocent après tout... ou peut-être même à cause de quelque chose d'autre ?

— Quoi d'autre ?

Il serra les lèvres.

— Je crois en toi, protesta-t-elle.

Ils effleuraient un sujet dangereux ici. Elle savait qu'il avait conscience de ce qu'elle ressentait pour lui. La question était... est-ce qu'il ressentait la même chose pour elle ?

Pour le moment, Cody est bien plus important, se rappela-t-elle.

Et si ç'avait été son propre enfant ? Elle ne pouvait pas tout simplement laisser tomber, sachant qu'il était quelque part, tout seul. Elle ne voulait pas qu'on le laisse de côté, comme ils semblaient l'avoir déjà fait avec Amanda Hutto. Pauvre Amanda, qui avait disparu juste devant sa propre maison. Personne n'avait rien vu. Même la récompense qu'elle avait offerte n'avait pas réussi à fournir de piste. À six ans, la gamine avait tout simplement disparu dans les airs. Tout comme Sammy. Si la communauté s'était serré les coudes, au lieu de poursuivre leur vie comme si de rien n'était, peut-être que Sammy aurait eu une chance de grandir et de devenir un homme.

Ou ils auraient peut-être au moins eu un corps à enterrer.

Tant de choses auraient pu être différentes.

Leur mère aurait pu être différente.

Augusta aurait pu être différente.

Mais elle commençait à se rendre compte que sa force était vraiment une faiblesse. Il la fixait toujours des yeux. Il semblait l'étudier, de ses yeux remplis de secrets.

Est-ce qu'il connaissait aussi les siens ?

— Tu sais quoi, on peut s'entraider, céda-t-il finalement. Si tu promets d'aller nulle part et de rien faire sans moi Augusta.

Le garçon lui servit sa bière. Elle la saisit en évitant le regard de Ian. Elle prit le citron, le pressa et l'inséra dans la bouteille, essayant de ne pas penser à la façon dont ses doigts s'étaient insérés en elle cette nuit-là. Elle frissonna à ce souvenir.

Il tendit la main et saisit sa bouteille, enveloppant sa main autour de la sienne et tirant fermement pour attirer son attention.

— Tu m'entends Augusta ?

Augusta croisa son regard et faillit lui donner une de ses réponses caractéristiques : sans s'engager, pleine de sarcasme. Mais il enlaça ses doigts aux siens jusqu'à ce qu'ils tiennent ensemble la bouteille froide. Mon Dieu, son corps se mit à trembler dans des lieux secrets. Ils se fixèrent longuement du regard, sans fléchir.

— OK, céda-t-elle, frustrée. Je ferai pas ce que tu veux pas que je fasse, mais tu dois me dire tout ce que tu sais !

Elle essaya de retirer sa main, mais il tenait fermement la bouteille. Son sourire prit soudain un air coquin.

— Et ce que je *veux* que tu fasses ? Tu veux aussi que je te le dise ?

Augusta essaya de prendre un de ses airs les plus neutres, tout en sachant bien que ça ne marchait pas du tout.

— Ça dépend...

— De quoi ?

— Ça dépend si je le veux aussi, lui répondit-elle en lui renvoyant son sourire.

9

Bercé par les derniers rayons de soleil, un machaon atterrit sur le pare-brise et détourna son attention. Ses ailes jaune et noir battaient avec élégance, plus lentement quand il se posa. Derrière le papillon, l'air vibrait tandis que le capot noir de la voiture se refroidissait dans le crépuscule. Une femelle. Au moins chez cette espèce, les mâles étaient beaucoup plus ternes. Elle était jeune, il pouvait le voir à ses ailes immaculées et aux longs appendices sous les ailes. Elle avait probablement été attirée par les arbustes à papillons plantés le long du trottoir. Ce papillon avait des marques bleues et orange particulièrement brillantes avec des rayures noires qui aboutissaient à sa queue bleu foncé. Il s'immobilisa complètement, profitant d'un moment de sérénité. L'homme le regarda un long moment, hypnotisé par la grâce de l'insecte. Puis il tendit nonchalamment la main et mit ses essuie-glaces en route. Le papillon se retrouva projeté sur le dos, sur le capot de sa voiture noire, où ses ailes commencèrent à frire dans la chaleur. Là où il s'était débattu pour se redresser restait seulement un peu de poudre jaune. Il le regarda un instant gigoter, puis blasé par ce spectacle de faiblesse, il fixa à nouveau des yeux le couple assis sous la véranda du restaurant.

De quoi parlaient-ils ?

Est-ce qu'elle se demandait comment se retrouver avec sa bite entre ses jambes ?

Ou est-ce qu'elle parlait maintenant du gamin ?

Ce n'était pas difficile de comprendre ce qui faisait vibrer Augusta Aldridge. Surtout après qu'elle ait annoncé cette récompense dans le journal de sa sœur pour toute information conduisant au retour d'Amanda Hutto. Elle n'était pas du genre journaliste fouineuse comme sa sœur. Juste une redresseuse de torts qui pensait pouvoir changer le monde.

Toutes ces années, il avait lutté en vain pour trouver la paix.

Il avait obtenu son premier vrai frisson quand le plus jeune des Aldridge avait rendu son dernier soupir. Peut-être qu'il pourrait faire l'expérience de son dernier frisson avec la disparition de sa salope de sœur ? Peut-être alors qu'il apaiserait les voix dans sa tête ?

Quelque part, dans cette partie de lui qui n'était pas morte, il savait qu'il devrait s'arrêter là. Mais comme un fumeur ou un alcoolique en manque, il était incapable de résister au chant des sirènes. La seule différence était qu'il devait planifier avec précision. Et beaucoup de volonté.

Il lui fallait être plus intelligent que le junkie moyen.

Il lui fallait trouver de petites doses là où il le pouvait.

Son regard revint au papillon tandis qu'il se rappelait ce premier jour à la plage.

Il les avait regardés. Leur mère ivre de soleil et de Margaritas, laissant ses filles s'occuper de leur petit frère. Mais personne ne faisait vraiment attention au garçon. Comme lui, personne ne le remarquait jamais.

Sauf quand il le voulait.

Il avait reconnu ce regard dans les yeux de l'enfant tandis qu'il appelait ses sœurs, en agitant son petit drapeau sur un bâton.

— Ohé ! regarde-moi Cici ! J'suis un pirate, comme Barbe Noire !

Personne n'avait fait attention à lui et il était vite devenu maussade et silencieux, résigné à un voyage solitaire. Et puis il avait dérivé... si loin que sa famille ne pouvait plus le voir.

Mais personne n'avait remarqué.

Ce jour-là... il n'avait vraiment pas eu l'intention que quelque chose arrive.

Le gamin était assis dans son petit canot. Tout seul. En colère contre ses sœurs et probablement contre sa mère aussi. Il avait pris le petit drapeau qu'il tenait et s'était mis à en marteler son canot en plastique, son petit visage crispé de frustration. Il avait dérivé de plus en plus loin... jusqu'à se retrouver bien au-delà des bas-fonds, vers les eaux plus profondes.

Le canot avait émis un petit bruit d'air qui s'échappe, sous la pointe du bâton de son drapeau. Le regard surpris, il ne réalisait pas encore le danger dans lequel il se trouvait, trop jeune pour comprendre que son bateau allait bientôt s'enfoncer sous lui.

Il s'était senti obligé de patauger vers le gamin tandis que le canot se dégonflait lentement. Mais même alors le garçon n'avait toujours pas peur. Il avait semblé plus préoccupé par le fait que ses pieds s'étaient emmêlés dans le plastique et que l'eau commençait à s'infiltrer.

L'eau jusqu'à la poitrine, il s'était arrêté pour regarder, curieux de savoir ce que l'enfant allait faire. Celui-ci observait, les sourcils froncés, et le remarqua pour la première fois. Ils s'étaient tout simplement dévisagés pendant un long moment, jusqu'à ce que le canot se dégonfle complètement sous le garçon et que son petit corps glisse dans l'eau. Immergé, il avait poussé un cri. C'est alors seulement qu'il s'était mis à pleurer, quand l'eau pouvait lui entrer dans la bouche et quand il commençait à couler.

Il ne savait pas nager.

Ses petites mains s'agitaient désespérément. Il ouvrit la bouche pour crier et avala un bol d'eau. L'eau tourbillonnait à ses pieds, mais il ne donnait pas de coups de pied assez rapides ou assez forts pour rester à flot.

Personne ne lui avait appris à nager.

Quel genre de mère mettait un enfant dans un bateau en caoutchouc et le laissait flotter au loin sans lui avoir appris à nager ? Le genre égoïste. Le genre qui se fichait de tout sauf d'elle-même. Le genre qui mettait les besoins des autres avant ceux de ses enfants.

Il valait mieux que le garçon meurt.

Et pourtant, indécis, il ne bougeait pas. Il se contentait de regarder.

Poussé enfin par quelque chose de plus profond, il avança, un sentiment d'excitation grandissant en lui. Il saisit le garçon dans ses bras. Juste une seconde. Pas plus. Le garçon n'eut pas même le temps de crier ni de reprendre son souffle. Puis il le repoussa sous l'eau et le tint là, sachant qu'il pouvait le sauver s'il le choisissait. S'il le choisissait. Sachant qu'il lui suffisait de soulever la tête de l'enfant hors de l'eau. Au lieu, il resta immobile, le tenant sous la surface. À cet instant, il se sentit pour la première fois maître de sa vie. Un sentiment grisant de contrôle qui s'épanouit dans sa poitrine.

Le garçon était triste, se rassura-t-il. Le tuer était une miséricorde. Le tuer était une gentillesse. Le laisser en vie, d'un autre côté... serait tout simplement créer un autre monstre. Comme lui. Parce que c'est comme cela qu'il était né... des feux de la colère et du ressentiment. Et à cet instant, quand le garçon absorba la dernière gorgée d'eau froide dans ses poumons et que les vaisseaux sanguins éclatèrent dans ses yeux exorbités, à cet instant incroyable, il fut transformé.

Augusta Aldridge avait ce même regard triste.

Comme dans chaque croisade qu'elle menait contre le monde. Elle serait beaucoup plus heureuse si elle pouvait rejoindre son frère, se dit-il, les bras croisés. Il la regarda avec l'ex-prêtre quelques minutes de plus. Puis il redémarra sa voiture.

Ce n'était pas le bon moment.

Pas encore.

Mais bientôt...

Parce qu'il savait déjà que Cody ne serait pas celui qui calmerait les voix dans sa tête.

Il reposa son regard sur le capot de sa voiture.

Cody était comme le papillon.

Une petite dose pour tenir le coup.

IAN SE MENTAIT À LUI-MÊME, il s'en rendait compte. Bien sûr qu'il avait besoin de l'aide d'Augusta, mais il voulait aussi la voir, tout simplement.

Ils attaquèrent une montagne de crevettes bouillies et d'huîtres, et burent une demi-douzaine de bières à eux deux. Augusta inspecta le tas de coquilles, cherchant s'il en restait une pleine, tandis qu'il l'observait, heureux pour la première fois depuis des années.

Pour le moment, voyant devant lui son sourire facile et sa manière assurée, il pouvait presque oublier que leur présence ici avait attiré les regards curieux et désapprobateurs de presque tous les autres clients. Grâce à sa sœur et aux autres médias, tout le monde le reconnaissait à Charleston, sauf ceux qui vivaient sous une cloche. Heureusement, personne ne fit d'esclandre. Mais Ian s'attendait presque à ce que le patron le fiche dehors parce qu'il dérangeait la clientèle.

Augusta était facilement la femme la plus têtue qu'il ait jamais rencontrée. Elle était également la plus belle, même si sa beauté n'était pas simplement à fleur de peau. S'il voulait la garder en sécurité, il savait maintenant qu'il devait la garder près de lui. Mais il ne savait pas exactement ce qu'il devait lui révéler ou non. Elle était tout aussi intelligente que têtue.

La croix en argent qu'elle portait autour du cou, suspendue à un cordon en cuir usé, attira son regard. Il avait la nette impression que ce n'était pas pour une raison religieuse. La croix était finement sculptée, avec des représentations des quatre éléments sur chaque bras et de minuscules roses au centre. Il voulait l'interroger sur cette croix, mais n'était pas sûr d'être prêt à ouvrir cette boîte de Pandore. Heureusement, en dehors de cette première nuit, elle n'avait pas mentionné son ex-affiliation à l'Église. En fait, elle semblait préférer l'ignorer.

Franchement, lui aussi.

Au fond, il avait toujours été plus attiré par les œuvres de l'Église que par l'idée de Dieu. Sa décision de servir l'Église n'était pas plus mystérieuse que celle du fils d'un plombier souhaitant embrasser la carrière de son père. Pourtant, il avait été entièrement prêt aux sacrifices nécessaires pour faire une différence, et le célibat n'avait jamais été vraiment un problème. Les relations étaient trop compliquées pour justifier l'échange de fluides corporels...

Jusqu'à ce qu'il rencontre Augusta.

Même maintenant, quand il *savait* qu'il devrait s'en aller, il ne semblait pas pouvoir trouver la volonté de le faire. Quelque part dans sa tête, il se rendit compte que rien de bon ne pouvait sortir de cette situation. Il restait là néanmoins, heureux de sa compagnie. Jouissant de la façon dont son chemisier moulait jalousement ses beaux seins...

Il avait juste voulu lui demander son aide. En personne. Puisqu'il devait aussi lui présenter des excuses et la remercier d'avoir payé sa caution. Mais maintenant qu'il était avec elle, il ressentait une paix que pas même l'Église n'avait pu instiller en lui.

Mais c'était une illusion, il le savait bien. Il n'éprouverait pas de paix totale tant qu'il ne retrouverait pas Jennifer Williams. Tant que le responsable de tous ces meurtres ne serait pas finalement derrière les barreaux. Tant que celui qui avait blessé Jennifer ne paierait pas pour ses actions.

Malgré ce que les journaux prétendaient, il n'avait pas été excommunié par l'Église. Il était parti de son propre gré. Mais admettre cela maintenant exposerait le mensonge que tout le monde essayait toujours de cacher, y compris la mère de Jennifer. Un mensonge qui avait conduit Jennifer à Dieu sait quelle fin. La trouver n'aiderait pas seulement à soulager sa culpabilité. Jennifer était la seule qui pouvait remettre les pendules à l'heure.

— Je crois que tu les as toutes mangées, lui dit Ian, faisant référence aux huîtres qu'elle inspectait avec tant de diligence.

— Je voulais être sûre de t'en laisser assez.

— Assez pour quoi ?

Elle flirtait manifestement avec lui. Il reconnaissait ce regard dans ses yeux. Mais l'emmener dans son lit n'était pas la meilleure chose, ni pour l'un ni pour l'autre. Même si sa réticence n'avait rien à voir avec les vœux qu'il avait déjà rompus.

— Juste assez, dit-elle en souriant.

Il se pencha en avant. On avait baissé la lumière et il voulait la voir plus clairement.

— En fait, je crois que c'est un mythe.

Elle secoua la tête, les yeux brillant légèrement.

— Non non. Elles sont pleines de zinc, ça booste

vraiment la libido, l'informa-t-elle avec un clin d'œil. Au cas où tu saurais pas.

Ian lui sourit. Sa libido se portait à merveille quand Agusta était là. Si seulement elle voyait la danse de son petit monstre sous la table. Cela pourrait en fait l'effrayer. C'était pour sûr son cas. Il se força à se reculer sur sa chaise.

— Ah ouais ? J'ai toujours cru que c'était à cause de leur forme. Je croyais qu'un vieux cochon avait eu cette idée.

Elle rit.

— Ça se peut bien, mais c'est vrai aussi qu'un manque de zinc peut rendre un homme impuissant, tandis qu'une abondance... on sait bien tous les deux l'effet que ça peut avoir, précisa-t-elle avec un clin d'œil exagéré.

Il aimait qu'elle parle franchement. Et pourtant, elle n'allait jamais trop loin. Elle l'emmenait au bord, elle le taquinait, mais ne franchissait jamais la limite.

— Tu veux tester l'effet ? demanda-t-il, ses paroles sortant de sa bouche comme d'elles-mêmes, défiant sa volonté.

À moins que ce soit juste la bière ?

Ils se fixèrent du regard, sans parler, ne sachant trop où aller à partir de là.

Le téléphone d'Augusta retentit, rompant le charme du moment.

Énervée, elle secoua la tête et reposa les coquilles d'huîtres qu'elle tenait en main. Elle en avait quand même trouvé une, mais même la vapeur n'avait pas suffi à la faire s'ouvrir. Il n'y avait pas de fissures dans son armure, pas moyen d'entrer. D'une certaine manière, malgré leur flirt, il sentait qu'ils étaient tous les deux comme ça. Les paroles étaient une chose, mais les émotions d'Augusta Aldridge restaient verrouillées en elle. Seules la patience et la persévérance la feraient s'ouvrir. Ils n'avaient pas le temps pour ça. Aux yeux de Ian, le sexe ne suffisait pas. Elle sortit son portable de son sac à main et regarda le numéro.

— Ma sœur, dit-elle.

— Laquelle ?

— Savannah. Elle te plairait. Elle est pas du tout comme Caroline. Et absolument pas comme moi non plus, ajouta-t-elle en riant.

— Allons faire un tour sur la plage, suggéra-t-il. Il y a quelque chose que je veux te montrer.

Cody avait l'impression d'avoir du sable dans les yeux.

Ils étaient graveleux et secs et il pouvait à peine les garder ouverts. L'air semblait brûler l'intérieur de son nez. Il avait presque autant mal au ventre qu'à la tête. Ses poignets et ses chevilles étaient en feu, là où la peau était écorchée et enflée autour des menottes. Son pouls ne ralentissait pas, même s'il n'arrivait pas à rester éveillé. Il avait maintenant peur de pleurer, parce que la morve s'accumulait dans son nez et risquait de l'empêcher de respirer.

La température était torride dans le bâtiment. Ou peut-être que tout devenait flou. Il savait seulement pour sûr qu'il avait soif et peur. Les moustiques le dévoraient de partout. Il poussa désespérément sa langue contre le chiffon fourré dans sa bouche puis toussa un peu et vomit dans le fond de sa gorge.

Au prix d'efforts, il arriva à bouger le chiffon dégueulasse loin du fond de sa gorge. Il se dit qu'il ressemblait peut-être à un boa avec un rat à moitié mangé dans la gorge. Sauf qu'au lieu d'enfoncer le tissu plus profondément, il s'efforçait lentement de le faire sortir en élargissant sa mâchoire et en manœuvrant sa langue.

Il ne comprenait pas ce qui se passait.

Pourquoi est-ce que quelqu'un voudrait le ficeler comme une dinde de Thanksgiving et le laisser pourrir ici ? Il s'attendait à ce que l'homme revêtu de noir revienne le tuer. Mais jusqu'à présent il n'était pas revenu. Il avait peur de mourir avant que quelqu'un le trouve. Il avait même un peu l'impression qu'il était déjà en train de mourir. Peut-être. Il n'en était pas sûr. Sa tête lui faisait tellement mal que c'était plus facile de rester allongé là sur le ciment et d'attendre, les yeux fermés.

Mais il n'était pas prêt à mourir.

Il ne détestait pas sa petite sœur et il ne voulait pas partir sans lui dire qu'il n'avait jamais voulu écraser la tête de sa poupée. Ni mettre le feu aux cheveux de sa Barbie. Ni mettre de chewing-gum dans ses roues de skate. Il était juste un peu en colère. Parce que jusqu'à la naissance de sa sœur, sa mère avait toujours eu beaucoup plus de temps pour lui lire des histoires. Maintenant, c'est lui qui devait toujours lire pour sa sœur. Mais ça ne l'embêtait pas. Il aimait bien ça. Et il était fier quand elle lui posait des questions sur des mots qu'elle ne comprenait pas. Lila avait seulement six ans, mais elle était intelligente. Qui est-ce qui pourrait l'aider à apprendre à lire s'il ne pouvait pas rentrer chez lui ? Est-ce que sa maman choisirait un autre garçon pour le remplacer ?

La tristesse l'envahit, parce qu'il savait dans son cœur que s'il n'avait fait aucune de ces mauvaises choses à Lila, son papa et sa maman ne les auraient pas séparés après l'école et ils ne l'auraient pas envoyé chez sa grand-mère Rose.

Il avait été méchant, il le savait, et c'était peut-être pour ça qu'il était puni maintenant.

S'il avait été un bon garçon, il ne serait jamais allé regarder du fichu sang dans une vieille église délabrée. Au lieu, il serait rentré à la maison, aurait eu un bon souper, puis sa mère l'aurait remmené avec Lila chez eux.

Pourquoi est-ce qu'il avait accompagné TC ? Pourquoi est-ce qu'il l'avait écouté ? Cody regrettait de ne pas pouvoir reprendre toutes les mauvaises choses qu'il avait faites dans sa vie.

S'il te plaît, Dieu, pensa-t-il, ne me laisse pas mourir.

10

Ian et Augusta quittèrent le restaurant et marchèrent en direction de l'est vers la plage. Quand ils atteignirent un groupe de maisons de bord de mer presque inondées, où le vent soufflait de la rive vers le fleuve, ils passèrent à travers la cour de quelqu'un pour atteindre East Ashley.

— J'ai bien besoin de ça, dit-il, me retrouver en prison pour violation de domicile.

— C'est la maison de Jack Shaw, expliqua Augusta en riant.

— Génial, encore mieux ! ajouta-t-il en secouant la tête.

— Relax, il est pas chez lui, dit-elle en lui lançant un clin d'œil. Probablement dans son bureau à chercher comment te renvoyer derrière les barreaux.

— C'est pas particulièrement drôle, suggéra-t-il, mais il se mit quand même à rire.

Ils suivirent la route et passèrent devant la maison jaune de Karen Hutto blanchie par le soleil. C'est là qu'Amanda avait disparu, de la cour de devant. Ils atteignirent enfin la route d'accès à la plage qui serpentait devant l'ancien poste des garde-côtes. Plus ils marchaient vers l'est, plus le ciel s'assombrissait, loin des lumières artificielles.

— J'arrête pas de me demander ce que c'est, lui dit-il en montrant du doigt un socle en ciment recouvert de graffitis et entouré de broussailles.

Quoi que ce soit, ce truc couvert d'écritures psychédéliques était la preuve que l'homme avait mené une guerre contre la nature, les deux essayant de s'emparer du bâtiment désaffecté.

— Un vieux poste de garde-côtes. Apparemment, il a joué un rôle énorme pour protéger la base navale contre les espions allemands pendant la Seconde Guerre mondiale. Je crois qu'Hugo l'a aplati.

— Tu veux dire l'ouragan Hugo ?

Augusta fit oui de la tête.

— Ouais. La même tempête qui a nivelé ces maisons en bord de mer. C'est un paradis pour les surfeurs maintenant.

— Ça vaut la peine de jeter un coup d'œil par ici ?

— Et d'affronter les chardons ? fit Augusta en secouant la tête. Pas vraiment. Mais ça pourrait faire sortir ce flic de sa voiture s'il croit qu'on dérange un monument historique.

— T'as raison. Merde, je croyais qu'on les avait perdus, dit Ian en riant, en regardant par-dessus son épaule les feux de stationnement de la voiture garée au bout de la route d'accès à la plage.

— Il y a juste une rue qui va jusque-là à l'est, lui dit-elle. C'est même pas une bonne supposition. Il faudrait être bête pour pas comprendre où on va.

— On peut quand même les semer, se vanta Ian en souriant.

Il saisit brusquement les sandales d'Augusta et les jeta par terre.

— Mets-les, lui ordonna-t-il, je veux te montrer quelque chose de toute façon.

Augusta s'exécuta et Ian la conduisit à travers les dunes pour lui montrer l'endroit où une caouanne avait récemment déposé ses œufs. Les nids connus étaient marqués, mais apparemment une maman tortue avait affronté le littoral infesté de touristes pour déposer sa couvée dans un endroit isolé, tout au bout de la plage au nord-est. Soigneusement, Ian découvrit le nid pour qu'Augusta puisse regarder à l'intérieur, où il y avait littéralement des centaines d'œufs.

— Parlons de rivalité fraternelle !

— Tu parles vraiment comme la deuxième des trois filles ! commenta-t-il en souriant.

— Qu'est-ce que tu veux que je te dise, c'est moi qui ai loupé l'attention de ma mère, hein ! ajouta-t-elle en haussant les épaules tandis qu'elle scrutait l'intérieur du nid, les mains sur les genoux.

— Quelque chose me dit que tu t'es bien débrouillée sans ça, lui fit-il avec un regard entendu.

— Ça dépend à qui tu parles, poursuivit Augusta en souriant.

— À mes yeux, Augusta Aldridge, t'as rien qui cloche, gloussa-t-il doucement.

Augusta cligna des yeux et croisa son regard. Un frisson la parcourut. Il la regardait fixement de ses yeux bleus. Mal à l'aise sous son regard et ne sachant trop quoi dire, elle se concentra sur le nid et les œufs gros comme des balles de golf.

Elle avait les idées claires, aussi claires que cette nuit de pleine lune.

Elle savait exactement ce qu'elle faisait.

N'est-ce pas ?

Ian recouvrit doucement les œufs de sable. La

même douceur avec laquelle il avait touché son corps. Comme si elle pouvait se briser à son toucher.

— On dit qu'il leur faut une trentaine d'années pour développer un instinct maternel, expliqua-t-il, mais quand elles l'ont, elles reviennent sur la plage où elles sont nées pour y pondre leurs œufs. Incroyable.

Sauf que ces bébés tortues découvriraient bientôt que leur mère n'était pas là pour s'occuper d'eux. Quelque chose dont Augusta avait personnellement fait l'expérience. Mais elle s'était réconciliée avec cette réalité depuis longtemps. Elle s'assit sur la plage et soupira.

Elle avait trente-deux ans. Peut-être que c'était son seul problème ? Comme les caouannes, peut-être qu'elle commençait à ressentir une démangeaison maternelle ?

Sauf que... quand elle regardait Ian, ce n'était pas l'idée d'avoir des bébés qui la faisait palpiter...

Ian s'assit à côté d'elle, si près que leurs genoux se touchaient presque.

Augusta enfouit ses doigts dans le sable chaud. Elle en prit une poignée et le fit couler à travers son poing fermé, comme un sablier brisé.

— Alors comment est-ce que t'as trouvé le nid ?

Il la regarda, repoussant ses cheveux mi-longs de son visage.

— Je suis souvent venu sur la plage récemment.

— Cool, dit-elle.

Sauf que ce n'était pas cool, parce qu'ils savaient bien tous les deux ce qu'il recherchait.

Est-ce que c'est ainsi que le tueur trouvait ses victimes ? En faisant de la récupération le long de la côte ?

Mal à l'aise sous le regard de Ian et inquiète du

tour que prenaient leur conversation et ses pensées, elle leva les yeux vers le ciel obscurci.

De là où ils étaient assis, ils pouvaient voir au loin le phare de Morris Island dans le clair de lune, au milieu de l'écume. Au-delà, la ville de Charleston projetait une lueur douce. Entre les deux, l'eau était sombre et le port était parsemé des silhouettes de nombreux voiliers.

— Tu sais qu'il y a un couvre-feu par ici ? lui demanda-t-elle.

— Non, mais c'est ce que je pensais. Tout devient noir après vingt-deux heures.

Augusta leva un sourcil.

— Je suppose qu'ils essaient de garder les plages aussi sombres que possible la nuit, pour les tortues.

— Éclairage d'ambiance, suggéra-t-il avec un clin d'œil.

— Je crois que la lumière les désoriente, répliqua-t-elle. Apparemment ça les fait se détourner de l'océan, là où elles sont censées aller.

Dans l'obscurité croissante, la brise chuchotait dans les graminées maritimes. Augusta aperçut des taches sombres avancer sur la plage. Probablement des bernard-l'ermite ou autres créatures marines qui cherchaient des choses à manger. Des créatures opportunistes, opérant sous le couvert de la nuit.

Mais Ian n'était pas un tueur. Ses instincts étaient corrects. Elle ne serait pas là avec lui s'il y avait eu un seul signal d'alarme.

Elle prit une profonde respiration d'air salin, craignant d'espérer quelque chose de plus que ce qu'ils avaient à cet instant. Si elle laissait faire, toute sa vie pourrait être définie par une série de mauvaises relations. C'était tout ce qu'elle connaissait, et ses parents avaient été un mauvais exemple. Son père était issu d'une longue lignée de politiciens et sa mère avait été une « fille de la Confédération », la royauté de Charleston pour ainsi dire. Si les aspirations politiques de son père avaient sans doute été servies par l'héritage immaculé, à la façade inébranlable, de sa mère, l'idéalisme de Flo n'avait guère bénéficié de la carrière sans scrupules de son père. À première vue, leur mariage aurait pu sembler parfait, comme celui de Jackie O. et de John Kennedy, mais leur dysfonctionnement avait été prédestiné. Ajoutez à cela le fait que Flo était une femme forte, sans concession. Rien de surprenant alors que leur famille se soit défaite si rapidement après la mort de Sam. Ses parents n'avaient pas eu un mariage d'amour. Elle doutait qu'ils aient même jamais connu le sens du mot. Elle craignait de peut-être ne pas le connaître non plus.

— Alors on est à nouveau ensemble, avança-t-il.

Augusta avala sa salive. Elle s'allongea sur le sable. Les yeux levés vers le ciel, elle écoutait l'océan s'écraser sur les rochers en contrebas. Ici, la plage était inhabituellement rocheuse. C'était fait exprès, pour éviter l'érosion de la côte sous l'effet des courants puissants.

— À nouveau ensemble, répéta-t-elle avec la chair de poule.

Augusta avait beau essayer de nier l'attraction de Ian, elle était présente, aussi épaisse que le brouillard matinal du Lowcountry. Elle était pieds nus, ses sandales étaient posées à côté d'elle sur la plage. Le bas de sa jupe était mouillé après leur marche au bord de l'eau. La douce brise chaude effleura le décolleté de son chemisier en coton. Ian se rapprocha et se tourna vers elle.

Augusta retint son souffle, sans oser le regarder.

— Qu'est-ce qu'on fait ?

Elle le regarda du coin de l'œil. Appuyé sur un coude, il avait les yeux fixés sur elle.

— Merde, si tu crois que je sais Augusta ! Le monde s'en va à vau-l'eau autour de nous et me revoilà assis sur cette plage, à contempler tes superbes lèvres, à me dire à quel point j'ai envie de t'embrasser.

Sa voix semblait être à l'état brut, comme s'il voulait choisir chaque mot avec précision.

Augusta tourna son regard vers lui. Voyant l'expression sur son visage, son cœur se mit à battre à toute allure. Sous ses yeux, ses seins, brûlants malgré l'air frais de la nuit, souffraient de désir, du désir de son toucher.

Il tendit la main et lui toucha à peine la joue, lui tournant le visage vers lui.

— Tu mérites que je te fasse l'amour... dans un lit, dit-il.

Augusta essaya de trouver sa voix. Elle le regarda droit dans les yeux.

— C'est la dernière chose qu'on devrait faire, convint-elle.

Ils restèrent en silence sans se parler pendant un très long moment.

Ian se pencha vers le beau visage d'Augusta et son cœur se mit à battre comme un tambour.

C'était la dernière chose dont il avait besoin dans sa vie, se dit-il. La dernière personne avec laquelle il devrait être impliqué. S'il était même seulement la moitié de l'homme qu'il avait été, il la prendrait par la main, la raccompagnerait vers sa voiture et la renverrait en sécurité chez elle.

Ou il la conduirait au moins chez lui et lui ferait l'amour comme elle le méritait, entre des draps frais et propres pour sa peau douce et tendre.

Mais ils étaient seuls. Ici, sur la plage. Pour la première fois depuis si longtemps, il n'y avait pas une douzaine de paires d'yeux fixés sur lui. Et la nuit était aussi belle qu'Augusta.

Le clair de lune se réfléchissait sur le sable blanc, baignant la fille d'une lumière douce. Derrière eux, l'herbe des dunes s'agitait doucement dans la brise.

Elle leva son visage vers sa main. Il ne put se retenir. Il se pencha pour savourer sa bouche.

— Je te veux, murmura-t-il.

En réponse, elle se souleva et passa ses longs doigts gracieux autour de son cou, l'attirant à elle. Ian était désormais perdu.

Il bougea son corps pour s'étendre à côté d'elle sur le sable chaud, entourant sa cuisse de sa main et passant la jambe d'Augusta sur la sienne. Il se délectait à la sensation de son corps souple et de sa peau douce sous sa jupe.

Il l'embrassa profondément, sachant que ce qui se passait entre eux était destiné à arriver. Ça semblait juste, même si ce n'était vraiment pas le bon moment.

Mais sa conscience lui faisait la guerre. Elle méritait mieux que cela. Pouvait-il même être vraiment sûr que leur relation survivrait à tout ce drame ? C'était possible, innocent ou pas, qu'il passe le reste de sa vie derrière les barreaux. Le simple fait que la police le file lui assurait qu'ils n'allaient pas tout simplement abandonner les charges. À plus forte raison, avec tant de choses en jeu.

Ian et Augusta ne devraient pas être là en ce moment.

Augusta gémit sous lui, mais il se détacha d'elle en regardant son air perplexe.

— C'est pas comme ça que ça devrait à nouveau se passer, dit-il avec conviction.

Mais il voulait qu'elle sache que ce n'était pas une

décision facile. Il posa une main sur ses fesses et la serra fort contre son érection, poussant son sexe dans le creux de son corps.

Il était dur comme le granit et son corps souffrait, avide d'être assouvi. Mais il ne pouvait le satisfaire ici, pas maintenant. Il glissa sa main vers sa taille, la serrant contre lui, voulant désespérément qu'elle comprenne qu'il ne s'agissait pas d'un rejet.

L'air perplexe de ses yeux bleus était charmant. Il aurait voulu pouvoir la tenir toute la nuit. Il la serra dans ses bras et enfouit son visage dans son épaule. Pendant un long moment, il se contenta de la tenir contre lui, réfrénant son désir.

— On verra quand tout sera fini, murmura-t-il dans ses cheveux.

Augusta hocha la tête et frissonna. La chaleur du corps de Ian était accablante, mais elle tremblait dans ses bras. C'était exactement ce qu'il fallait dire, mais cela la remplit de regret. De ne pas avoir été assez forte pour le dire elle-même.

Sa sœur avait raison : elle n'avait pas les idées claires quand il s'agissait de Ian.

Il ne semblait pas pressé de se dégager de ses bras. Alors elle le laissa la tenir, sa tête posée sur sa poitrine à écouter les battements réguliers de son cœur. Après un long moment, il se tourna pour qu'elle puisse poser la tête dans le creux de ses bras. Ils regardèrent le ciel ensemble.

L'odeur de la mer était forte ici. Cette odeur mêlée à l'odeur familière de sa peau, Augusta se sentait chez elle. Un sentiment si intense qu'elle pensait ne jamais en avoir fait l'expérience à ce point, aussi étrange que cela puisse paraître.

Le ciel était clair, avec presque toutes les étoiles visibles dans le ciel et le bruit des grillons remplissant la nuit. Ils semblaient être complètement seuls, avec le bruit de l'océan pour unique musique.

— Je crois que j'ai jamais vu autant d'étoiles.

— C'est Cassiopée, dit-il en pointant vers le nord. Ce groupe d'étoiles qui ressemble un peu à un W paresseux.

Elle l'écouta en silence et il continua, l'attirant plus près de lui :

— On raconte que Poséidon l'a bannie pour punir son arrogance. Elle est soi-disant liée à un trône dans une telle position que, quand elle tourne autour des pôles, elle est à l'envers.

Augusta sourit à côté de lui.

— Poséidon devait être un pervers, en conclut-elle. À l'envers, est-ce que c'est pas une position sexuelle olé olé ?

Il se mit à rire, puis la regarda en la poussant doucement du coude.

— Merde ! il y a que toi pour dire quelque chose comme ça. Moi je ne sais pas, dit-il en souriant. J'ai jamais essayé.

Mais quelque chose dans le ton de sa voix lui fit penser que ce n'était pas tout à fait la vérité.

— Menteur !

— Peut-être quand j'étais plus jeune, précisa-t-il en riant. À vrai dire Augusta, t'es la seule femme en près de six ans, ajouta-t-il sur un ton plus sérieux.

Augusta inspira et enfouit ses orteils dans le sable chaud. Pour une raison ou une autre, savoir cela la faisait se sentir mieux, pas pire, même si elle ne pouvait pas en dire autant.

— Merde alors ! j'essaye d'oublier ce sujet particulier et tu fais rien pour m'aider.

— Désolée, dit-elle, même si elle ne l'était vraiment pas.

C'était la chose à faire. Attendre. Mais le simple fait que c'était lui qui l'avait suggéré lui donnait encore plus envie de lui faire l'amour.

— Tu crois qu'ils vont abandonner les charges ? osa demander Augusta après un moment.

Il lui fallut un certain temps pour répondre. Il continua à observer le ciel, la mâchoire serrée et le profil dur.

— Ils ont pas de cas, suggéra-t-il. Sinon je serais pas là avec toi en ce moment...

PATTERSON ÉTAIT INNOCENT.

La pensée se débattait dans le cerveau de Jack comme un asticot.

Assis à son bureau, il fixait des yeux le rapport du labo, ne sachant trop quoi faire des nouvelles informations. Ce qu'il ressentait dans ses tripes face aux résultats de l'analyse de sang était un mélange confus qui se traduisait en douleur.

Tout au long de l'enquête, il avait été si sûr que Caroline avait tort. Il avait été furieux contre elle quand elle était intervenue et avait accusé Patterson dans le *Tribune*. Et puis Patterson avait été pris en flagrant délit, semblait-il. Son arrestation avait ébranlé le moral de Jack. Au point qu'il avait fortement envisagé de prendre sa retraite. Mais maintenant... ce sentiment tenace de malaise revenait en force. Malgré les preuves qui semblaient indiquer le contraire, Patterson ne ressemblait pas à un criminel. Peu à peu, les preuves qu'ils avaient acquises s'effritaient.

Il avait laissé sa relation personnelle avec Caroline interférer avec ses instincts. Il avait tenu ferme, jusqu'à la nuit de l'enlèvement de Caroline. Mais la voir dans les bras de Patterson l'avait ébranlé. Il avait immédiatement jugé Patterson coupable, même si ce dernier ne cessait de clamer son innocence.

Patterson disait avoir reçu un texto et une photo du portable d'Augusta pour l'attirer vers les ruines. Apparemment, ces deux-là s'étaient parlé, même si Patterson avait décidé de la boucler complètement après son arrestation, ne révélant rien sur la nature de leur relation, à part à son avocat. Jack commençait maintenant à comprendre pourquoi. Augusta avait non seulement payé sa caution, mais ils étaient ensemble maintenant. Celui qui filait Patterson venait de relayer l'information.

Il repoussa l'écran de son ordinateur portable et examina les photos d'Amy Jones. Elles étaient sur son écran et il les comparait aux photos qu'ils avaient prises de Kelly Banks après que son corps ait été jeté dans Brittlebank Park ainsi qu'aux nouvelles photos de Pamela Baker. À part la lacération du bassin de Baker à son sternum, le reste était pareil. Les trois femmes avaient été complètement dévêtues, leurs mains liées et posées en prière, la bouche recouverte d'une bande adhésive et la langue arrachée. L'intérieur de la bouche était teint en bleu avec un colorant alimentaire courant qu'on pouvait acheter dans n'importe quelle épicerie. Les trois étaient mortes asphyxiées, noyées. Pas de trace de mains ou de liens autour de la gorge des victimes. Au cours de l'autopsie, ils avaient découvert des preuves de cyanose et d'hémorragie pétéchiale dans les yeux, et des taches de sang autour de la bouche et du nez. Ils avaient aussi trouvé de l'eau dans leurs poumons, ce qui suggérait que les trois filles étaient probablement mortes après s'être trouvées quelque temps sous l'eau.

Peut-être une sorte de baptême ?

Dans ses notes pour la base de données des crimes

violents, il avait déjà entré asphyxie, strangulation manuelle ou au lien, colorant bleu, nudité. Il y ajouta baptême et blessures sacrificielles. Même si toutes les agences du maintien de l'ordre ne contribuaient pas à la base de données des crimes violents du FBI, la plupart le faisaient. Il voulait être sûr que le tueur était sur le radar de tout le monde.

Les crimes commençaient à prendre une nature religieuse, surtout en lien avec les notes que le suspect avait déposées sur le pare-brise de chaque femme : *Mort et vie sont au pouvoir de la langue, ceux qui la chérissent mangeront de son fruit. Proverbes 18,21.*

Qu'est-ce que cela voulait dire ? Est-ce que les victimes étaient visées à cause de quelque chose qu'elles avaient dit ? Quelque chose qui avait été dit sur elles ? Quelque chose qu'elles n'avaient pas dit ? Est-ce que leur meurtrier mangeait leur langue parce qu'il croyait qu'elles possédaient une sorte de puissance divine ? Ou est-ce qu'il la leur arrachait symboliquement, pour les empêcher de parler ?

Dans la mythologie grecque, Térée viola la sœur de sa femme et lui coupa la langue pour l'empêcher de parler du crime. Andrei Chikatilo, un tueur en série ukrainien, mordait le bout de la langue de ses amantes pour mieux jouir. On raconte que les indigènes du sud de la Nouvelle-Guinée mangeaient la langue de leurs ennemis pour s'emparer de leur bravoure. Le tueur en série et cannibale Joachim Kroll tuait et mangeait ses victimes pour réduire sa facture chez l'épicier. Et Dennis Rader considérait ses victimes comme des projets. Il comparait leur meurtre à la mise à mort d'animaux. Il les étranglait à plusieurs reprises, les ravivait, prenait son pied à les regarder lutter, puis finissait par les tuer et éjaculer dans un de leurs effets personnels. En conclusion, leur gars pouvait arracher la langue pour un certain nombre de raisons folles. Mais cela faisait définitivement partie de son modus operandi. Dans chaque cas, il avait coupé la langue et peint la bouche en bleu. S'il s'agissait de collectionner des trophées, on n'avait rien trouvé chez Patterson.

Quant au colorant bleu, Jack ne savait absolument pas comment l'interpréter. Les Pictes se peignaient en bleu pour la guerre, on pense que cela servait peut-être d'antiseptique. Le bleu est la couleur de l'eau. C'est aussi la couleur du ciel. Et c'est la couleur de la flamme dans sa zone la plus chaude. On associe le bleu à la paix, à la sérénité et à la spiritualité. Au sang de l'aristocratie et aux petits garçons. Le dieu Krishna a la peau bleue. Les associations étaient infinies. Mais si Ian avait joué avec un colorant bleu, on pourrait penser qu'à un moment donné, il en aurait renversé sur lui ou quelque part dans sa maison. Sa maison était propre. Sa voiture également. Et lui aussi. Ils l'avaient inspecté de la tête aux pieds après son arrestation.

Sur la scène du crime, ils avaient découvert une combinaison de plongée dans le coffre de Patterson, avec le sac du meurtrier contenant un rouleau de la même bande adhésive utilisée pour recouvrir la bouche des victimes, de la corde, un flacon de colorant alimentaire bleu à moitié vide ainsi qu'un couteau ensanglanté et un chiffon couvert à la fois de taches de sang et de colorant bleu. Preuve que le tueur faisait des éclaboussures. Mais le seul objet que Patterson avait reconnu comme étant sien était la combinaison. Il avait dit l'avoir acheté pour faciliter sa recherche dans le fleuve. Mais il disait aussi qu'il ne s'en était pas encore servi. Un examen de la combinaison montra en effet qu'elle n'avait jamais été portée.

Patterson avait affirmé être arrivé quelques minutes seulement avant la première voiture de police. Il avait vu les flammes après avoir repéré la voiture de Caroline. Il avait couru vers les ruines et l'avait trouvée gisant inconsciente au milieu des flammes. Il n'avait vu personne, comme par hasard, mais avait dit aussi ne pas avoir perdu de temps à regarder. Il l'avait retirée des flammes et avait couru vers la route, où il avait entendu des sirènes.

On connaissait la suite.

Les policiers étaient arrivés, ils l'avaient tenu en joue. Il avait laissé tomber Caroline par terre pour lever les mains. Puis avait cessé de coopérer à partir de ce moment.

En rétrospective, il était tout à fait possible que Patterson dise la vérité et qu'il ait bel et bien essayé de *sauver* Caroline, pas de lui faire du mal.

D'après le témoignage de Caroline, elle était arrivée en premier. Elle ne se rappelait pas avoir vu d'autre voiture, ce qui voulait dire que Patterson avait dû arriver après elle. Les portières de la voiture de Ian avaient été laissées grandes ouvertes et le coffre facilement accessible. N'importe qui avait pu l'ouvrir et y déposer des preuves. En fait, quand les voitures de police étaient arrivées, le coffre de Patterson était grand ouvert, ce qui n'avait absolument aucun sens pour quelqu'un qui planifiait ses meurtres avec tant de précautions. Tout semblait précipité cette nuit-là. Des voitures à la vue de tous, des portes entrouvertes, des coffres grands ouverts.

Et avec les sirènes se précipitant vers eux et une seule route pour sortir de cette péninsule, outre le marais salant, où avait-il l'intention d'aller ? S'il avait eu l'intention de s'enfuir par le marais, il allait dans la mauvaise direction. Ils n'avaient pas non plus trouvé de preuves de bateau abandonné dans les criques environnantes.

Toutes les délibérations de Jack le ramenaient à la même conclusion.

Ian Patterson n'était pas coupable.

Jack saisit le rapport du labo. Selon lui, c'était le clou final qui refermerait leur dossier contre Patterson. On avait envoyé à un labo privé le sang du couteau et du chiffon trouvés dans la voiture de Patterson. Normalement, l'État aurait fait le travail et l'analyse aurait pris de six mois à un an. Mais c'était l'affaire de la décennie. On n'avait épargné aucune dépense. Même avant l'arrestation de Patterson, ils avaient recueilli l'ADN de toutes les personnes disparues connues et l'avaient entré dans la base CODIS, le système d'indexation national des profils ADN.

Selon le rapport du labo, il y avait plus de 99 pour cent de probabilité que le sang trouvé sur le chiffon et le couteau dans la voiture de Patterson appartienne à Pamela Baker. Mais le moment de sa mort posait un sérieux problème de logistique : Patterson, alors derrière les barreaux, n'avait pas pu la tuer.

Le reste des preuves étaient aussi compromises : un carnet appartenant à Amanda Hutto, un appareil photo appartenant à Amy Jones, avec toutes les photos de sa mort horrible. Ils avaient saisi ces objets chez Patterson. Il prétendait que quelqu'un les y avait plantés. Ses empreintes digitales n'étaient pas sur eux. Pas même les surfaces qui auraient conservé les empreintes latentes n'avaient donné de résultat. En vérité, Jack avait aussi l'impression que les preuves avaient été plantées. Toutes les preuves. Comme Patterson l'avait dit.

Et puis il y avait le clou de langue, découvert dans le cendrier de la voiture de Patterson. Ils avaient placé beaucoup d'espoir en lui, parce qu'ils avaient récemment appris qu'Amy Jones avait eu un piercing à la langue. Quelque chose qu'ils avaient manqué pendant l'enquête. La compagne de chambre d'Amy n'avait pas eu l'idée de leur dire parce qu'ils n'avaient jamais entièrement divulgué les détails de la mutilation et de la mort de son amie. Mais la matière organique ne correspondait pas à l'ADN de Jones. Neuf chances contre une qu'il appartenait à la jeune fille qui avait procuré un alibi à Patterson, exactement comme il l'avait dit au cours des deux tests qu'il avait passés avec le détecteur de mensonges, et c'était assez facile à vérifier.

Même si Patterson pouvait travailler avec un complice, Jack ne le pensait pas. Pourquoi diable serait-il d'accord pour être le dindon de la farce ? Cela n'avait aucun sens.

Non, le tueur était toujours en cavale, quelque part. Et maintenant il avait Cody Simmons. Cela n'avait pas d'importance que Cody ne corresponde pas au profil des victimes passées. Amanda Hutto non plus. Mais il commençait à croire qu'il y avait un lien entre tous les crimes. Jack devait juste trouver le gamin avant qu'on le retrouve mort lui aussi.

Il se leva et attrapa sa veste posée sur le dos de la chaise. Il se pencha pour éteindre son ordinateur avant de l'enfiler. Puis il appela son partenaire de son portable. Don Garrison répondit à la première sonnerie. Il s'ennuyait probablement comme un rat mort.

— Il est où ?

— Il vient de sortir du restau et il se dirige vers East Ashley avec Augusta.

— Juste eux deux ?

— Ouais.

— Tu sais où ils sont allés ?

— Patron, il y a qu'une seule issue d'ici. Et ils

avaient ce drôle de regard, si vous voyez ce que je veux dire. Je les ai pas suivis dans les dunes. Je suppose qu'elle est en sécurité puisqu'ils m'ont vu tous les deux.

— D'accord, laissez-les aller, dit Jack en soupirant. On va juste vérifier où il va après. Rentrez chez vous Garrison.

— OK Jack. Merci.

Jack raccrocha et fourra le téléphone dans sa poche. Il saisit ses clés sur le bureau et soupira. Augusta avait une liaison avec Patterson. Une chose de plus qui allait mettre Caroline en colère. Mais il n'allait sûrement pas lui cacher et mettre leur relation en danger. Selon lui, mieux valait qu'elle l'apprenne de lui puisqu'Augusta ne semblait pas le moins du monde encline à partager cette information. Pour lui, Augusta allait se débrouiller toute seule.

11

Vendredi 20 août, 1:31

Devant le restaurant, les lampadaires étaient allumés, mais avec leurs réflecteurs sombres en forme de cloche pour limiter les reflets, la rue était faiblement éclairée. Seules restaient leurs deux voitures. Celle de Ian était garée ostensiblement sous le lampadaire devant le restaurant, tandis que celle d'Augusta était gardée par une enseigne en plastique en forme de requin accrochée au bâtiment, au-dessus de la pancarte d'un cabinet d'avocats. À cette heure de la nuit, les lumières vacillantes donnaient l'impression que le requin bougeait, créant une atmosphère sinistre.

Ian raccompagna Augusta à sa Town Car. Ils se tinrent devant elle un instant, puis elle ouvrit la portière et se glissa derrière, s'en servant comme d'un bouclier.

Ian avait raison. Il y avait assez d'événements dans leurs vies, pas besoin d'y ajouter de drame relationnel. En plus, pour la première fois de sa vie, elle était déterminée à agir différemment. Le sexe n'était pas le meilleur fondement d'une relation. D'une certaine manière, elle se sentait plus proche de Ian maintenant. Le sexe à lui tout seul n'aurait pas pu accomplir cela. Ils avaient parlé toute la nuit, se révélant leurs secrets, leurs désirs et leurs craintes.

Ian avait été un enfant à problèmes, avec une vie remplie de difficultés jusqu'à son entrée dans l'Église. Un des rares pour qui le programme de réhabilitation des jeunes délinquants avait effectivement marché. Dans son cas, sans doute parce que l'homme dont la vie l'avait encouragé à changer de comportement était son propre père. Il s'était mis à faire des choses avec son église locale grâce à un oncle. De là, il avait fini au grand séminaire, avec l'intention de passer sa vie au service de la communauté. Ils se ressemblaient plus qu'elle l'avait réalisé. Pas étonnant qu'elle soit attirée par lui.

— Je vais te suivre, juste derrière toi, la rassura-t-il. Pas question que je te quitte des yeux.

— Malgré tout ce qui se passe, j'ai passé un très bon moment Ian, dit Augusta en souriant et en se penchant sur la portière.

Il lui sourit en retour et enfonça ses mains dans ses poches. Augusta sentit que c'était sa façon de se maîtriser. Son envie de l'embrasser était forte, la tension entre eux était palpable.

— Moi aussi.

— Qu'est-ce que c'est que ça ? demanda-t-il tout à coup, retirant sa main de sa poche et s'approchant d'elle.

Augusta supposait qu'il avait échoué à son propre test de volonté. Mais il tendit la main vers son pare-brise et saisit un petit parapluie jaune en papier, coincé sous le plastique noir de l'essuie-glace.

Elle fit une grimace à sa vue.

— Un gars torché qui a eu une idée de cadeau

d'adieu, je suppose. Je déteste ce genre de trucs ! ajouta-t-elle. Ça me rappelle ma mère.

— Je suppose que c'est mauvais alors, commenta-t-il en levant un sourcil.

Augusta observa le petit parapluie non sans dégoût.

— On pourrait dire ça, fit-elle sans expliciter.

Un autre jour, une autre fois, elle lui dirait tout ce qu'il voulait savoir. Mais à une heure et demie du matin, ce n'était ni le moment ni le lieu.

Il haussa un sourcil et fit délicatement tourner le petit parapluie entre ses doigts, le tenant au-dessus de sa tête en faisant l'idiot.

— Il va bien avec la couleur de ta voiture, remarqua-t-il.

— Garde-le, dit Augusta en riant. Comme un souvenir.

Puis elle se glissa dans la voiture avant de pouvoir faire ou dire quelque chose qu'elle pourrait regretter. Avant qu'il ait le temps de se sentir obligé de l'embrasser pour lui souhaiter une bonne nuit. Un rejet déjà cette nuit, même si ce n'en était pas vraiment un, c'était assez comme ça.

Il allait jeter le parapluie, mais à la dernière minute il le fourra dans sa poche.

— Je plaisantais. T'as pas besoin de garder cette cochonnerie, dit-elle en écarquillant les yeux.

Il haussa les épaules.

— Avec ma chance, un flic va bondir de derrière un buisson et m'accuser d'abandonner des détritus sur la voie publique. Je vais m'en servir pour me curer les dents sur le chemin du retour.

Augusta rit et mit sa voiture en marche, luttant contre l'envie de dire trois petits mots ridicules. Pour le moment, c'était peu approprié, quoi que son cœur lui dise.

— Je t'appellerai demain, promit-il, puis il se retourna et se dirigea d'un pas rapide vers sa voiture.

Augusta attendit qu'il démarre sa voiture avant de prendre la route en direction de chez elle, lui laissant le temps de la suivre. Comme il l'avait dit, il la suivit jusqu'à sa maison et s'arrêta devant la grille quand elle s'engouffra dans son allée. Il tourna sa voiture en sens inverse mais attendit. Toujours à portée de vue, elle gara la Town Car dans l'allée circulaire et s'attarda juste assez pour lui faire au revoir de la main. Puis elle ouvrit la porte de la maison et se précipita à l'intérieur.

La voiture de Caroline était là, mais la maison était sombre. Il était deux heures du matin. Tout le monde était probablement au lit, et pas même la juste colère de Caroline ne l'aurait empêchée d'apparaître fraîche et dispose au matin. Dieu l'en garde, il se pourrait qu'elle ne soit pas dans son assiette. La pensée fit sourire Augusta.

Jetant un bref coup d'œil au miroir de l'entrée, elle monta les escaliers vers sa chambre. Les marches craquèrent et dans le noir elle passa sur la planche mal ajustée et trébucha.

— Merde ! fit-elle et elle se rappela son rendez-vous du lendemain avec l'ouvrier, en espérant que cela rende Caroline heureuse.

Tango se mit à aboyer dans la chambre de Caroline. Augusta se précipita vers la porte de sa chambre, ne voulant pas braver même une brève discussion avant d'aller se coucher. Heureusement, le chien se calma après un autre aboiement faible. Elle referma sa porte et posa son sac à main. Elle enleva ses chaussures et sa jupe avant d'aller directement au lit, avec l'intention de dormir en débardeur et sous-vêtements. Il était trop tard pour se brosser les dents. L'idée d'avoir du sable dans la bouche était beaucoup plus attrayante que celle d'affronter le courroux de sa sœur.

Une fois au lit, elle s'étira, sentant les minuscules grains de sable qui l'avaient accompagnée. Tout compte fait, dormir dans un lit granuleux était un petit prix à payer pour la soirée. Un petit sourire se dessina sur ses lèvres en revoyant Ian et ce ridicule parapluie en papier.

IGNORANT SON DÉJEUNER, Caroline secoua la tête en voyant l'annonce de mariage dans le journal. « La femme voulait apparemment un mariage du style plantation, avec les serveurs en costume d'époque et tout le reste. »

— Mon Dieu ! s'écria Jack en riant. Je dirais pas que j'ai une idée de ce qui est approprié, mais même moi je sais que c'en est loin, expliqua-t-il en avalant sans enthousiasme une bouchée de son sandwich grec.

Ils en étaient encore aux étapes de préparation de leur propre mariage, bien que Caroline aurait été heureuse s'ils avaient pu tout simplement s'enfuir ensemble. Ils devaient encore choisir une date. Un grand mariage ne semblait pas convenir, pas avec tout ce qui se passait. Jack l'avait surprise en insistant sur le fait qu'il voulait un grand tralala. Il voulait que le monde entier sache qu'elle était sa femme. Cela partait d'un bon sentiment, mais elle savait que l'idée trouvait ses racines dans une vie antérieure : les mariages avaient été parmi les événements les plus convoités de sa mère. Flo n'avait pas vécu assez longtemps pour voir une seule de ses filles devant l'autel. À cause de cela,

Caroline se sentait étrangement obligée d'obtempérer malgré ses réserves.

Elle mit le journal de côté, se rendant compte que sa mère était toujours sa plus grande faiblesse. La nécessité de montrer qu'elle était à la hauteur persistait, comme un moucheron tournoyant autour de sa tête. Tandis que d'autres tapotaient sur leur téléphone pendant le déjeuner, les yeux rivés sur Facebook, elle ne semblait pas pouvoir s'arrêter de lire le journal. Et pas simplement le *Tribune*, mais tous les journaux qui lui tombaient sous la main. Elle lisait avec voracité, essayant de mesurer la concurrence pour s'assurer que le *Tribune* n'avait pas raté d'occasions ou de sujets. Jack était extrêmement patient avec elle et elle lui en était reconnaissante. Mais elle savait aussi que son humeur pensive avait probablement tout autant à voir avec l'enquête en cours. Pour sa part, l'affaire n'était jamais loin de son esprit, mais elle avait promis à Jack de ne pas intervenir au-delà de sa relation personnelle avec les Simmons. Cela n'était pas facile à faire, surtout maintenant qu'elle semblait avoir une sorte d'influence. La clé était de savoir quand fléchir son muscle médiatique.

— Alors, qu'est-ce qui était si important que tu devais me voir *tout de suite* ? Remarque que je me plains pas. Je compte les jours jusqu'à ce qu'on puisse passer chaque seconde ensemble.

Jack haussa un sourcil, prenant son ton pour du sarcasme, car Caroline ne partageait pas facilement ses sentiments. Elle l'avait surpris une bouchée d'agneau dans la bouche. Il continua de mâcher. Elle sourit pour le rassurer.

— Comment est-ce que tu peux compter les jours quand t'évites de choisir une date ? lui lança-t-il d'un air de défi.

— Ça semble pas être encore temps, se défendit Caroline. Et maintenant avec Rose et Cody...

Il avait été tendu dès qu'ils s'étaient assis, évitant la raison pour laquelle il l'avait invitée à déjeuner. Aussi agréable qu'était le matin, et aussi heureuse qu'elle était de le voir après avoir passé la nuit loin de lui, cela faisait maintenant plus de trente minutes qu'ils étaient là, depuis l'ouverture du restaurant.

— Augusta a passé la nuit dernière avec Ian Patterson, lâcha-t-il.

Caroline ressentit comme un énorme coup de poing à l'estomac.

— Si ça peut te consoler Caroline, je crois pas qu'il soit coupable.

Caroline resta un moment à fixer son assiette des yeux, se demandant quoi dire. Elle ne pouvait pas contrôler Augusta, mais elle ne pouvait pas supporter l'idée que Jack lui aussi défende cet homme. Quelque part au fond de son esprit, elle se battait avec la possibilité grandissante que Patterson puisse être innocent. Mais si elle acceptait ce fait, cela voulait dire qu'elle s'était attaquée à un innocent avec la ténacité et la grâce d'un pitbull, ne pensant à rien d'autre qu'à son reportage. Pour l'instant, elle ne savait pas ce qui était pire : l'idée qu'elle s'était terriblement trompée, qu'elle commençait à ressembler exactement à sa mère ou que sa sœur avait pris le parti d'un étranger contre le sien. Parce que c'est ce qu'elle ressentait, même si son côté rationnel lui disait que ce n'était pas vrai.

— Il a pas tué Pam, déclara Jack sur un ton plus sûr. Ça on le sait.

Elle n'était pas bête au point de lui demander *comment* il savait ça. Ils s'étaient promis de ne pas évoquer de sujets potentiellement explosifs.

— D'accord, dit-elle, prenant un moment pour digérer les informations qu'il venait de lui donner. Et Cody alors ? poursuivit-elle, dirigeant la conversation vers un terrain plus sûr. On a des nouvelles ?

— Non, répondit-il en secouant la tête.

Il regarda dans son assiette et la repoussa soudain, son sandwich à moitié mangé seulement. Elle se rendit compte qu'il vivait mal la disparition de Cody. Est-ce qu'il pensait avoir perdu du temps avec Ian Patterson et que c'était de la faute de Caroline s'ils n'avaient pas mis la bonne personne derrière les barreaux ?

Elle ne pouvait pas le blâmer pour ces pensées. C'étaient exactement celles avec lesquelles elle s'était elle-même débattue.

Son désir d'aider, d'une façon ou d'une autre, était énorme. Mais cette fois, elle avait passé l'histoire à son rédacteur en chef, Frank Bonneau, et s'était éloignée de l'affaire pour dépenser toute son énergie à réconforter la famille de Cody. Le fait qu'elle fasse implicitement confiance à Bonneau, presque autant qu'à Jack, facilitait la chose. Elle laissa donc tomber le sujet d'Augusta et de Ian Patterson... pour le moment. Elle se sentit pourtant poussée à poser une question :

— Ça fait plusieurs jours Jack. Tu crois qu'il est toujours en vie ?

Jack fit oui de la tête. Puis non.

— Je sais pas. C'est impossible à dire. Je crois pas que le type les tue aussitôt. La position officielle est qu'on l'espère toujours en vie.

C'était donc ce qu'elle devait publier.

Caroline espérait qu'ils avaient raison.

Le téléphone sonna. Encore à moitié endormie, Augusta tâtonna pour trouver l'appareil, se demandant qui pouvait bien appeler sur le téléphone fixe de sa mère. Ce n'était pas un numéro privé, mais ce n'était pas non plus un numéro qu'elle donnait à tout le monde.

— Allo ?

Elle eut une tonalité pour réponse, mais pas tout de suite. Pendant quelques brèves secondes, elle entendit de la musique à l'autre bout. Ou peut-être que quelqu'un jouait de la musique ici, dans la maison ? Elle n'en était pas sûre. Elle raccrocha et entendit la musique dans sa tête comme un écho.

Il fallait avouer que le matin n'était pas son moment favori de la journée.

Quelques secondes plus tard, dès qu'elle eut reposé le récepteur, le téléphone sonna à nouveau. Réprimant un juron, elle porta le récepteur à son oreille.

— Oui ? dit-elle sur un ton irrité.

— Lucas Skywalker des Constructions Skywalker, lança la voix.

Augusta resta là, désorientée et perdue pendant un instant. Cela aurait pu être une farce, sauf qu'elle s'était effectivement rendue au bureau des Constructions Skywalker la veille pour rencontrer un entrepreneur. Elle ne s'était tout simplement pas rendu compte du nom de l'homme.

— Je sais, désolé, ajouta-t-il en interprétant correctement son silence. Ça surprend toujours les gens au début. C'est pour ça que j'utilise rarement mon vrai nom. Je suis en partie Cherokee, expliqua-t-il. Du moins, c'est ce que je préfère dire, plutôt que d'admettre que mes parents étaient défoncés quand ils ont signé mon acte de naissance.

— Bonjour, dit Augusta en riant.

— Vous pouvez m'appeler Luc.

— Bonjour Luc.

Elle l'interrogea brièvement sur ses disponibilités, soulagée d'apprendre qu'il pouvait commencer ce matin même. Heureusement, la réputation de sa mère était encore solide dans la communauté, même de sa tombe. Augusta avait aussi laissé entendre lors de leur première réunion que l'argent n'était pas un problème. Ça ne la gênait pas de lancer le nom de Flo pour impressionner, si cela pouvait éviter à ses sœurs et à elle-même de renoncer à trente-sept millions de dollars.

Il la rassura en lui disant qu'il était à l'instant même en train de mettre en place une équipe d'ouvriers, mais qu'ils ne seraient pas disponibles avant le déjeuner.

— C'est bon. Je serai là. Merci beaucoup, dit-elle, puis elle raccrocha.

Encore groggy, elle s'assit dans son lit, tournant la tête vers le son persistant de la musique qui lui parvenait à travers sa porte fermée. Un petit mal de tête se profilait, mais pas assez fort pour rendre l'idée de se lever insurmontable. Le réveil affichait 11:38. Elle grimaça. Elle n'avait jamais été une lève-tôt, mais la dernière fois qu'elle s'était levée vers midi, elle avait une camarade de chambre et se souciait de ses notes aux examens. Depuis, elle avait couru comme une dératée. Sans aucun doute, la vie était plus au ralenti ici qu'à New York, mais se réveiller à midi était tout simplement inacceptable.

Elle sortit de son lit en titubant et ouvrit la porte de sa chambre. La musique emplit la pièce. Elle pouvait reconnaître venant du rez-de-chaussée la mélodie allant dans tous les sens de « Blanket for a Sail » de Harry Nilsson. Elle rentra dans sa chambre et repêcha un short de la pile de linge sale. Enfant, Savannah avait aimé cette chanson, mais c'était bizarre de choisir de l'écouter maintenant. Certes, Augusta n'avait rien contre Harry Nilsson. Ce chanteur était un génie. Mais elle se rappelait que cette chanson faisait partie d'un album pour enfants qui comprenait aussi « This Old Man » et « Itsy Bitsy Spider ».

— Savannah ? appela-t-elle en se dirigeant vers le haut de l'escalier.

Savannah ne répondit pas, mais Augusta savait qu'elle devait être là puisqu'elle n'avait nulle part où aller. Elle ne pouvait pas non plus avoir pris la voiture sans avoir réveillé Augusta pour lui demander les clés. Elles se les partageaient pour l'instant, avec l'accord qu'Augusta devait pouvoir se déplacer si elle allait s'occuper de la restauration de la maison. Tandis que le boulot de Savannah était de se planter le derrière sur une chaise du bureau et d'écrire. Même si ni l'une ni l'autre n'avait encore beaucoup fait pour accomplir leurs objectifs respectifs, Augusta avait été occupée avec ses préparations pour la collecte de fonds. Quelque chose qu'elle voulait toujours faire, même si cela ne semblait pas approprié maintenant d'avoir un énorme rassemblement de la ville quand les femmes se faisaient assassiner et les gamins disparaissaient.

Cette pensée la fit frissonner tandis qu'elle s'avançait dans le couloir vers la chambre de Savannah. Elle s'arrêta devant celle de Caroline. La porte était fermée. Elle l'ouvrit en grand. Vide bien sûr. Caroline devait être au travail.

La chambre d'Augusta était tout au bout du couloir, loin de l'escalier. Celle de Caroline était la plus proche et celle de Savannah à l'autre extrémité du couloir, après l'escalier. Plus elle s'approchait de l'escalier, plus la musique était forte.

— Savannah !

Avec cette musique tonitruante, elle se rendit compte que crier ne servait à rien. Apparemment, Savannah n'était pas dans sa chambre, à moins qu'elle ait tourné la stéréo à plein volume pour pouvoir l'entendre à l'étage. Mais ce n'était pas du tout son genre. Elle jeta un coup d'œil dans sa chambre. Vide elle aussi. La porte était ouverte. À la différence de celle d'Augusta, la chambre de Savannah était propre et en ordre, sans vêtements qui traînaient. C'était probablement le seul trait de caractère qu'elle avait hérité de leur mère, même si physiquement Savannah était le portrait tout craché de Flo, avec sa silhouette svelte et ses yeux gris profond.

Espérant trouver Savannah au rez-de-chaussée, Augusta descendit l'escalier, se demandant après coup où était Tango. Il n'était pas au bas de l'escalier où il semblait rester planté toute la journée, attendant le retour de Caroline. Elle l'appela.

Ni Tango ni Savannah ne répondirent. Augusta s'avança vers la source de la musique, un peu nerveuse. Elle venait du salon. L'accompagnement des cordes ressemblait à la musique des scènes de danger de *Psychose* avec son intensité percutante. « Blanket for a Sail ». Nilsson parlait d'un petit capitaine qui gardait le bateau à flot. La chanson lui fit immédiatement penser à Sammy. Il avait aimé son petit radeau pneumatique. Il courait autour avec son petit drapeau de pirate, l'agitant comme une bannière et criant : « Coucou, j'ai une vie de pirate ! » Ce souvenir l'aurait fait sourire, sauf qu'elle commença à flipper quand la chanson en vint à sa conclusion orchestrale, pausa, puis recommença.

Dans le salon, elle trouva le vieux tourne-disque de sa mère, avec le haut-parleur à tue-tête. Savannah n'était nulle part en vue. Harry Nilsson chantait le refrain de sa voix de crooner : « Là-bas sur l'océan... »

Augusta souleva le bras de lecture et laissa retomber l'aiguille sur le disque. Elle le raya un peu avant de pouvoir rattraper le bras. Elle le remit enfin sur le repose-bras et arrêta le disque.

— Mon Dieu, s'écria-t-elle. Savannah ! appela-t-elle de nouveau.

Elle se retourna pour examiner la chambre et murmura un juron.

Où diable pouvait être Savannah ?

La maison semblait vide. Elle ressemblait un peu à une de ces étranges demeures dans un film d'horreur, où les fantômes tourmentaient les propriétaires. Mais Augusta ne croyait pas aux fantômes. Même si cela semblait peu probable, sa sœur avait dû laisser le tourne-disque en route. Peut-être qu'elle était allée promener Tango ?

Augusta jeta un coup d'œil dans la cuisine et appela de nouveau Tango. Elle entendit un gémissement en provenance du garde-manger. Elle y alla tout droit et ouvrit la porte. Tango se tenait là, haletant fortement. Il la regarda avec gratitude. Il faisait chaud dans cette petite pièce.

— Comment diable est-ce que t'es entré là-dedans ? lui demanda-t-elle.

Il sortit en remuant la queue d'un air penaud et en bavant sur le sol de la cuisine, comme s'il pensait avoir fait quelque chose de mal. Augusta se dit que quelqu'un avait dû l'enfermer accidentellement dans le garde-manger et quitter la maison en toute hâte. Mais si Tango était dans le garde-manger, Savannah n'était pas en train de le promener. Elle poursuivit donc la recherche de sa sœur dans toute la maison, une fois, deux fois, trois fois, avant de s'aventurer à l'extérieur vers le quai. La voiture était dans l'allée, exactement là où Augusta l'avait laissée. Savannah devait donc être quelque part dans les parages.

Tango la suivit. Reconnaissante de sa compagnie, elle se dirigea vers le quai, s'attendant à trouver Savannah dans le hangar à bateaux, pour une raison ou une autre. Elle n'y était pas. De retour à la maison, elle constata que l'échelle menant au grenier n'était pas descendue. Elle ne pouvait donc pas y être à nouveau à fouiller dans les cartons pour la collecte de fonds.

Tango était sur ses talons. Il haletait lourdement tandis qu'elle rentrait dans sa chambre. Elle regarda l'horloge. Voyant qu'il était presque midi et demi, elle sortit son portable de son sac à main. Ce faisant, elle repéra la photo de Sammy dans la poche de côté.

Un petit frisson lui parcourut le dos.

C'était une étrange coïncidence qu'elle ait trouvé cette photo la veille au soir et que cette musique l'ait réveillée ce matin. Mais c'était tout à fait possible que Savannah ait trouvé la photo et que, nostalgique, elle se soit réveillée avec le désir d'entendre cette chanson.

Ou alors il y avait un fantôme dans leur maison. Peut-être que Flo errait quelque part, essayant d'expliquer pourquoi sa foutue chaussure était dans les bois. Ou peut-être qu'elle harcelait tout simplement Augusta pour qu'elle commence les travaux de rénovation, se dit-elle avec ironie.

Se sentant un peu anxieuse, elle composa le numéro de Caroline.

12

— Ah ben il est temps ! dit Caroline en décrochant à la première sonnerie.

Elle articula silencieusement le mot « Augusta » et se leva de table pour aller dehors, dans l'espoir d'épargner à Jack la vue de sa colère.

— Où diable est-ce que t'étais Augusta ?

— Dans ma chambre. Je viens de me réveiller.

Caroline sortit du petit restaurant grec. Elle faillit se cogner à un homme d'affaires.

— La nuit dernière ?

— Qu'est-ce que tu veux dire, *la nuit dernière* ? Depuis quand est-ce que t'es devenue ma mère Caroline ?

— Peu importe, je sais déjà où t'étais, et pas grâce à toi ! répliqua Caroline. Et arrête avec tes histoires de mère !

— Si tu sais, pourquoi est-ce que tu me demandes ?

— Peut-être parce que je voulais l'entendre de ta propre bouche, pour une fois, expliqua Caroline en serrant le téléphone plus fort.

— Tu peux pas comprendre.

— Comment est-ce que tu sais ? T'as pas essayé

Augusta ! Tu dis plus rien à personne. Tu agis en secret et tu assumes qu'on s'en fout. Eh bien y a des gens qui s'en foutent pas. Et j'étais morte d'inquiétude pour toi la nuit dernière !

— Ouais, alors t'es d'accord pour Ian et tu te soucies seulement de mon bien-être ? reprit Augusta sur son ton sarcastique habituel.

— Bien sûr ! Il y a un meurtrier en cavale, au cas où tu serais pas au courant.

— Mon dieu, comment est-ce que j'aurais pu louper ça Caroline ? Tu l'as crié sur tous les toits avant même d'avoir une idée de ce qui se passait.

Elle parlait sur un ton rebelle et coléreux, même si elle semblait découragée. La colère de Caroline vacilla quand elle se rendit compte qu'il y avait du vrai dans l'accusation d'Augusta.

— Est-ce qu'on va vraiment se battre pour ça Caroline ? J'ai trente-deux ans. J'ai le droit de sortir avec qui je veux. Et je crois pas que Ian soit coupable. C'est aussi simple que ça. C'est mon argent, pas le tien.

— Tu me croiras si tu veux, mais j'allais pas soulever la question de l'argent de la caution. J'ai pas grand-chose à dire sur ça. Ce qui est fait est fait.

— Bien, dit Augusta. De toute façon, j'appelais juste pour te demander où était Savannah et pourquoi elle a laissé la stéréo à tue-tête.

— Si tu t'étais levée plus tôt ce matin, au lieu de faire la grasse matinée après une nuit avec Ian, ou si t'avais pris la peine de parler à quelqu'un d'autre qu'à Ian, tu saurais que je l'ai conduite à l'aéroport ce matin. Si elle a laissé la stéréo en route, c'était un oubli.

Cette nouvelle sembla complètement dégonfler la colère d'Augusta.

— Savannah est partie ? demanda-t-elle à voix basse après une pause.

Caroline saisit cette occasion pour encourager un cessez-le-feu :

— Ouais.

— Mais elle va revenir, hein ?

— Ouais, elle fait enfin ce que toi et moi on a fait quand on s'est résignées aux dernières volontés de mère. Elle est retournée à Washington pour mettre ses affaires en ordre. Je suis à peu près sûre qu'elle va se débarrasser de son appartement et revenir à Charleston de façon définitive. Elle en a marre de Washington. En plus, je crois qu'elle avait besoin de temps pour réfléchir à toute cette histoire avec Sadie. Elle en est assez bouleversée.

— Comment ça s'est passé hier chez les Simmons ?

— Pas génial, admit Caroline. Sadie nous a à peine adressé la parole. Elle est apparemment pas d'humeur à pardonner. Josh était pas là.

— Ça craint. Mais sur une note plus positive, j'ai un entrepreneur qui doit arriver dans quelques minutes. Oh, attends, dit-elle tout à coup. C'est peut-être lui maintenant. Je dois y aller. J'irai parler à Sadie quand il sera parti.

Caroline n'eut même pas le temps de lui dire au revoir. Augusta lui raccrocha simplement au nez. Elle était sous le choc de constater qu'Augusta avait vraiment pris des mesures pour mener à bien la tâche que leur mère lui avait confiée.

— Ouah ! se dit-elle.

Puis elle rentra dans le restaurant pour donner les détails à Jack.

Les Constructions Skywalker étaient prêtes à se mettre au travail, constata Augusta.

Luc, dont elle avait eu du mal à prendre le nom au sérieux, arriva une demi-heure avant le reste de son équipe. Il prit le temps d'examiner les zones à problèmes qu'Augusta avait identifiées, spécialement le revêtement extérieur de la maison qui s'écaillait et les planches mal ajustées au sommet de l'escalier. Les planches elles-mêmes n'étaient pas vraiment un problème, mais Augusta craignait que Flo ait recouvert de peinture des taches d'eau au plafond et qu'il y ait en fait des dégâts causés par une vieille fuite dans le toit.

Il commença par cela une fois qu'elle eut fini de lui montrer la maison. Elle voulait être sûre qu'il n'y avait pas de problème structurel à réparer. Le revêtement lui-même n'en était pas un. Mais avec le climat moite de Charleston, ce n'était pas rare d'installer une porte de garage en bois et de la retrouver complètement pourrie l'année suivante. Il fallait traiter le bois avant de le peindre, sinon on y trouvait vite des dégâts causés par l'humidité, surtout autour du marais. Remplacer le revêtement avec du vinyle ou un matériau composite n'était pas une option, parce qu'Augusta pensait que la maison devait garder fidèlement sa construction originale. Comment est-ce qu'elle en était venue à cette conclusion alors qu'elle détestait la maison d'origine, elle l'ignorait, mais il ne semblait en quelque sorte pas opportun de modifier sa construction avec du plastique ou du métal. La seule façon de comprendre sa propre décision était de se dire qu'elle était un peu puriste. Elle savait que sa mère l'approuverait pour cela.

Luc était clairement la bonne personne pour ce travail. Il savait exactement ce qu'il fallait faire. Augusta le trouva plutôt mignon, dans un style rude et alpha. Elle regrettait que Savannah ne soit pas là pour le rencontrer. Sa sœur pouvait trouver pire, se dit-elle.

L'homme avait sa propre entreprise de construction, mais il parlait comme un professeur. Mais puisque Savannah n'était pas là et que sa propre motivation était revenue, elle le laissa tout seul dans la maison. Avec un sentiment d'accomplissement, elle décida avoir suffisamment gagné en bonne volonté pour aller interroger Caroline sur Jennifer Williams.

Laissant Luc avec des instructions et une clé, ainsi que son numéro de portable, elle se dirigea vers la porte.

L'HOMME ÉTAIT LÀ.

Penché sur Cody, il le regardait fixement.

Cody l'entendit entrer dans le bâtiment de quelque part près des casiers. En se faufilant, trempé, à travers un trou dans le sol. Cody entendait ses pas marteler comme des ailettes. Il entendit aussi le bruit creux de quelque chose qui cognait à répétition contre du métal. Puis le plancher pourri se mit à craquer à son approche.

C'était la chaleur du jour, comme dirait sa grand-mère Rose. Cody avait les cheveux collés au visage. Dans sa tête, c'était comme quand il faisait le poirier et que tout le sang y venait tout d'un coup.

Il garda les yeux fermés. Il avait peur de les ouvrir. Il avait peur de voir l'homme. Mais il pouvait sentir la lumière de la fenêtre bloquée par son corps. Les opossums font le mort et des fois ça marche. Il attendit un long moment, ralentissant sa respiration, espérant que l'homme allait s'en aller. Mais il se tint là si longtemps que l'eau de ses chaussures se mit à former une flaque sous ses pieds. L'eau se mit à couler du plancher incliné vers le visage de Cody et lui chatouilla le menton.

Cody résista à l'envie d'ouvrir les yeux.

Il avait tellement soif. Le chiffon dans sa bouche lui faisait l'effet d'une boule de feu. L'eau contre son visage lui fit du bien. L'homme lui poussa la poitrine de sa botte. Cody étouffa un gémissement. Sa poitrine se souleva. Il garda les yeux fermés et pria plus fort.

S'il te plaît Dieu, s'il te plaît... Je te promets, je serai bon !

L'homme ne dit rien. Cody espérait que s'il ne regardait pas, l'homme ne le tuerait pas. Dans les films, dès que vous voyez le tueur, vous êtes mort. Cody ne voulait pas mourir. Il voulait vivre.

Désespérément.

Il entendit l'homme faire craquer ses doigts. La flaque lui entoura le visage, apaisant la fièvre de sa joue. Résistant à l'envie de sangloter, il resta immobile en pensant à sa maman, à sa grand-mère et à la piscine dans leur cour.

T'inquiète pas Maman. Je suis vraiment intelligent. Comme Papa.

Cody avait appris à nager dans cette piscine. Il pouvait flotter sur le dos comme une loutre, disait sa mère.

Cody frissonna involontairement quand l'homme lui poussa à nouveau doucement la poitrine du pied, comme s'il l'inspectait. Mais il résista quand même à l'envie d'ouvrir les yeux. Il se concentra sur sa sœur Lila. Il pensa à sa poupée Barbie, celle dont il avait brûlé les cheveux. Il essaya de se rappeler combien d'argent il avait dans sa petite tirelire. La tirelire que sa grand-mère lui avait offerte : un cochonnet avec des taches de rousseur et des lunettes de soleil. Il avait trouvé que c'était un cadeau vraiment bête. Jusqu'au jour où il se mit à le remplir des pièces qu'il trouvait dans la maison. Il s'assurait toujours de demander d'abord. Et peut-être que maintenant il avait assez d'argent pour acheter une nouvelle poupée à Lila. Elle aimerait bien ça, se dit-il. Peut-être qu'il en aurait même assez pour lui en offrir deux.

— *Merci Cody*, entendit-il dans sa tête. Elle lui demandait de sa voix douce : *Tu veux jouer à la poupée avec moi ?*

La prochaine fois, Cody dirait oui.

Il s'assiérait près d'elle et s'amuserait bien. Il convaincrait son père de lui montrer comment lui construire une maison de poupée. Comme celles qu'on faisait avec des meubles en bois et des tuiles sur le toit. Lila aimait ses poupées. Cody se demandait si c'était parce qu'il ne voulait pas jouer avec elle. Il le ferait à partir de maintenant, il se le promit. Il la laisserait même venir jouer avec lui et ses copains si elle voulait. Et il ne se plaindrait pas quand sa mère lui demanderait de s'occuper d'elle. Il comprenait maintenant. Elle avait besoin qu'on veille sur elle. Et jamais, jamais de la vie il ne laisserait personne la kidnapper. Comme on l'avait kidnappé lui.

Il la garderait en sécurité.

Toujours.

Dès qu'il rentrerait chez lui.

Il se vit se retirer ses menottes et les cordes, ôter la bande adhésive qui lui recouvrait la bouche, se lever et rentrer chez lui à pied. C'était probablement loin, à travers la boue et l'odeur du marais.

Un peu délirant à cause du manque de nourriture et d'eau, il resta perdu dans son monde pendant un certain temps. Quand il revint à lui, sa joue baignait dans de l'eau puante. Une flaque s'était formée au point le plus bas du plancher gondolé. La bande adhésive était mouillée sur un côté de son visage. Lentement, il souleva une paupière et vit qu'il était à nouveau seul. Mais il ne savait pas combien de temps s'était écoulé.

Le soleil était maintenant plus doux dans le ciel, comme si c'était la fin de l'après-midi. Il se tortilla pour trouver une position plus confortable. Il arriva à enlever un morceau de l'adhésif grâce à l'eau.

Son cœur se mit à battre plus vite sous l'effet de surprise.

Il tortilla sa joue un peu plus et la bande adhésive se desserra à nouveau.

Son cœur accéléra encore plus.

Soudain, il était comme un animal. Il ne réfléchissait plus mais travaillait avec acharnement à arracher la bande de sa peau brûlante. Il se frotta le visage dans la flaque d'eau jusqu'à s'écorcher la peau. L'adhésif finit par se décoller complètement. Cody recracha le tissu de sa bouche. Il tourna ses lèvres vers la flaque d'eau et la lapa comme un chien.

De l'eau, de l'eau, de l'eau !

Oui ! Il allait rentrer chez lui !

13

C'était plus qu'une simple attraction. Ian s'en rendait compte maintenant. Malgré tout ce qui se passait, le goût d'Augusta s'attardait sur sa langue. De temps en temps, sa mémoire revenait au moment qu'ils avaient passé tous les deux sur le sable, ses jambes enroulées autour de lui. Il avait fait tout son possible pour la repousser quand il ne voulait rien de plus que lui faire l'amour, là, sur la plage.

Une nouvelle fois.

Malgré le fait que le sable lui avait irrité le derrière pendant des heures après la première fois. C'était une sacrée séductrice. Heureusement qu'elle n'était pas entrée dans sa vie quand il portait le col romain. Ou peut-être que cela l'aurait aidé à lui montrer qu'il n'était vraiment pas fait pour la prêtrise. Mais il le savait maintenant. C'était tout ce qui comptait.

Jack Shaw l'avait appelé. Il était en route vers le commissariat de Lockwood pour les papiers qui l'aideraient à récupérer sa voiture. Un bon signe, se dit-il. Peut-être qu'ils avaient finalement décidé de dépenser leur énergie à rechercher le véritable meurtrier.

Au commissariat, il demanda à voir Shaw. On lui dit d'attendre que le détective vienne le chercher. Ian remarqua qu'il prenait tout son temps. Quand Shaw apparut finalement, il avait l'air hagard. Il semblait beaucoup moins présomptueux que lors de leur dernière rencontre.

— Vous avez un moment ?

— Bien sûr. Tant que vous cherchez pas encore à me donner des vêtements verts. C'est pas vraiment ma couleur, répondit Ian en se levant, prêt à le suivre.

Shaw sourit tristement et lui fit signe de le suivre dans le couloir.

— En fait, vous allez pas porter de costume à ce stade, lui dit-il pour le rassurer.

Ian le suivit.

— Ça vous déçoit ?

— Si vous voulez mon avis, je suis pas pour la peine de mort, répondit Shaw sans prendre la peine de le regarder.

— Mais votre patron est pour, renchérit Ian, faisant référence à l'État.

— Venons-en au fait, annonça Shaw, le faisant entrer dans un minuscule bureau sans fenêtres.

Son bureau, pensa Ian.

— C'est chouette ici. Vous devez être quelqu'un d'important, lui lança Ian.

— Arrêtez vos conneries avant que je décide de prendre mon temps pour abandonner les charges contre vous, rétorqua Shaw en le regardant droit dans les yeux.

Ian prit une profonde inspiration et s'affala dans l'un des deux fauteuils devant le bureau de Shaw.

— Vous abandonnez les charges ? Sans déconner ? demanda-t-il, sur un ton qui n'avait pas l'intention d'être interrogatif.

Il en fut presque bouleversé. Shaw le regardait attentivement.

— Ouah ! reprit Ian, plus réfléchi.

Il se gratta la nuque pour dissimuler les larmes qui lui montaient aux yeux. Il se sentit soudain comme un petit garçon, envahi par l'émotion et prêt à pleurer. Il déglutit et croisa ses mains. Il fixa ses doigts des yeux pour essayer de se maîtriser. Il resta assis comme ça pendant une bonne minute. Il faut dire en sa faveur que Shaw n'intervint pas, partageant cet instant avec lui sans rien dire.

— Je croyais pas que vous étiez coupable pour commencer, lança finalement Shaw, quand il devint clair que Ian n'allait pas craquer comme un bébé et se mettre à pleurnicher.

Toute réponse de Ian aurait semblé inappropriée. Il avait toujours la gorge serrée et ne pouvait pas parler.

— J'ai besoin que vous soyez franc avec moi, annonça Shaw, s'installant derrière son bureau. Je veux que vous me disiez tout ce que vous savez, Patterson, *tout*.

Ian fit oui de la tête, retrouvant son calme.

— Aidez-moi à attraper ce gars, le supplia-t-il. Avant la mort d'un gamin innocent.

— Dites-moi ce que vous voulez que je fasse, lui répondit Ian en le regardant droit dans les yeux.

ÇA VALAIT BIEN la peine de rassembler son courage à deux mains pour parler à Caroline ! Sa sœur n'était pas dans son bureau. Apparemment, elle était allée déjeuner avec Jack et n'était pas encore de retour au travail.

C'était la première fois qu'Augusta revenait aux bureaux du *Tribune* depuis qu'elle était venue dresser l'inventaire pour la collecte de fonds. Ce jour-là, elle avait trouvé le nom de Ian et des informations sur lui dans les notes de sa sœur. Des notes qui indiquaient toutes sa culpabilité. C'était étrange d'entrer et de voir quelqu'un de nouveau à la réception, au bureau jadis occupé par Pamela Baker.

Le lustre tape-à-l'œil était toujours accroché là, son volume massif pendant à d'épaisses chaînes en fer noir. Même si la ferronnerie semblait belle, ce truc d'avant-guerre lui donnait un sentiment de malaise. Il lui rappelait les chaînes des galères et les fers autour des chevilles des esclaves. Mais c'était juste un lustre. Un stupide lustre, cher certes, mais qui ne valait pas la peine qu'on se mette en colère contre lui. Le moment venu, elle le ferait enlever et le revendrait à un riche banquier aux motifs politiques douteux qui l'accrocherait au-dessus de sa collection privée de faux œufs de Fabergé.

Elle se tenait toujours là à regarder la monstruosité quand Brad Bessett s'approcha d'elle.

— J'ai entendu dire que ce truc coûtait vingt-deux mille dollars, juste pour le restaurer.

— Ça m'étonnerait pas, dit Augusta en regardant par-dessus son épaule et en soupirant.

Mais elle n'ajouta rien de plus. Le fait que leur mère n'avait pas hésité devant une telle extravagance alors que lui demander cinquante dollars était toute une affaire n'était pas ses oignons. Augusta n'était pas du style à étaler les affaires de famille. Elle était plutôt du genre à ignorer leur linge sale, comme elle ignorait le sien. Preuve en était la pile au fond de son placard. C'était fou de recevoir cet héritage et en même temps de ne pas pouvoir se résoudre à porter des vêtements propres.

Se rendant soudain compte que le gars, aussi ennuyeux soit-il, pourrait peut-être l'aider à trouver ce qu'elle cherchait à savoir, elle se tourna vers lui. Peut-être qu'elle n'aurait pas besoin de parler à Caroline ?

— Hé ! C'est Brad, n'est-ce pas ?

Un sourire se dessina sur ses lèvres. Il fit oui de la tête et fourra immédiatement ses mains dans ses poches.

— Vous êtes exactement la personne qui peut m'aider. Depuis combien de temps est-ce que vous êtes ici ?

— À travailler ? demanda-t-il en fronçant les sourcils.

Augusta résista à l'envie de lui demander si c'était cela qu'il faisait.

— Ouais. Depuis combien de temps est-ce que vous travaillez pour le journal ?

— Ça va faire cinq ans maintenant, répondit-il en regardant la réceptionniste qui se leva tout à coup.

Augusta attendit que la jeune fille s'en aille avant de poursuivre :

— Ah oui... alors vous pouvez peut-être me dire si Jennifer Williams a jamais postulé pour un emploi ici ?

Son visage se crispa soudain.

— Jennifer Williams ? Comme la jeune fille qui a disparu ?

Augusta fit oui de la tête.

— Ouais, dit-elle en observant son langage corporel.

— J'ai eu un tuyau que peut-être que oui, répondit-il en sortant les mains de ses poches et en croisant les bras.

Il secoua la tête, mais ses lèvres se serrèrent, comme si la question l'avait perturbé.

Soit il ne savait pas. Soit il savait. Quoi qu'il en soit, Augusta savait comment s'y prendre avec lui. Elle était la deuxième des filles, une enfant douée après tout, qui savait manipuler les deux côtés.

— Vous vous rendez compte, si en quelque sorte le *Tribune* a raté cette information, Caroline va voir rouge, lui suggéra-t-elle. Vous êtes le journaliste chargé d'enquêter sur cette affaire, n'est-ce pas ?

— Ouais, fit-il, maintenant manifestement irrité.

— Alors vous devez bien le savoir, non ?

Il renversa la tête en arrière et fit craquer ses jointures. Augusta ne pouvait pas dire si c'était un geste nerveux ou s'il se sentait tout simplement mal à l'aise pour avoir été pris au dépourvu.

— Je peux rechercher, proposa-t-il.

— D'accord. Si vous trouvez l'information, faites-le-moi savoir, s'il vous plaît. Je vous laisse la partager avec Caroline. Je sais que ma sœur peut être vraiment pénible. Je vous donne mon numéro, poursuivit-elle en plongeant la main dans son sac.

Elle en retira un stylo et un morceau de papier. Elle se dirigea vers le bureau de la réceptionniste et griffonna son nom et son numéro sur une vieille carte de visite, puis la lui tendit au moment où la réceptionniste revenait.

— Frank veut vous voir dans son bureau, dit cette dernière.

— Moi ? demanda Brad.

La jeune fille acquiesça.

— Merci, lui lança Augusta avec un clin d'œil. Appelez-moi si vous trouvez quelque chose.

— D'accord, je le ferai, dit-il avant de s'éloigner sans rien dire d'autre.

— Voulez-vous attendre dans le bureau de Caroline ? demanda la réceptionniste à Augusta.

— Non non. Je lui parlerai à la maison. Merci, dit-elle avant de partir.

Elle se sourit à elle-même. Elle avait le sentiment que Brad allait rechercher aussitôt. Donc maintenant, une deuxième tâche accomplie, son prochain objectif était Sadie. Deux choses de faites, il n'en restait plus qu'une.

Peut-être qu'elle aurait plus de chance cette fois.

CERTAINS DISAIENT *que les morts ne pouvaient pas traverser l'eau. C'est pour cela qu'il les mettait là, son troupeau d'âmes rebelles, qui dans la vie n'avaient été rien de plus que des vaisseaux putrides remplis de haine et de peur.*

Il avait lu une fois qu'on pouvait réduire toutes les actions à deux motivations possibles : la peur ou l'amour. On pouvait interpréter le meurtre comme un acte de peur ou de haine, mais ce n'était pas juste, parce qu'il aimait tous les membres de sa congrégation croissante. Avec leur mort, ils lui avaient offert leur plus grand cadeau.

Et il le leur avait rendu décuplé.

Ils reposaient sous la boue, leur beauté terrestre préservée pour l'éternité.

L'odeur de décomposition flottait dans l'air. La plupart des gens disaient que c'était à cause de la boue. Un bouillon du Lowcountry fait de bactéries, d'eau et de matières organiques en décomposition dans le climat moite du Sud.

D'après son expérience, il savait que si un corps était immergé peu de temps après la mort, les tissus mous se conservaient, comme la peau, les cheveux et les organes. Ici, le sol était tellement dense et la boue épaisse contenait si peu d'oxygène qu'elle étouffait littéralement les micro-organismes qui causaient la désintégration. C'était en quelque sorte aussi ce qu'il faisait. Il étouffait la maladie, tout comme le faisait Mère Nature. Mais il devait encore perfectionner son art.

Il jeta sa ligne de pêche dans l'eau et observa son flot-

teur atterrir à plus de vingt-deux mètres, créant des ondulations qui reflétaient le soleil de fin d'après-midi. Il se tenait debout, avec de la boue presque jusqu'aux genoux. Elle durcissait ses cuissardes beiges. Il souleva sa botte comme à l'habitude. Elle fit un bruit de succion quand il bougea. Les bras croisés, il regarda la marée remplir l'empreinte de sa jambe et ses pas de sédiments. Il avait regardé les pêcheurs débutants attendre trop longtemps puis se débattre dans la boue, s'enfoncer jusqu'aux hanches avant de pouvoir enfin se dégager. Mais il savait exactement jusqu'où aller. Où ne pas marcher. Il était si familier avec ce marais salant qu'il connaissait les vasières comme sa poche.

De là, il pouvait voir sur des kilomètres.

Il se demandait à quoi cela avait pu ressembler jadis, quand on pouvait voir clairement du milieu de l'île jusqu'au centre-ville de Charleston, avec des kilomètres et des kilomètres de champs de coton blanc, pareils en plein été à la toundra enneigée.

Au-delà de cette couverture de coton, l'eau était noire.

Pas bleue. Noire.

Certainement pas ce bleu délavé dont les sudistes superstitieux peignaient leurs volets et leurs vérandas pour éloigner les âmes des morts. Leurs âmes retenues au monde matériel par les forces de la vengeance.

La bouche du juste produit la sagesse, mais la langue obstinée sera coupée.

Voilà ce qu'ordonnait le Livre des Proverbes.

Il lui démangeait de se servir du couteau dans sa jambière pour quelque chose de plus gros que du poisson.

Il avait encore du temps.

Peut-être quatre ou cinq jours de plus.

Il sentit sa ligne se tendre. Il l'agita pour enfoncer l'hameçon puis ramena sa prise, le sang chantant dans ses veines.

La patience est une vertu.

14

Avisant la BMW gris argenté de Sadie dans l'allée, Augusta tourna vers sa petite maison au lieu de continuer vers la demeure principale. Les grilles de fer noires se refermèrent automatiquement derrière elle tandis qu'elle suivait l'allée et s'arrêtait devant la maison de Sadie dans un crissement de pneus. Heureusement, la voiture de Josh n'était nulle part en vue. Elle n'était pas d'humeur à avoir affaire à lui aujourd'hui. Ils étaient devenus peu à peu étrangers l'un à l'autre. Ils n'avaient plus rien en commun. Il chérissait beaucoup trop ses brillantes chaussures italiennes.

La maison de Sadie avait sérieusement besoin d'une couche de peinture. Augusta décida d'y envoyer les peintres quand ils en auraient fini avec le bâtiment principal. Un don d'elles trois pour tout ce que Sadie avait fait depuis la mort de leur mère. Ce serait impossible de lui rendre tout ce qu'elle avait fait pour elles tout au long de leur vie. Elle était certaine que ni Caroline ni Savannah ne protesteraient contre le coût supplémentaire de ce projet.

Mais d'un autre côté... Sadie était très à cheval sur la nuance de bleu à utiliser pour sa véranda, ses volets et sa porte. Alors peut-être qu'elle devrait envoyer les ouvriers ici en premier, et ensuite utiliser la même couleur pour leur propre véranda ?

Dans la magie populaire Gullah, l'eau et le ciel étaient un carrefour entre les cieux et la terre, et donc les barrières entre les vivants et les morts. Sadie croyait fermement dans le pouvoir des morts. C'était pour cela qu'elle détestait ce vieux miroir dans leur maison. Elle disait qu'il avait vu beaucoup trop de décès.

Devant sa propre maison, elle avait érigé un arbre à bouteilles en cèdre rouge. Le truc authentique, avec de vieilles bouteilles bleu cobalt de tous les styles. De vieux bocaux à conserve ou de pharmacie. Rien à voir avec les créations qu'on pouvait commander en ligne. Les racines Gullah de Sadie étaient plus fortes que son accent. Elle disait que quand le vent soufflait le soir, on pouvait entendre les gémissements d'esprits piégés qui sifflaient dans la brise. Au matin, le soleil levant les brûlerait, les empêchant de venir voler les âmes des vivants.

Augusta ne croyait pas en ces vieilles superstitions, mais la vue de l'arbre à bouteilles la rassura quand même.

Sous la véranda, elle reconnut le pot en terre cuite craquelé qu'elle avait peint pour Sadie quand elle avait neuf ans. Il était encore intact après toutes ces années, avec la même fissure au même endroit. Comment il était resté entier après tout ce temps était un mystère. La seule explication à laquelle pouvait penser Augusta était que Sadie s'en était occupé avec amour. Auguta et Josh l'avaient fait tomber peu de temps après l'avoir peint. Ils avaient renforcé les fissures avec de la colle et l'avaient repeint, mais seule une main aimante avait pu le faire tenir toutes ces années. Elle resta un long moment perdue dans sa rêverie. Sadie lui ouvrit la porte en grand avant qu'elle ait eu le temps de frapper.

— Hé ! fit Augusta, l'air soudain maladroite, malgré leurs années passées ensemble.

Sadie haussa un sourcil. Augusta baissa les yeux vers son sac à main. C'était difficile de ne pas noter qu'elle n'avait pas frappé à cette porte depuis ses dix-sept ans.

— Vous allez rester plantée là toute la journée ? Entrez donc, hein !

Sadie tourna le dos à la porte et s'essuya les mains dans le torchon qu'elle portait.

Augusta la suivit à l'intérieur vers la cuisine, où elles avaient une vue imprenable sur les spartines. La maison était située assez loin de l'eau, Sadie n'avait pas à s'inquiéter de la marée haute. Mais elle était suffisamment proche pour voir le bout de leur quai. L'horizon était parsemé de mouettes et de sternes. Une année, il y avait eu un nid de balbuzard pêcheur juste devant la fenêtre.

— Je suis à peu près sûre que vous êtes pas là pour du café, mais je viens d'en faire, si vous en voulez.

— Bien sûr, répondit Augusta en posant son sac à main sur le comptoir.

— Un moitié-moitié, ça va ?

— Oui, d'accord.

Pendant un moment, Sadie s'affaira à préparer le café. Augusta la regardait, mal à l'aise. Elle n'était pas chez elle, elle était chez Sadie. Elle ne pouvait donc pas vraiment insister pour se servir elle-même. Au lieu, elle s'assit sur un tabouret au comptoir et inspecta la cuisine nouvellement rénovée.

Peints en indigo et en blanc, les placards avaient l'air à la fois vieux et nouveaux. Pas tout à fait mièvres comme du vichy, mais comme chez elles. Le réfrigérateur Sub-Zero était encaissé derrière des portes en bois bleu foncé et le reste des appareils étaient tous hors de vue, comme si Sadie ne voulait pas penser aux tâches ménagères dans sa propre maison. Après avoir travaillé comme un forçat pendant près de soixante ans, Augusta était presque sûre qu'elle développerait une semblable aversion aux corvées de cuisine. Qui pouvait le lui reprocher ?

— On dirait que tu utilises ton argent à bon escient Sadie. Je suis contente pour toi. Je suis sûre que mère approuverait, dit-elle pour le simple fait de causer.

Sadie présenta à Augusta une grande tasse de café, qui portait les mots Citadel Mom, puis posa les mains sur ses hanches.

— J'ai refait cette cuisine il y a dix ans ma fille. Si elle a l'air nouvelle, c'est parce que je viens juste de commencer à m'en servir et que vous êtes jamais venue me voir. Alors, qu'est-ce que vous faites ici aujourd'hui ? Comme j'ai dit, je sais bien que c'est pas pour le café.

— C'est si évident que ça ? demanda Augusta l'air penaud, en soulevant les sourcils.

Sadie baissa le menton et plissa ses yeux noirs.

— Vous croyez pas, hein ?

Augusta soupira et lui parla du départ soudain de Savannah :

— Elle est bouleversée de t'avoir blessée.

Sadie s'assit sur le tabouret à côté d'elle avec sa propre tasse de café et l'écouta en silence. Quand Augusta eut fini, elle lui dit :

— J'y pense déjà plus Augusta. À dire vrai, je la blâme pas du tout. On est tous un peu sensibles ces jours-ci.

— Comment va Queenie ? demanda Augusta. Je sais qu'elle aimait bien Rose.

— Elle a la mort dans l'âme pour Cody. Vous savez qu'elle a aidé à élever ce petit garçon. J'espère qu'ils vont le retrouver..., poursuivit-elle en lançant un regard entendu à Augusta.

Vivant.

Ce non-dit flottait dans l'air entre elles. Mais elles le sentirent toutes les deux.

— Ouais, dit Augusta en avalant une gorgée de café.

Sadie, l'expression sincère, se pencha vers elle et lui toucha soudain la main.

— Ça fait vraiment plaisir de vous voir Augusta. Je croyais que je vous reverrais jamais franchir le seuil de ma porte. Je sais que vous aimez pas cet endroit. Et je suis tellement désolée si ce que Joshua vous a dit l'autre jour vous a chagrinée. Vous savez, il se sent juste un peu rejeté par vous, mais c'est mieux qu'il reste à l'écart en ce moment.

Cette révélation sembla la rendre mal à l'aise. Elle retira sa main et regarda à l'intérieur de son café. Puis elle secoua la tête et reposa sa tasse.

— Je crois qu'il m'a jamais pardonné de m'en être allée, reconnut Augusta en reposant aussi sa tasse.

— Ça se peut, fit Sadie en hochant la tête. Mais ce garçon a bien d'autres chats à fouetter.

— Comme quoi ?

— Un travail, pour commencer. Il l'a quitté, vous le saviez ? Il est plus au bureau du procureur.

— Pourquoi pas ?

— Eh bien vous savez, à l'origine il a démissionné à cause de la prochaine élection du maire de James Island. Mais je crois pas qu'il ait l'intention d'être candidat. Il est tellement occupé avec cette maison de Tradd Street, il y est fourré toute la journée !

— La maison de Papa ? demanda Augusta en fronçant les sourcils.

Mais ce n'était plus la maison de son père. C'était maintenant celle de Josh.

Sadie fit oui de la tête et lui tapota à nouveau la main, comme pour trouver le courage de lui dire quelque chose.

— Ouais, mais ça m'amène à autre chose... Quelque chose que je voulais vous dire à toutes les trois. Je suppose que j'ai évité d'en parler jusque-là. Pas parce que je suis en colère contre Savannah, mais parce qu'il est temps de clarifier des choses. Et je sais pas par où commencer.

— Oh oh, fit Augusta en lançant un sourire en coin à Sadie. T'as volé les couverts en argent ?

Sadie resta impassible.

— Ma fille... votre mama a jamais voulu que je vous dise ça. Mais Florence est partie maintenant et je dois faire ce qui est juste, hein ? Vous vous êtes jamais demandé pourquoi votre mama a donné la maison de Tradd Street à Joshua ?

Augusta réfléchit un moment, puis haussa les épaules et saisit à nouveau sa tasse de café.

— Pas vraiment. Vous faites partie de la famille. J'ai pensé que vous deux méritiez au moins ça. En fait, j'étais furieuse qu'elle te distribue ton héritage comme un salaire mensuel. Tu mérites plus qu'une paie habituelle.

— Ça a pas d'importance ! s'exclama Sadie.

L'air nerveuse, elle tapota la main d'Augusta en poursuivant calmement :

— Vous savez... c'est pas aussi simple que ça, donc je ferais mieux de cracher le morceau et d'en finir avec ça. Robert et moi on a eu une liaison. Joshua est son fils.

Augusta faillit lâcher sa tasse.

— Papa ?

Sadie fit oui de la tête.

— Josh est mon frère ?

Sadie acquiesça de nouveau, ses yeux noirs remplis de mélancolie.

— Tant de mensonges ! s'exclama-t-elle avant de se mettre à pleurer.

Elle se couvrit le visage de ses mains tandis qu'Augusta, sous le choc, se contentait de regarder dans le vide.

— Dieu me pardonne, si seulement je pouvais effacer tout ça ! reprit Sadie en continuant de sangloter, inconsolable.

Augusta, comme paralysée, était incapable de la réconforter. Au fond d'elle-même, elle sentit les fissures de sa façade s'élargir de plus en plus à chaque seconde. Elle fit tout ce qu'elle put pour ne pas piquer une crise. Comment elle arriva à garder son calme, elle ne le savait pas.

— Je sais pas quoi dire, fit-elle finalement.

C'était plus que de simplement ne pas savoir quoi dire.

C'était la femme qui l'avait élevée, aimée. Basé sur cette nouvelle révélation, tout ce qu'Augusta savait était un mensonge. Toute sa vie défila devant ses yeux, comme étrangère maintenant, avec des actions et des réactions qui n'avaient aucun sens. Tout ce qu'elle avait cru comprendre de sa vie ne voulait plus rien dire.

Josh était son frère.

Elle l'avait embrassé une fois.

Derrière le hangar à bateaux.

Et si elle avait pas dit non ?

Après un instant, Sadie parvint à se maîtriser :

— Vous avez pas besoin de dire quelque chose Augusta, dit-elle, les yeux rougis.

Augusta se rendit compte qu'ils étaient déjà enflés, comme si elle avait pleuré sur cela depuis des jours.

— Je suis contente de vous le dire à vous en premier. C'est pour ça qu'on voulait pas que vous... et Josh... vous savez ce que je veux dire, poursuivit-elle.

Elle s'essuya les yeux et attrapa un torchon pour s'y moucher.

Quelque chose s'agitait en elle. Quelque chose qu'Augusta avait peur de ne pas pouvoir contrôler. Mais le ton de sa voix ne trahit rien :

— Est-ce que Josh est au courant ? Est-ce que Papa savait ?

Sadie se moucha à nouveau.

— Oui et oui. Je suis à peu près sûre que c'est pour ça que Josh est plus tellement pressé de poser sa candidature. Je crois qu'il est furieux contre moi et en colère contre Robert. Et il veut pas suivre son exemple. Du moins c'est comme ça que je crois qu'il voit les choses.

— Ouah ! reprit Augusta, sentant sa peau se hérisser. Il m'a pas dit un mot. Ça fait longtemps qu'il est au courant ?

— Je lui ai dit le jour où il vous a chassée. Mais c'est une chose avec laquelle je me débats depuis un certain temps. Après cette dispute avec Savannah... j'ai beaucoup réfléchi. Je peux plus garder de secrets. C'est trop dur, ajouta-t-elle en reposant le torchon.

Encore engourdie, Augusta resta assise à écouter toute la confession de Sadie, conservant en quelque sorte tout dans son cœur. Apparemment, son père avait été un plus grand coureur de jupons que ce qu'elles avaient réalisé. Mais même le rôle de Sadie dans leur liaison n'était pas ce qui était le plus choquant. Elles s'étaient dit depuis longtemps que le père de Josh avait dû être une erreur, quelqu'un dont Sadie n'aimait pas parler. Mais que Robert Samuel Aldridge II ait été cet homme, qu'il ait su que Josh était son fils et que leur propre mère, au courant de leur liaison et de Josh, ait tu l'affaire, tout cela était choquant. Qui plus est, que Sadie ait continué à travailler pour Flo, que Flo le lui ait permis, tout cela semblait donner en quelque sorte des proportions bibliques au dysfonctionnement de leur famille.

Augusta, ne sachant comment réagir, resta sur ses gardes. La quantité d'informations qu'elle avalait lui faisait tourner la tête et la rendait malade. Elle porta une main tremblante à son front. Ses pensées partaient soudain dans tous les sens. Elle n'arrivait pas à les stopper.

Évidemment, Sadie avait aimé Robert et l'avait cru quand il lui avait dit qu'il l'aimait aussi. Mais rétrospectivement, Augusta doutait que son père ait même éprouvé de l'amour envers lui-même. Il n'avait certainement pas aimé ses enfants. Ni leur mère d'ailleurs !

Assise là, les yeux fixés sur sa tasse de café, vide maintenant, elle éprouva de la tristesse pour sa mère, pour la première fois de sa vie.

Comme cela avait dû être terrible pour elle ! Comme quand tout le monde s'attend à ce que vous accomplissiez des choses hors du commun, alors qu'en fait vous vous sentez faible et vulnérable et que tous les membres de votre cercle le plus proche vous trahissent. Et puis votre fils meurt. Et vos filles vous détestent...

— Oh mon Dieu ! s'écria-t-elle, incapable de se contenir plus longtemps.

Elle ressentit en cet instant le plus grand désir qu'elle ait jamais ressenti d'embrasser sa mère. Mais Flo était partie. Elle était enterrée dans un cercueil en teck sous un vieux chêne, dans un endroit où ses enfants ne s'aventureraient jamais, pas même son fils bien-aimé.

Augusta resta assise sans bouger, concentrée sur sa tasse de café. Elle se sentait surexcitée, mais pas à cause de la caféine.

Elle avait pensé poser des questions à Sadie sur la photo. Mais maintenant elle ne supportait plus l'idée de fouiller dans son sac à main pour la sortir. Pour l'instant, elle ne semblait pas avoir d'importance. Pas plus que quatre-vingt-dix-neuf pour cent des disputes qu'elle avait eues dernièrement avec ses sœurs. Tout cela n'avait plus de sens. Tout ce qui comptait vraiment, c'était la famille. Et on ne pouvait pas vraiment savoir combien elle comptait tant qu'elle ne vous était pas retirée. Ses oreilles se mirent à bourdonner. Elle se rendit compte qu'elle retenait son souffle, sur le point de s'évanouir.

Elle se sentit mal.

— Je voulais vous le dire en premier, reprit Sadie, son expression réfléchissant le malaise qui grandissait en Augusta. Ça me semblait important.

Augusta avait soudain très envie d'être près de sa mère. C'était un sentiment vif et douloureux qui la prit complètement par surprise. Elle cligna des yeux pour lutter contre les larmes et serra sa tasse de café vide. Elle n'avait pas versé une seule larme depuis la mort de sa mère. Elles menaçaient maintenant de couler sans s'arrêter.

Sadie se leva et la saisit fort par l'épaule, comme pour garder Augusta ancrée dans la réalité.

— Oh Augusta ! fit-elle en se jetant dans ses bras.

Et même si l'enfant en Augusta voulait la repousser et s'enfuir en courant, elle se cramponna à Sadie de toutes ses forces, passant ses bras autour d'elle et enfouissant son visage dans son épaule.

Elles restèrent ainsi toutes les deux pendant ce qui semblait une éternité.

Augusta avait du mal à parler.

— Est-ce que vous pourrez me pardonner ? demanda Sadie.

Augusta fit oui de la tête, mais incapable pour le moment de la regarder dans les yeux, elle la serra plus fort quand Sadie essaya de se dégager de ses bras.

Sadie caressa affectueusement ses cheveux.

— On aurait dû vous le dire il y a longtemps, se lamenta Sadie. Je voulais tellement le faire, mais votre mama disait toujours non, Augusta. Elle disait qu'elle voulait pas entraîner ses filles dans un drame de plus. Alors on s'est occupées l'une de l'autre et de nos enfants ensemble. Est-ce que vous comprenez maintenant pourquoi je pourrais jamais vous laisser ?

Augusta ne comprenait pas, mais l'avouer n'aurait servi à rien. Chacun pouvait mener sa vie à sa façon. Elle voulait croire qu'à leur place, elle aurait dit à tout le monde d'aller se faire foutre.

— Ça va ma fille ?

Augusta se dégagea soudain de ses bras, déglutissant avec difficulté.

— Faut que j'y aille, lança-t-elle.

Et elle attrapa son sac à main.

— Augusta ! cria Sadie après elle.

Mais Augusta avait disparu.

Ian n'avait jamais eu l'intention de faire justice soi-même. Quand il était arrivé à Charleston, il avait essayé de demander à la police de l'aider. Mais on lui avait fermé la porte au nez, aux sens propre et figuré. Et puis Caroline Aldridge était entrée en scène et il avait soudain dû esquiver les accusations comme des balles.

Sa décision n'avait donc pas été facile.

Il avait dit à Jack tout ce qu'il savait. Il avait expliqué l'origine des premières accusations de Jennifer Williams, son histoire avec sa famille, et pourquoi il se sentait tellement poussé à la retrouver. Surtout maintenant qu'elle semblait être la proie d'un meurtrier. Le père de la jeune fille décédé, sa mère avait reçu de l'aide d'un oncle, qui se trouvait être un diacre dans l'Église. L'oncle avait molesté Jennifer, en utilisant la mort de son père pour s'approcher d'elle. Sa mère était au courant, mais elle l'avait pressée de ne rien dire. Alors Jennifer s'était tournée vers l'Église. Malheureusement, sous peine de *latae sententiae*, excommunication automatique, un prêtre ne pouvait rien révéler de ce qu'il apprenait au cours d'une confession, même quand sa propre vie ou celle des autres était en danger. Plus tard, quand Jennifer vint le voir en dehors du confessionnal pour lui demander de l'aide, de la seule façon qu'elle savait faire, il l'avait gentiment repoussée et l'avait encouragée à aller consulter un conseiller professionnel. En colère et désorientée, elle l'avait accusé de l'avoir molestée. Pendant ce temps, le vrai coupable était en liberté. Parce que la mère de Jennifer était au courant de toute l'histoire depuis le début, elle avait raisonné Jennifer et celle-ci avait immédiatement abandonné les charges. Mais Jennifer avait fugué.

Ian avait accepté d'aller à sa recherche parce qu'il s'était senti responsable de ne pas avoir mieux géré la situation en premier lieu. Mais ce n'était pas sa seule raison. Sans Jennifer, c'était sa seule parole contre sa mère et son oncle. Et il comptait bien amener son oncle devant la justice si possible. Maintenant qu'il n'était plus affilié à l'Église, plus rien ne le retenait, certainement pas le sceau de la confession.

Mais il était dans une impasse. Peut-être que Jack aurait plus de chance. Il lui transmit toutes les informations qu'il avait.

Malheureusement, le téléphone de Jennifer était prépayé. Shaw avait déjà suivi cette piste, ayant trouvé son numéro dans le téléphone de Ian après son arrestation. Même si Ian n'avait pas eu de nouvelles d'elle depuis des mois, sa photo, celle qu'elle lui avait envoyée, était toujours dans son téléphone. Les relevés téléphoniques n'avaient rien révélé. Sinon qu'elle ne s'en était pas servi depuis le 6 avril. Il lui restait encore la moitié de ses crédits et plus de six mois dans sa recharge de trois cent soixante-cinq jours. C'était comme si Jennifer avait tout simplement disparu le 6 avril.

Ils recherchèrent sa voiture, qui avait aussi disparu. Ils avaient peu d'indices, mais bien plus que ce que Ian avait découvert tout seul.

En retour, Jack lui donna ses premières nouvelles de Jennifer depuis son arrivée à Charleston. Jennifer avait en fait légalement changé son nom en Jennifer Lee. Les archives locales étaient publiques, si on savait exactement où chercher et à qui demander. Elle avait eu des problèmes sous ce nom, mais parce qu'elle avait maintenant dix-huit ans, sa mère n'avait jamais été informée de son arrestation. Les conditions de sa libération avaient été négociées par Daniel Greene, un avocat pro bono. Le même avocat chargé de la succession des Aldridge.

Sur le plan négatif, même s'il avait une image plus

complète maintenant, Jack lui avait conseillé de ne pas interférer avec l'enquête. Il lui avait aussi interdit de parler avec Greene. Vingt-quatre heures avant, il avait failli perdre sa liberté et sa tête. Il n'allait alors sûrement pas se mettre en danger. Mais il savait au moins quelque chose de plus qu'avant.

Il n'était pas sûr de devoir parler de tout cela à Augusta. Jack ne lui avait pas donné de renseignements classifiés en soi, mais il sentait en quelque sorte que mentionner Greene à Augusta pourrait être préjudiciable à l'enquête de Jack. Sinon il lui aurait déjà dit lui-même. Augusta le dirait à Caroline et Caroline avait déjà prouvé une fois que sa relation avec Jack n'était pas suffisante pour garder une information cruciale secrète et ne pas la publier dans son journal. D'un autre côté, Greene était leur avocat de famille. Peut-être qu'elles se sentiraient obligées de le protéger. Ou de l'alerter que son nom circulait en lien avec l'enquête. Surtout qu'apparemment, la servante avait une relation amoureuse de longue date avec le gars. C'était quelque chose que Ian savait pour avoir tout simplement fouiné. Daniel Greene passait beaucoup de temps chez Sadie Childres.

Retournant dans son esprit ce qu'il savait de longue date et ce qu'il venait d'apprendre, il rentrait chez lui, heureux d'entendre le moteur de sa propre voiture.

— Eh oui ma petite, dit-il en caressant le tableau de bord de son Acura, reconnaissant de l'avoir retrouvée intacte.

Dans l'ensemble, ils avaient bien pris soin de sa voiture. Il se sentit soudain beaucoup mieux.

Une fois sur l'autoroute, il entendit son portable sonner sur le siège à côté de lui. Sans regarder le numéro, il le saisit et décrocha.

— Ian.

— Salut, c'est Augusta.

Elle avait pleuré.

— T'es où ?

— En route vers chez toi.

— Ça va ?

— Non.

— J'arrive tout de suite.

Choqué de voir combien sa révélation l'avait affecté, Ian raccrocha et appuya sur l'accélérateur.

15

Comme les estuaires de Charleston, les petites routes sinueuses de James Island, autour du ruisseau de Secessionville, traversaient divers voisinages sans logique apparente. La route de Folly-sur-Mer n'avait que deux points d'accès.

Encore sous le choc, Augusta prit quelques mauvais virages. Après le deuxième seulement, elle se rendit compte que quelqu'un la suivait. Mais elle ne reconnaissait pas la voiture. Selon elle, pour décrire une voiture il suffisait de dire qu'elle était rouge ou noire, vieille ou nouvelle. Donnez-lui un vélo et elle pourrait probablement vous dire son modèle et son année approximative, mais les voitures n'étaient pas son fort.

Après les révélations de Sadie qui lui avaient fait l'effet d'une bombe, son instinct la conduit directement chez Ian au lieu d'aller chez elle. Les ouvriers travaillaient à l'extérieur aujourd'hui et en plus Luc avait une clé. Elle n'avait donc pas de souci à se faire pour verrouiller la maison. La dernière chose qu'elle voulait était de débarquer sur un chantier rempli d'étrangers, sanglotant comme une gamine, surtout que Savannah n'était pas là et Caroline sur le point de rentrer. Tant qu'elle n'avait pas rassemblé ses pensées, sa sœur Caroline était la dernière personne qu'elle souhaitait voir. Elle ne savait pas quoi penser de tout cela en ce moment, mais elle ne pouvait pas faire face à plus de drame. La seule chose qui semblait sûre était qu'avec Ian, elle s'était toujours sentie mieux. Il y avait quelque chose de décontracté en lui qui lui permettait de tout oublier, sauf le moment qu'ils partageaient. D'une certaine manière, malgré ses propres épreuves, il semblait pouvoir mettre de côté son anxiété et sa colère, comme le Duc, se dit-elle. En fait, il ressemblait un peu à Jeff Bridges, pensa-t-elle en se garant devant chez lui.

La voiture qui la suivait se gara sur le côté de la route, dans les hautes herbes, trois maisons plus loin, mais personne n'ouvrit la portière. Augusta resta garée dans la cour de Ian, attendant et observant.

Probablement un journaliste, se dit-elle. Pauvre Ian. Elle ne savait pas comment il les supportait. C'était la première fois qu'elle passait chez lui sans voir une demi-douzaine de voitures garées dans sa cour.

Mais celle-ci l'avait manifestement suivie de près, probablement pour essayer de comprendre le lien entre elle et Ian. Fouille-merde. Ils pouvaient bien dire ce qu'ils voulaient. Contrairement à d'autres personnes dans sa vie, Augusta n'avait rien à cacher.

Curieuse, elle resta assise à regarder dans son rétroviseur, essayant de voir le conducteur. Mais c'était maintenant le crépuscule et elle ne pouvait pas voir grand-chose à l'intérieur de la voiture, avec les derniers rayons de soleil dardant sur le pare-brise. Dès que l'Acura noire de Ian apparut au coin de la rue, les phares de la voiture s'allumèrent et l'inconnu suivit l'auto de Ian. Elle la regarda passer au ralenti, mais les vitres étaient toutes teintées et trop sombres pour qu'on puisse voir à travers. Elle était à peu près sûre que ce n'était plus légal. Elle repéra les trois premières lettres de la plaque d'immatriculation avant que la voiture prenne le tournant : NZ3. C'était une vieille Dodge noire qui semblait avoir beaucoup trop roulé. Peut-être même une voiture de police réhabilitée.

— NZ3, se répéta-t-elle à elle-même.

Ian était hors de sa voiture avant qu'elle ait eu le temps d'ouvrir sa portière. Elle avança vers lui, les larmes lui brûlant soudain les yeux. Il lui tendit les bras. Sans prévenir, ses larmes se mirent à couler, ses digues soigneusement établies lâchant tout d'un coup.

— Hé ! fit-il en lui soulevant le visage. Qu'est-ce qui va pas ?

— Je sais pas par où commencer, dit-elle d'une voix qui ne ressemblait pas à la sienne.

Il essuya ses larmes et, ses bras autour d'elle, il la conduisit vers sa maison.

— Viens à l'intérieur. J'ai de la bière, et quasiment rien d'autre, mais tu pourras tout me raconter quand tu te sentiras prête.

Augusta fit oui de la tête, permettant pour une fois à quelqu'un d'autre de prendre les commandes.

— J'ai une bonne nouvelle, lança-t-il, la serrant doucement contre lui. Peut-être que ça va t'aider d'entendre ça d'abord ?

Les yeux larmoyants, Augusta le regarda. Elle le savait avant qu'il le lui dise.

— Oh Ian ! Ils ont abandonné les charges ?

Un grand sourire aux lèvres, il fit oui de la tête. Elle se sentit soudain plus légère, encore plus une fois la porte refermée derrière eux, les isolant du reste du monde.

. . .

D'après les experts, il y a trois types de colère : la première, une petite rogne qui se manifeste dans le caractère d'une personne, comme chez les vieux grincheux ; la seconde, une rage qui bouillonne lentement, face à ce qu'on perçoit comme des torts ; et la troisième, une réaction de fuite ou de lutte. Comme motif de meurtre, cela pouvait faire la différence entre l'homicide involontaire et le meurtre avec préméditation.

La colère n'était pas son amie. Il ralentit donc son rythme cardiaque et s'éclaircit les idées.

C'était une salope et une pute, mais ce n'était pas pour ça qu'il voulait se débarrasser d'elle. Il voulait la mettre à l'écart parce qu'il pensait que c'était quelque chose d'intelligent à faire.

Augusta passa ses doigts le long de la cheminée.

Elle ne semblait pas avoir été dépoussiérée depuis des lustres. Des endroits plus clairs, là où il y avait eu des bibelots, se détachaient nettement sur la peinture couleur ivoire sans les babioles habituelles pour les cacher. Derrière la grille, les briques étaient recouvertes de suie, mais il n'y avait pas une seule braise. Propre comme un sou neuf.

— Tu es locataire alors ?

— Qu'est-ce qui te fait dire ça ? demanda Ian en revenant dans la salle de séjour avec un verre d'eau, pas de la bière.

— Oh, je sais pas... peut-être le simple fait que toutes les pièces sont vides et on dirait qu'elles sont comme ça depuis un certain temps, répondit Augusta avec un petit sourire en coin.

— Toutes les pièces sont pas vides. En fait..., répliqua-t-il avec un clin d'œil.

Il reposa son verre sur la cheminée à côté d'elle et la prit dans ses bras.

— Peut-être que plus tard, je te ferai faire le tour de mon boudoir postmoderne, avec une démonstration d'un lit minimaliste à fonction unique. Tu vas être vraiment impressionnée, lui assura-t-il.

Augusta se mit à rire, mais un frisson la parcourut le long du dos à la pensée d'être à nouveau nue avec lui. Son corps répondit à son contact.

— Un lit à fonction unique ?

— Le sommeil est surfait, acquiesça-t-il avec un sourire malicieux. Mais bien sûr, tout ça après qu'on prenne le temps de parler.

— Parler est surfait, reprit Augusta.

Son cœur se mit à battre plus vite et ses mamelons durcirent sous son chemisier, attirant son regard.

— Merde, murmura-t-il, et elle savait qu'il ne rigolait plus.

Il baissa les yeux regardant tour à tour ses seins et sa bouche.

L'ambiance changea soudain.

— Cette fois, je veux pas que mon haleine sente l'alcool, ni de sable dans mon derrière. Je te veux dans mon beau lit propre et moelleux et je vais te montrer exactement ce que je ressens pour toi Augusta, poursuivit Ian sur un ton maintenant plus sérieux.

Augusta glissa ses bras autour de sa taille et se pencha en arrière pour observer son expression.

— Ah ouais ? Et pourquoi ça ?

Il n'avait jamais semblé être du type curé, mais l'ex-prêtre avait maintenant entièrement disparu. À sa place se tenait un mauvais garçon qu'elle n'avait encore jamais rencontré. Les yeux de Ian lançaient comme des flammes bleues.

Il se pencha vers elle et lui souleva le menton. Il sentit le besoin de lui demander :

— Pourquoi pas me dire d'abord ce qui t'a contrariée ?

Rien ne semblait soudain aussi important que d'entendre ce qu'il ressentait pour elle. Elle passa les bras le long de son dos, se délectant de sentir la force de ses tendons le long de ses muscles.

— Plus tard, promit-elle. Pour l'instant, on célèbre.

— Tu célèbres avec moi ? demanda-t-il en soulevant un sourcil.

Augusta fit lentement oui de la tête et retint son souffle. Il n'y avait pas de musique de fond, pas de lumière tamisée où se cacher, pas de champagne dans ses veines. Mais le moment était plus sexy que tout ce qu'Augusta avait jamais connu. Elle se serra contre lui, déplaçant son poids avec l'instinct d'une amante. Elle s'enfouit dans ses bras, osant le provoquer.

— Augusta ! dit-il sur un ton bourru qui ressemblait à un avertissement.

Il saisit la main qu'Augusta avait passée autour de son cou, mais au lieu de l'écarter, il se pencha pour l'embrasser doucement sur les lèvres. Augusta répondit par un profond baiser, offrant sa langue. Il l'embrassa intensément. Son corps se tendit et trembla. Après un moment, il se détacha d'elle, appuya son front contre le sien, les yeux fixés sur son visage.

— Il s'avère que je suis pas assez gentilhomme pour résister à une belle femme seule dans mon lit, expliqua-t-il en lui embrassant le cou.

— Je suis pas encore dans ton lit, fit-elle remarquer.

— Pas encore est le mot clé, souligna-t-il, les doigts courbés autour de son cou, la tenant tranquille pour l'explorer.

Son corps se durcit. Excité, il se pressa contre elle, la laissant le sentir à travers son jean. Elle retint son souffle, sa peau frissonnant d'anticipation.

Il descendit ses doigts vers son chemisier et ouvrit le bouton d'en haut en la regardant dans les yeux. La douceur avec laquelle il défaisait ses boutons, un à un, coupa le souffle d'Augusta. Il exposa progressivement son corps, le regard avide et déterminé.

Sans sourciller, Ian observa son visage, craignant de manquer la moindre émotion.

C'était pas censé se passer comme ça.

Il plaisantait seulement à moitié à propos du lit. Toutefois, il se mentirait à lui-même s'il se disait qu'il n'avait pas délibérément poussé les bières dans le fond du frigo, ne voulant rien qui puisse engourdir les sens... les siens ou ceux d'Augusta. Juste au cas où. Mais il avait voulu lui donner le temps de respirer, de se reposer sur lui si elle en avait besoin. Et même si elle n'avait pas souhaité faire l'amour ce soir, il l'aurait tout simplement tenue dans ses bras en lui disant qu'il l'aimait.

Parce qu'il l'aimait vraiment.

Il en était sûr maintenant.

La sentir dans ses bras était comme une manne pour son âme. Il ne savait pas comment, mais elle était arrivée à percer sa carapace blindée. Lentement, se délectant de la sensation satinée de sa peau, il lui tourna le visage de telle sorte que la lampe l'illumine entièrement. La dernière fois qu'il l'avait tenue dans ses bras, et la fois d'avant, cela avait été sur une plage sombre. Il voulait lui faire l'amour à la lumière, pour voir chaque centimètre de son superbe corps, chaque fois qu'elle frissonnait et rougissait.

Il pressa son érection plus fermement contre elle.

Il voulait qu'elle le sente, connaisse les risques de tenter la bête vigoureuse qui l'habitait.

C'était la première femme qu'il avait désirée à ce point en plus de six ans. La première femme qui lui avait fait oublier son passé. La première qui lui avait donné l'envie de passer le reste de ses jours à se prélasser dans un lit.

Le désir vibrait dans ses veines.

— Dis seulement une parole et on arrêtera, suggéra-t-il, tout en faisant une petite prière qu'elle ne lui demande pas cela.

En général, ses prières n'étaient pas exaucées, mais il espérait que celui à l'étage supérieur était fermement de son côté, pour une fois. Il ne voulait pas avoir à se soulager dans la douche, avec juste le souvenir de son goût persistant dans sa bouche. Son corps souffrait de désir. Mais il ne le ferait que si elle le voulait, que si elle était sur la même longueur d'onde.

— Arrête pas, murmura-t-elle.

Ian poussa un gémissement profond et la prit par la main. Il la conduisit dans sa chambre, alluma la lumière et l'attira doucement vers le lit.

Augusta déglutit, incapable de dire un mot. Elle le laissa la guider dans la chambre et résista à l'envie de lui demander d'éteindre la lumière.

Elle savait pourquoi il avait allumé la lampe. Elle le voyait dans ses yeux, cette avidité à peine retenue qui lui fit mouiller sa culotte à un simple coup d'œil. Et au fond de son cœur, elle savait qu'elle n'allait pas lui demander d'arrêter. Ce qu'elle voulait le plus en cet instant était de l'avoir en elle. Quelque chose en lui la rendait hardie. C'était la seule explication à ce désir fiévreux qu'elle ressentait chaque fois qu'elle était en sa présence. Elle oublia complètement ses larmes. Sa bouche devint soudain très sèche, ses paumes moites et sa peau frémit d'anticipation. À un simple coup d'œil de Ian.

Sans un mot, elle recula vers le lit. Il la suivit, ses yeux bleus brillants et déterminés. La gorge serrée, Augusta déglutit et s'assit sur le lit. Il s'agenouilla devant elle, lui écarta les jambes sans un mot et remonta sa jupe.

Elle poussa un gémissement en retombant sur le lit, attrapant l'ourlet de sa jupe et la remontant complètement.

— Oui, dit-elle en soupirant, même avant qu'il ne la touche de ses lèvres.

Il poussa le nez contre sa culotte, respira profondément et pressa sa langue contre le coton doux avant de saisir le tissu humide dans sa bouche et de lui retirer sa culotte avec ses dents. Augusta avala sa salive convulsivement.

Sans femme dans sa vie pendant si longtemps, Ian aurait pu penser que tout ce qu'il voulait était de s'introduire dans son corps doux, mais il désirait plus que cela. Il voulait savourer chaque seconde. Il voulait goûter chaque centimètre de son corps. Il s'attarda sur le petit bourgeon qui le tentait à lui faire perdre la raison. Puis il la tourmenta avec un doigt, jusqu'à ce que son corps frémisse sous ses lèvres et qu'elle gémisse de plaisir sans retenue.

Il voulait qu'elle se sente appréciée et adorée. Il lui fit d'abord l'amour avec sa bouche, buvant le nectar de son corps dans un complet abandon. Quand il eut fini, il l'embrassa profondément. Il voulait qu'elle sache que pour lui, chaque partie de son corps était divine.

— Je joue pour de bon, murmura-t-il contre sa tempe.

Puis il se laissa retomber sur elle et lui enleva fiévreusement son chemisier.

Augusta accueillit le poids de son corps, l'attirant sur elle. Les mots lui manquaient.

Elle déboutonna ardemment sa chemise blanche, la lui retira et la jeta par terre, derrière elle. Il descendit sa fermeture éclair et enleva son jean.

— Je veux te voir tout entière, dit-il sans la quitter des yeux.

Augusta fit descendre sa jupe. Avant qu'elle ne tombe à terre, il était déjà agenouillé au-dessus d'elle à nouveau, son corps dur et prêt.

Il n'y avait pas de honte dans ses actions. Le visage penché sur elle, il la regarda, comme un primitif prêt à prendre ce qu'il voulait. Il descendit sa main vers son sexe et se caressa tandis qu'elle regardait, sans complexes. Le voir se toucher, passer son pouce au-dessus de sa pointe humide, excita Augusta plus que toute autre chose. Dieu l'en garde, elle croyait qu'elle allait avoir un autre orgasme simplement à le regarder. Puis il tendit la main et recouvrit les lèvres d'Augusta de son humidité soyeuse, lui donnant un avant-goût de lui. Ses doigts tremblaient avec une passion à peine contenue et il la regardait ostensiblement.

— Augusta, je te veux dans ma vie jusqu'à notre dernier souffle. Avant d'aller me coucher chaque soir, c'est toi que je veux voir. Si c'est pas ce que tu veux, dis non, je me lèverai tout de suite, je remettrai mon pantalon et te reconduirai à la porte.

Les yeux écarquillés, Augusta le dévisagea. Nu, sans honte, la main une fois de plus sur son érection, il se caressait d'un air séduisant et attendait sa réponse. Les cheveux dans le dos, une boucle d'oreille brillant diaboliquement, une barbe d'un jour aux reflets dorés, c'était de loin le plus bel homme qu'elle ait jamais connu.

Augusta n'aurait pas pu s'éloigner de cet instant même si sa vie avait été en jeu.

Elle était perdue, corps et âme.

Avec Ian, elle ne ressentait ni complexes ni timidité. Elle éprouvait seulement un désir primitif de se l'approprier. Elle rejeta la tête en arrière en un geste d'invitation flagrant.

— Fais-moi l'amour Ian, demanda-t-elle avec un léger sourire.

16

Deux minutes après minuit.

Augusta dut faire appel à toute sa volonté pour se lever et rentrer chez elle.

Ian la pria de rester, mais elle savait qu'elle ne pouvait pas. Pas en sachant que Caroline était probablement toute seule à la maison. Jusqu'à leur mariage, elle et Jack s'étaient mis d'accord que ce serait vraiment trop bizarre s'il passait la nuit là. Elle restait aussi rarement avec lui dans sa maison sur la plage, et jamais sans le dire à Augusta et à Savannah. Augusta ne pouvait pas non plus emmener Ian chez elle, pas avant d'avoir pris le temps de parler longuement avec ses sœurs.

— Reste, la supplia-t-il.

Malgré ses protestations timides, il arriva à la convaincre de revenir au lit. Ils firent l'amour une fois de plus, puis elle parvint à se lever et à remettre son chemisier et sa jupe.

— T'es vraiment un mauvais garçon pour un ex-prêtre ! lui dit Augusta, heureuse que ce soit vrai.

La frontière était mince entre sexy et obscène. Pour elle, il n'était pas question de la franchir, mais pousser la limite l'excitait. Elle se rendait compte qu'ils avaient tous deux les mêmes sensibilités. Elle lui faisait implicitement confiance.

Il leva les mains en l'air, un sourire impénitent aux lèvres.

— J'ai pas toujours été un prêtre, lui rappela-t-il en lui lançant un clin d'œil. En fait, si tu reviens au lit, je vais te montrer que je peux être tout l'opposé, poursuivit-il en l'attrapant par la main et en l'entraînant sur lui.

Mais Augusta résista, l'embrassa fermement sur les lèvres et se sépara de lui.

— Faut vraiment que j'y aille, insista-t-elle.

— Alors je vais te reconduire chez toi, dit-il sur un ton ferme.

Il se leva et s'habilla sans se plaindre. Augusta le regarda. Pour la première fois de sa vie, elle appréciait vraiment la sollicitude d'un homme. Habituellement, cela lui donnait envie de s'enfuir à toutes jambes dans la direction opposée. Ian la mettait cependant à l'aise, même s'il avait clairement indiqué ses intentions. Ou peut-être précisément grâce à cela.

Mais quelque chose s'agitait au fond de son esprit. Un sentiment qu'elle n'arrivait pas à repousser, même si elle était sûre qu'il n'avait rien à voir avec Ian.

Avec tout ce qui se passait, avec la confession de Sadie, et sachant qu'elle devait parler à Caroline, il y avait une lourdeur dans l'air, un sentiment lugubre dont elle n'arrivait pas à se débarrasser. Il envahissait peu à peu sa joie, mais elle afficha un sourire sur son visage quand Ian l'accompagna à la portière de sa voiture.

— Tu veux que je te reconduise ? Je peux venir te chercher demain matin.

— Non non, c'est mieux si je prends la voiture.

Acceptant sa réponse, il la laissa passer devant lui et roula derrière elle sur la route isolée.

La nuit était claire et douce. Augusta conduisait avec les vitres à moitié ouvertes seulement, passant les stops au ralenti au lieu de s'arrêter complètement. Ses portières étaient verrouillées, mais le silence était déconcertant. Même avec la beauté des chênes au-dessus de la route, et leurs rideaux de mousse retombant jusque sur la chaussée, elle ne pouvait pas se défaire d'un sentiment général de tristesse. C'était comme un pesant nuage noir au-dessus d'elle.

Apparemment, elle n'était pas la seule à ressentir cette morosité. Depuis le meurtre d'Amy Jones dans Backcreek Road, quelques maisons étaient à vendre. Les panneaux des agents immobiliers surgirent devant elle dans l'obscurité.

C'était étrange de remarquer que les meurtres étaient concentrés à ce point dans ce coin.

Elle avait lu un jour que les tueurs en série vivaient et travaillaient dans les régions où ils traquaient leurs victimes. Ils occupaient des postes dans des emplois où les personnes vulnérables venaient chercher de l'aide. C'était sinistre, mais pas surprenant. Le simple fait que des gens puissent vivre et travailler autour de ces monstres sans savoir qui ils étaient vraiment était un peu effrayant.

Augusta aimait à penser que ses instincts étaient meilleurs que cela.

Elle n'avait jamais eu un seul mauvais pressentiment envers Ian, même si sa sœur l'avait étiqueté comme meurtrier dès qu'elle avait posé les yeux sur lui. Mais le caractère de Ian ne lui avait jamais donné de signal d'alarme.

Peut-être que les tueurs en série avaient des personnalités multiples ? Cela semblait être la seule chose qui puisse expliquer pourquoi les gens ne se rendaient pas compte de ce qu'ils avaient juste sous le nez.

Au début des années quatre-vingt-dix, quand l'État avait exécuté Donald Pee Wee Gaskins, faisant revivre les horreurs qu'il avait commises dans le Lowcountry, elle se souvenait avoir lu ceci sur lui : le gars avait prétendu avoir acheté un corbillard pour transporter ses victimes dans son « cimetière privé ». Personne n'avait cru en ses fanfaronnades. Même ses compagnons de beuverie pensaient qu'il plaisantait. Mais ce n'était pas une blague. Gaskins avait lui-même avoué avoir assassiné plus d'une centaine d'hommes et de femmes, y compris la fille d'un sénateur de l'État. Personne ne savait si c'était vrai ou pas. Il n'avait jamais révélé l'emplacement des corps et il y avait des millions d'hectares de zones humides, impossibles à passer au peigne fin.

Après Gaskins, il avait littéralement fallu des décennies pour que Charleston se débarrasse de sa chape de peur, surtout quand les gens s'étaient rappelé ses crimes après son exécution. Et maintenant, comme à l'époque, il y avait une aura de peur autour de la ville. Sauf que ces meurtres étaient concentrés ici, autour de la plantation d'Oyster Point. Autour des lieux où Augusta avait joué dans son enfance. Le cimetière où Cody avait disparu était un arrêt fréquent pendant leurs randonnées.

Elle regarda Ian dans le rétroviseur avec un sourire.

Même le soir sinistre n'arrivait pas à diminuer les sentiments qu'il suscitait en elle. Il la faisait se sentir aimée, même s'il n'avait pas prononcé ces trois petits mots. Après tant de relations manquées, cette fois c'était différent. Augusta ne pouvait le nier : elle était amoureuse de lui. Elle s'était tournée vers lui après la confession de Sadie au lieu de parler à Caroline. Parce qu'elle lui faisait encore plus confiance qu'à sa propre famille.

Une fois qu'ils arrivèrent à la grille, comme la dernière fois, il ne pénétra pas dans la propriété mais attendit simplement qu'Augusta soit à l'intérieur.

Dans ses phares, Augusta vit sa sœur Caroline assise sur la dernière marche de la véranda, Tango tranquillement allongé à côté d'elle. Ses yeux reflétaient sa propre douleur. Augusta la vit et comprit. Caroline était au courant pour Josh.

Tango releva la tête quand Augusta sortit de sa voiture. Sa queue martela le sol, mais il ne bougea pas.

— Sadie vient juste de partir, lui dit Caroline dès qu'elle eut refermé la portière.

Elle ne dit rien d'autre. Rien sur Ian ou sa présence à Oyster Point, même si Augusta savait qu'elle avait repéré sa voiture. C'était impossible de ne pas la voir, Caroline était assise directement dans ses phares. Elle ne fit pas non plus de remarques négatives pour les accuser d'avoir passé la soirée ensemble.

À la grille, les phares de Ian changèrent de direction, replongeant sa sœur dans l'obscurité. Puis ses feux arrière s'éloignèrent lentement le long de la route tandis qu'Augusta s'asseyait sur les marches à côté de Caroline.

— Elle t'a tout raconté ?

Caroline la regarda et prit une profonde inspiration.

— Merde alors, j'espère que oui ! On a eu assez de drame comme ça, tu crois pas ? Elle était inquiète pour toi, ajouta-t-elle en tendant la main pour caresser Tango.

Augusta garda le silence, ne sachant trop quoi dire.

Elle se sentait seulement un tout petit peu coupable d'avoir trouvé le réconfort dans les bras de Ian et d'avoir laissé Caroline affronter Sadie toute seule.

Tango gémit et blottit sa tête contre le dos d'Augusta.

Cette nuit, un filet de brouillard descendait sur l'eau et enveloppait le clocher en fer blanc du hangar à bateaux. L'eau elle-même, au-delà des spartines, brillait comme une feuille de verre noir. Les grillons chantaient. Les grenouilles coassaient tristement. Heureusement, elles n'avaient pas été là cette année pour leur saison des amours, mais si elles étaient toujours là en mars, il lui faudrait acheter une bonne paire de bouchons d'oreille. Le bruit des grenouilles pendant l'accouplement était assourdissant.

— Elle va bien ? demanda finalement Augusta.

Caroline se tourna vers elle. Augusta pouvait voir qu'elle avait pleuré.

— Elle est triste. Je suppose que... c'est difficile pour tout le monde.

Augusta fit oui de la tête, les larmes lui brûlant à nouveau les yeux. La morosité s'abattit soudain un peu plus sur elle.

— Pauvre Maman, Augusta se surprit-elle à dire.

Caroline se contenta de la regarder, clignant des yeux, probablement aussi abasourdie qu'Augusta par les mots tout juste sortis de sa bouche. Caroline, le regard vitreux, continua de fixer sa sœur des yeux. Un peu d'humidité lui apparut au coin d'un œil, puis sécha.

Augusta saisit cette occasion pour dire ce qu'elle pensait. Pour mettre des mots sur ce qui l'avait tourmentée dès que Sadie avait révélé ses secrets.

— J'ai jugé Maman sur ce que je savais, ce qui était absolument rien, avoua-t-elle.

La prenant par surprise, une larme coula le long de sa joue.

Percevant la douleur dans le ton de sa voix, Caroline passa un bras autour de ses épaules.

— C'est ce qu'on a toutes fait Augie, y compris Maman. Elle s'est jugée elle-même. Je suis sûre que c'est pour ça qu'elle a continué à se punir jusqu'à sa mort.

— Tu crois qu'elle a été heureuse un jour, Caroline ?

— Je sais pas. Je crois qu'elle a été triste la majorité de notre vie, même avant Sam. Mais c'est tout autant de sa faute, lança Caroline, ses lèvres tremblant légèrement, contredisant la façade de calme et de raison qu'elle s'efforçait de présenter. Si elle était pas heureuse avec Papa, avec sa vie, elle aurait pas dû rester avec lui. Mais c'est facile pour nous de dire ça maintenant.

— Elle est bien partie, lui rappela Augusta.

— Ouais, après que la vie de tout le monde ait été pratiquement ruinée, y compris la sienne. Avouons-le, Papa était un peu un sociopathe.

Augusta resta assise, penchée sur Caroline, à repenser à toute leur famille.

— À un moment donné, j'aurais dit la même chose de Maman.

— Pas du tout, rétorqua Caroline en secouant la tête. Il y a une différence entre être incapable de sentiment et choisir de ne rien ressentir. Maman s'est bourrée de médicaments pour ne rien ressentir. C'est pas la même chose.

Cela avait été plus facile de penser que Flo était une sans-cœur. Augusta se sentait infiniment pire à se la représenter avec tant de souffrance. Mais ce soir, c'était impossible de ne pas voir sa mère comme un être humain, une femme avec des défauts, essayant de faire de son mieux avec les moyens qu'elle avait. Il y avait une raison pour laquelle sa mère les avait toutes rassemblées ici sous un même toit. Assise à côté de Caroline à écouter la respiration haletante de sa sœur, Augusta se rendit compte qu'elles avaient besoin l'une de l'autre bien plus que ce qu'elles avaient imaginé. Flo s'était assez souciée d'elles pour les forcer à se réunir.

Le temps était peut-être venu d'arrêter de courir ? Qu'elle aime ce lieu ou pas, avec toute son histoire sordide et le fantôme de sa mère rôdant, une Margarita à la main, il était peut-être temps d'affronter le passé ?

Il était peut-être temps qu'elle se donne la permission d'éprouver des sentiments ?

— J'ai peur des fois de ressembler à Papa, avoua Augusta. On dirait que j'arrive pas à ressentir ce que vous ressentez, toi et Savannah.

Caroline leva les sourcils et secoua la tête d'un air catégorique.

— Augusta, t'es beaucoup de choses, ma chère sœur, mais insensible fait pas partie de la liste. En fait, si tu cherches l'expression *péter le feu* dans le dictionnaire, ta photo est à côté de la définition !

Augusta rit, malgré son humeur morose. Malgré le fait que c'était probablement une insulte.

— Quoi qu'il en soit, c'est pas vraiment une question de ressentir ou ne pas ressentir. Apparemment, les sociopathes ressentent quelque chose, de la douleur, de la colère, ils ont juste pas de conscience. Ils ont pas de signaux dans la tête quand il est question d'éthique et de morale, dit Caroline en regardant vers le marais.

— Ah ouais ? Depuis quand est-ce que t'es devenue Docteur Caroline ?

— Probablement depuis que je me suis transformée en Maman, rétorqua Caroline avec un petit sourire narquois.

— Tu sais..., c'est pas vraiment ce que je voulais dire, reprit Augusta en riant.

— Oh si ! mais c'est pas grave.

— T'as appelé Savannah ?

— Pas encore.

— T'en as parlé à Jack ?

— Non. Je t'attendais.

Les larmes montèrent aux yeux d'Augusta en entendant cela. À un moment donné, il y a longtemps, elles avaient été le plus grand soutien l'une pour l'autre.

— T'aurais pu m'appeler.

Caroline haussa les épaules.

— Sadie a passé toute la soirée ici. En plus, j'allais le faire si tu avais trop tardé à revenir, mais je me préparais à une autre leçon sur le fait que je suis pas faite pour remplacer Maman.

Augusta se mit à rire. Et Caroline continuait d'éviter le sujet de Ian. Augusta était reconnaissante pour le sursis.

— Pas étonnant que Josh nous évite, dit Caroline après un instant. Pauvre gars.

— Je suppose, dit Augusta. Josh a été très gâté et Sadie et Maman étaient folles de lui. Maman était certainement beaucoup plus indulgente pour lui que pour nous.

— Ouais, en convint Caroline. C'est sûrement lui qui a eu la vie la plus facile. Le seul homme dans une maison pleine de femmes, il pouvait tout se permettre sans être puni. Même un meurtre s'il avait voulu.

Elles devinrent silencieuses, les yeux fixés sur l'eau noire. Une brise tiède leur parvenait du marais, ébouriffant les cheveux d'Augusta.

L'odeur de la boue était forte ce soir, une odeur de soufre doucereuse qui imprégnait l'air, surtout maintenant que la floraison des azalées était passée. Les fleurs fanées tenaient le coup, mais elles avaient connu des jours meilleurs. Leur mère s'était elle-même occupée du jardin. Elle avait l'habitude de couper les fleurs mortes pour encourager la nouvelle croissance. Les buissons, maintenant remplis de pétales flétris, avaient l'air négligés et en détresse. Augusta se dit qu'elle regarderait dans un livre pour apprendre comment en prendre soin.

— Je suis tombée sur l'équipe d'ouvriers aujourd'hui, dit Caroline après un long intervalle. Merci d'avoir mis ça en route Augusta, ajouta-t-elle sur un ton qui semblait sincère.

— De rien, répondit Augusta en souriant.

Elles restèrent assises l'une à côté de l'autre, bras dessus bras dessous, à écouter la respiration aisée de Tango près d'elles.

Sadie avait oublié de verrouiller sa porte. Elle s'en rendit compte seulement au moment où elle poussa sa clé dans la serrure. Secouant la tête, elle tourna la poignée et ouvrit la porte sur un salon immaculé, exactement comme elle l'avait laissé. Elle avait trop de temps libre ces jours-ci. Elle ne savait pas quoi faire, alors elle nettoyait sans cesse et rangeait tout, comme une obsédée.

Heureusement qu'elle avait à s'occuper de Gracie, à la nettoyer et à la nourrir, sinon elle pourrait se sentir inutile. Elle comprenait maintenant tout ce qu'on disait sur la dépression quand les enfants quittaient le nid. Dieu seul savait à quoi elle allait s'occuper une fois la chatte morte.

Au moment où elle referma la porte derrière elle, Sadie se rendit compte qu'elle était une vraie loque. Elle alla droit à la cuisine pour se remplir un verre d'eau au robinet. Certains n'aimaient pas l'eau de l'île, mais Sadie si. Elle but debout à l'évier en regardant le marais.

Une belle nuit. Dommage qu'elle ait gâché l'humeur de tout le monde...

Quoi qu'il en soit, elle ne le regrettait pas. Il était temps de se débarrasser de tout ce mauvais juju... même si certaines choses ne devaient jamais voir le jour.

Ces choses-là, elle les emporterait avec elle dans la tombe.

Elle se demandait si Daniel était venu. Normalement, quand elle n'était pas chez elle, il passait voir à la maison principale. Mais avec tout ce qui se passait, il avait probablement pensé que c'était le dernier endroit où elle irait. Il savait qu'elle envisageait de dire la vérité aux filles. Il ne pensait pas que c'était une bonne idée, mais Sadie s'en fichait. Pour elle, c'était la bonne chose à faire. Peu importe ce que Flo ou Daniel en pensaient. Et si Daniel l'aimait vraiment, il allait devoir la laisser être qui elle devait être.

Il était trop tard pour l'appeler maintenant. Elle décida de l'appeler dans la matinée et sur ce ne prit pas la peine de chercher son portable. Elle avait déjà assez causé aujourd'hui de toute façon. Le lendemain, elle appellerait aussi Savannah, parce que Savannah méritait d'entendre la vérité de sa bouche. Avec un soupir de lassitude, elle reposa son verre sur le comptoir et se dirigea vers sa chambre.

La forme noire de Gracie sauta hors du lavabo quand Sadie passa devant la salle de bains, miaulant pour se plaindre de son absence. Comme prévu, la chatte la suivit dans le couloir, prête à occuper sa place habituelle au pied du lit.

La vieille maison était petite, comme une maison de poupée vraiment, mais c'était la sienne. La chambre à l'arrière donnait aussi sur le marais. Et c'était ce qu'elle aimait le plus : regarder par la baie vitrée les spartines danser dans la brise, un livre à la main.

Elle se dirigea vers la table de nuit, alluma la lampe de chevet et s'assit sur le lit pour enlever ses chaussures, tout en jetant un coup d'œil à son livre en cours : *La voie du pardon*. Est-ce qu'elle arriverait à lire une page au moins ? Probablement pas, mais elle avait l'habitude de lire un peu tous les soirs.

Elle laissa tomber une de ses chaussures par terre.

— Flo, dit-elle. Vous avez un sacré culot de mourir et de me laisser tomber comme ça, hein ! Et vous me laissez toute seule avec ce gâchis !

La maison resta silencieuse, sans lui répondre. Non pas que Sadie s'attendait à une réponse. Même si elle était très superstitieuse, elle savait que les seuls esprits qui s'attardaient sur cette terre étaient les mauvais, ceux qui n'arrivaient pas ou ne voulaient pas s'en aller. Flo n'avait pas une once de méchanceté.

— Mais peut-être aussi que vous pouvez pas encore partir, dit-elle à une Flo imaginaire. Vous avez pour sûr créé un sacré bazar.

Sadie se rendit compte qu'elle y avait eu sa part. Elle envisagea la possibilité qu'elle et Flo hanteraient peut-être ensemble ce qui resterait de cette ancienne plantation. Cette pensée semblait avoir du sens en quelque sorte. Cela la fit sourire. Elle laissa tomber sa seconde chaussure par terre, se disant que la seule personne assez méchante pour revenir d'entre les morts serait Robert.

Égoïste. Mesquin. Sournois.

Il n'y avait pas beaucoup de choses positives à dire sur cet homme, et même si ce n'était pas chrétien, elle était heureuse qu'il soit mort. Elle détestait le fait que Josh ait hérité de la maison de Tradd Street. Il ne pouvait y avoir que du mauvais karma dans cette vieille maison. Peut-être que Flo avait cru lui faire une faveur, mais Sadie ne voyait pas les choses comme ça. Elle aurait préféré que son fils reste dans la maison que Queenie lui avait vendue à James Island. Il avait beaucoup d'intimité là-bas et beaucoup d'espace. Même si c'était un peu trop loin pour lui rendre visite. Il était au moins plus proche maintenant.

— Ils vont faire un film sur nous, dit-elle à Gracie en se penchant pour la caresser.

Gracie lui répondit avec un miaou solennel et tendit une patte comme pour la repousser.

— Qu'est-ce que t'en sais de toute façon ? fit-elle à Gracie.

Mais le fait est que Gracie en savait probablement beaucoup plus que la plupart des gens. Les chats pouvaient voir des choses que les gens ne voyaient pas. Avec un soupir, elle se leva du lit, trouva sa chemise de nuit et l'enfila. Elle se glissa dans son lit et remonta les couvertures. Gracie continuait de la regarder, suivant chacun de ses mouvements en clignant des yeux, l'assurant qu'il n'y avait personne d'autre qu'elles deux cette nuit.

Sadie fixa la chatte des yeux pendant un long moment, repensant à cet arbre à bouteilles à l'extérieur. Si quelqu'un avait jamais pris la peine de vider les notes cachées dedans, on aurait découvert tous ses secrets depuis longtemps. C'était sa façon de confier ses soucis à Dieu et de le laisser s'en occuper. Une fois que tous ces mauvais sentiments et ces histoires étaient dans les bouteilles, tous les remèdes superstitieux étaient aussi emprisonnés à l'intérieur. Certains croyaient que pour vraiment s'en débarrasser, il fallait boucher la bouteille et la jeter à l'eau. Peut-être qu'elle essayerait un jour.

Sa grand-mère avait un sort qui marchait avec une bouteille pour la moindre chose. Le seul que Sadie ait jamais essayé était le sort de rupture. C'était peut-être aller un peu trop loin, mais juste au cas où tout cela était vrai, elle avait placé les poils d'un chien noir, grâce à Tango, et ceux d'un chat noir, elle regarda Gracie, dans une bouteille avec les noms d'Augusta et de Josh. Elle ne voulait pas qu'ils se haïssent, mais c'était mieux que l'idée qu'ils se marient sans même savoir qu'ils étaient frère et sœur. Et Flo lui avait fait promettre de ne jamais rien dire.

— Désolée Flo, dit-elle en saisissant le livre posé sur la table de chevet.

Une feuille de papier pliée se trouvait dessous. Elle mit le livre de côté, prit la feuille, la déplia et lut :

Je soussignée, Florence W. Aldridge, de James Island, déclare que ceci est le premier codicille à mon testament daté du premier mai deux mille quatorze.

Sadie cligna des yeux. Son cœur fit un bond. C'était le codicille manquant au testament de Florence, celui que Savannah l'avait accusée de cacher. Elle retint son souffle et poursuivit sa lecture :

Article I : Je veux et j'exige que l'article V dudit testament soit annulé dans son intégralité. Article II : Je veux et j'exige que ce qui suit devienne l'article V de mon testament.

Sadie porta sa main à sa poitrine en lisant la suite :

Je veux et j'exige que la propriété bordée par le ruisseau Secessionville Creek, de la route cantonale à Fort Lamar Road, et incluant les logements originaux de la plantation d'Oyster Point, ainsi que les marais riverains, soit donnée au district de Charleston.

Elle regarda au bas de la page. C'était la signature de Flo en caractères gras, clairs. Elle la reconnut aussitôt. Flo avait donné sa maison à la ville. Elle l'avait vraiment fait. Mais pourquoi ? Encore plus mystérieux, qu'est-ce que ce codicille faisait sous son livre, sur sa table de chevet ? Elle n'avait jamais vu ce morceau de papier de sa vie. Même après que Savannah lui en ait parlé, elle avait douté de son existence.

Qui diable avait posé le codicille là ?

Au bout du lit, Gracie cligna des yeux. Son regard noir, serein, savait qui. Les mains tremblantes, Sadie replia soigneusement le codicille et le mit dans son livre qu'elle referma vigoureusement. Elle reposa le livre sur la table de chevet, le cœur battant douloureusement, puis éteignit la lumière et resta les yeux ouverts dans l'obscurité.

Le bruit s'intensifiait dans son crâne.

Comme le coassement aigu des grenouilles pendant la saison des amours, le bruit était exaspérant et incessant, noyant toute pensée rationnelle.

Avec cinquante-deux fenêtres dans la maison de six cents mètres carrés, il y avait des chances qu'une soit ouverte. Trouver sa chambre avait été facile. Malgré la taille de la maison, il n'y avait que quatre chambres à l'étage. Sa porte était entrouverte.

Le sol craqua doucement quand il entra dans la chambre.

Tuer le chien donnerait un avertissement inutile. Heureusement, l'animal était enfermé dans la chambre de sa sœur et dormait contre la porte. En passant devant, il entendit son poil grossier contre le bois peint. Mais ici… dans cette chambre-là… elle dormait profondément du sommeil du juste… ignorant qu'elle avait un spectateur.

Mais non, elle n'était pas juste, se dit-il.

Ni non plus très intuitive.

Il voulait lui faire peur, lui faire comprendre qu'elle ne contrôlait pas tout. Il voulait qu'elle sache que même quand elle se croyait seule, la main du destin se trouvait au-dessus d'elle, prête à frapper.

Il se tint dans l'ombre, au pied de son lit. Il la regarda dormir pendant un moment. Son visage était illuminé par la lueur argentée de la lune. Il passa le bout pointu de son couteau sous ses ongles et pressa involontairement la lame dans sa peau tendre. Quelque chose s'agita immédiatement en lui, mais il resta immobile.

Sur sa table de chevet, le réveil affichait 03:07.

Certains prétendaient que le voile entre le monde spirituel et le monde physique était au plus mince à cette heure-là. C'était donc l'heure à laquelle il aimait travailler. Mais il n'était pas encore prêt. Il fallait d'abord qu'elle comprenne…

Il attendit pour être sûr qu'elle n'allait pas se réveiller, puis se dirigea vers sa table de chevet, déposa son cadeau et sortit.

17

9:20

— Hé, paresseuse !

Augusta se réveilla au son de la voix de Caroline et en sentant son lit bouger. Elle ouvrit un œil. Caroline était habillée, prête à partir travailler. Elle regarda le réveil. Il était tard.

— Je me suis levée tard aussi. J'étais éreintée après hier, déclara Caroline tandis qu'Augusta essayait d'émerger du sommeil. Je voulais pas te laisser dormir toute seule avec les ouvriers qui tapent sans arrêt au rez-de-chaussée.

Augusta se redressa dans son lit.

— Mon Dieu, j'ai complètement oublié ! Ils sont déjà là ?

Caroline fit oui de la tête.

— Ouais. Mais ils semblent savoir exactement quoi faire sans que j'aie eu besoin de m'en mêler. Je me suis dit que j'allais rester là jusqu'à ce que tu te réveilles. Mais j'ai une réunion dans quarante minutes.

Augusta sortit de son lit et trouva ses vêtements. Elle se promit de faire la lessive aujourd'hui. Elle regarda Caroline. Elles avaient à peu près la même taille.

Peut-être que ça ne dérangerait pas Caroline si elle lui empruntait une tenue pour la journée.

— Merci, dit-elle. J'apprécie ton geste. Ça fait deux nuits de suite que je dors comme une masse. Je sais pas ce qui m'arrive !

— Les drames, dit Caroline, articulant le mot avec netteté.

Augusta sourit. Caroline se leva pour s'en aller.

— T'as besoin que je te rapporte quelque chose ?

— Non non, ça va. Je vais aller déjeuner quelque part de toute façon.

Déjeuner voulait dire aller passer du temps avec Ian.

— D'accord, alors j'y vais, annonça Caroline avant de quitter sa chambre.

Après être passés sur le tapis du hall d'entrée, ses talons claquèrent sur le parquet.

Augusta tira ses cheveux en queue de cheval, puis tendit la main vers l'élastique qu'elle avait laissé sur sa table de chevet la nuit dernière. Elle se figea en voyant le petit parapluie jaune en papier.

Elle laissa retomber sa queue de cheval et inspecta le parapluie. Il ressemblait *exactement* à celui que Ian avait mis dans sa poche la nuit dernière. *Exactement.* Mais elle ne se souvenait pas qu'il le lui ait rendu. Ni l'avoir rapporté à la maison. Et sûrement pas l'avoir posé sur sa table de nuit.

Comment diable est-ce qu'il avait atterri là ?

Ça, la photo de Sam et la chanson de Nilsson, tout ça lui faisait carrément froid dans le dos. Dehors, elle entendit Caroline démarrer la Lexus et s'éloigner. Elle regarda la place où Caroline s'était assise sur son lit. Trop loin de la table de chevet pour y placer le parapluie, et pourquoi est-ce qu'elle aurait fait ça de toute façon ?

Elle fixa des yeux la babiole, troublée par sa vue. Mais c'était juste un parapluie en papier, se dit-elle. Rien de spécial, sauf les mauvais souvenirs qu'il évoquait. Des souvenirs et des sentiments dont elle pouvait se passer, surtout ce matin quand elle voulait ressentir quelque chose de différent envers Flo et cette maison.

Il était temps de mettre le passé derrière elle.

Sa mère était humaine. Tout le monde faisait des erreurs. Augusta en avait certainement assez fait elle-même. Pour le bien de tous, il lui fallait mettre un terme à toutes les déceptions qu'elle ne pouvait plus expier. Si elle pouvait pardonner de parfaits inconnus pour ce qu'elle percevait comme des torts, pourquoi est-ce qu'elle ne pourrait pas pardonner à sa mère ?

Sur ce, elle jeta le parapluie dans la poubelle près de sa commode.

C'ÉTAIT LE MATIN.

À nouveau.

C'est ce qu'il croyait.

Mais peut-être qu'il rêvait.

Les bras de Cody ne lui faisaient même plus mal. Engourdis, ils ne semblaient plus faire partie de son corps, comme sa langue. L'homme n'était pas encore revenu, mais Cody était sûr qu'il allait mourir avant que quiconque vienne. Alors il n'avait plus peur.

Il avait les yeux en feu, les lèvres fissurées et craquelées. Il était si faible qu'il ne bougea même pas quand il vit le serpent se glisser dans le vestiaire. Il resta immobile et regarda le reptile avancer dans la salle caverneuse, trop faible même pour aspirer l'air dans ses narines en feu. Mais son cœur accéléra douloureusement, battant de façon erratique à l'approche du serpent. Ce n'était pas la première fois depuis qu'il était là que son cœur semblait sur le point d'exploser. Alors il resta couché, immobile, espérant se calmer.

L'esprit est plus fort que la matière, disait son père, même s'il ne se souvenait pas exactement pourquoi il avait dit ça.

Les yeux mi-clos, il regarda le serpent s'arrêter pour l'inspecter. Presque comme s'il sentait Cody couché dans l'obscurité.

Respire pas, se dit-il. Bouge pas.

Mais il savait que les serpents pouvaient sentir la chaleur. Faire le mort n'était donc pas exactement la bonne chose à faire. Il resta néanmoins immobile comme il savait le faire, sans même oser cligner des yeux.

Sa poitrine se souleva et s'abaissa rapidement.

Puis le serpent s'éloigna et alla s'installer dans un coin derrière la tête de Cody. Il enroula son long corps épais et noir autour d'un tas de bois, où un rayon de soleil pénétrait par la vitre brisée.

Cody pouvait voir le serpent allongé au soleil.

Il était épais, avec une grosse tête noire en forme de coin. De là où il était, par terre, Cody pouvait distinguer quelques bandes croisées sous son ventre, mais pas nombreuses. Et elles tournaient au noir brunâtre vers le haut du corps du serpent. Cela voulait dire qu'il était probablement vieux, se dit Cody. Il n'avait plus le bout de la queue jaune, mais Cody reconnut que c'était un mocassin dès qu'il s'installa sur le tas de bois et rejeta sa tête en arrière pour lui montrer l'intérieur blanc de sa bouche. Il resta là, la bouche ouverte, à pas plus d'un mètre de Cody. Si proche de lui que Cody pouvait voir ses deux grands crocs l'avertissant de rester à l'écart.

Cody essaya de ne pas respirer.

Il ne parla pas au serpent, sinon dans sa tête.

— *Je vais pas te faire de mal*, dit-il. *T'inquiète pas.*

Le mocassin répondit en agitant la queue et en rejetant la tête encore plus en arrière. Il tourna sa bouche blanche vers Cody et celui-ci vit ses crocs plus clairement.

Son papa lui avait toujours dit que si on pouvait voir les crocs d'un serpent, on était trop près. Mais Cody n'avait pas vraiment le choix.

Pendant un très long moment, le serpent resta dans cette position menaçante à observer Cody du coin de l'œil.

Dehors, il entendit le bruit du tonnerre approcher. Le ciel s'obscurcit rapidement, plongeant le corps du serpent et le sien dans l'obscurité.

Cody cligna des yeux et les ferma, se souvenant du mocassin qui était venu tout droit vers leur bateau de pêche. Ils nageaient la tête au-dessus de l'eau, leur corps épais presque invisible dans l'eau noire. Son papa disait qu'ils étaient juste curieux, mais le monsieur responsable de l'habitat des espèces sauvages disait qu'ils étaient agressifs et que son copain avait survécu de justesse à de multiples piqûres d'un vieux mocassin méchant.

Cody s'efforçait de garder les yeux ouverts. Il observa la forme sombre à travers ses paupières, le cerveau fatigué tandis qu'il luttait contre le besoin de fermer les yeux.

Après un certain temps, le serpent referma la bouche. Cody se détendit et laissa ses yeux se reposer.

À moitié conscient, il crut entendre le serpent lui dire :

— *T'inquiète pas Cody. Je vais pas te faire de mal.*

. . .

Les nuages noirs approchaient.

Les ouvriers avaient à peine commencé, mais ils durent tout remballer, promettant de revenir dans la matinée. Augusta se tint sous la véranda, regardant le dernier ouvrier de l'équipe de Luc franchir la grille.

La météo avait parlé d'averses légères, mais ces nuages avaient un aspect coléreux et accidenté qui promettait plus que quelques gouttes. Le vent se leva. Même les vasières avaient quelques moutons visibles.

Augusta aurait pu être déçue, mais ce qu'elle voulait vraiment c'était voir Ian. Ceci lui donnerait la parfaite occasion de sortir s'il était disponible.

Elle savait que malgré les avertissements de Jack, il n'abandonnerait probablement pas complètement sa recherche de Jennifer. Mais il n'y fonçait pas tête baissée non plus. Il avait promis de coopérer avec la police. Augusta était sûre qu'il n'allait pas risquer de se retrouver à nouveau derrière les barreaux, surtout maintenant qu'ils avaient abandonné toutes les charges contre lui. Mais elle savait aussi qu'il se sentait responsable pour Jennifer.

Debout sous la véranda, elle regardait vers le marais. La porte du hangar semblait entrouverte, de façon précaire. Si elle ne sortait pas pour la refermer, elle allait finir sur sa liste de choses à réparer. En fait, à en juger par la façon dont elle oscillait, c'était déjà trop tard. Mais avant qu'elle puisse aller dans cette direction, son portable retentit. Elle le retira de sa poche arrière, la poche de Caroline plus précisément, et le pantalon était un peu serré. Elle avait volé une paire de jeans dans le tiroir de sa sœur ainsi qu'un chemisier en coton. Elle vit avec déception que c'était un numéro inconnu. Hésitant un instant, elle finit par appuyer sur le bouton vert pour répondre et dit bonjour.

— Salut, répondit la voix. C'est Brad Bessett.

— Ah bonjour !

— Hé, j'ai suivi ce tuyau que vous m'avez donné, merci au fait, expliqua-t-il sur un ton apparemment sincère.

— Génial, de rien. Et vous avez trouvé quelque chose ? répondit Augusta, un peu distraite par la porte du hangar à bateaux.

— Pas ce que vous cherchiez. D'après ce qu'on en sait, Jennifer n'a jamais posé sa candidature au *Tribune*. Mais j'ai fait vérifier avec ma source à la police de Charleston et ils m'ont donné une nouvelle piste. Apparemment, Jennifer a changé légalement de nom et ils viennent de lancer un avis de recherche pour sa voiture qui a aussi disparu.

Ian serait heureux de savoir que la police suivait de près l'information qu'il leur avait donnée.

— C'est une bonne nouvelle, non ? Ils ont une piste alors ?

— Pas sûr, mais j'ai pensé que ça vous intéresserait de savoir que le véhicule est immatriculé sous un nom que vous connaissez peut-être...

— Vraiment ?

— Ouais...

Il se tut un instant, comme pour créer du suspense. Augusta se retrouva instantanément agacée.

— Daniel Greene, révéla-t-il avant qu'elle puisse reprendre la parole.

La nouvelle la bouleversa une seconde. Elle ne savait pas quoi dire.

— C'est une vieille Dodge, retirée des services de police, ajouta-t-il, quand elle garda le silence. Et sa plaque d'immatriculation est NZ3 H43.

Un frisson parcourut le dos d'Augusta.

— Vous pouvez répéter ça, s'il vous plaît ?

— NZ3 H43.

La voiture qui l'avait suivie la nuit dernière était une Dodge noire avec une plaque d'immatriculation commençant par NZ3. Augusta était sûre que Jennifer Williams n'était pas au volant.

Daniel Greene ?

Mais ce n'était pas possible.

— Apparemment, ils ont vendu la voiture aux enchères il y a un peu plus d'un an. Il semble que Greene achète et donne des véhicules régulièrement.

— Qu'est-ce que vous voulez dire ?

— Eh bien, j'en sais pas plus. C'était l'avocat pro bono de Jennifer et il fait souvent ce genre de trucs. Il fait don de vieux tas de ferraille à des organisations pour aider les femmes, qui à leur tour les donnent à des femmes comme des mères célibataires. Sauf qu'il semble avoir remis les clés de cette voiture directement à Jennifer, parce que la plupart des organismes de bienfaisance prennent le titre et le revendent eux-mêmes au client. La Dodge est toujours au nom de Greene.

— C'est de notoriété publique ?

— Non, pas encore. Alors gardez ça pour vous s'il vous plaît. J'aimerais faire un bon article dessus dès que je pourrai.

Augusta était trop abasourdie pour pouvoir répondre.

— Je suis sûr que votre sœur appréciera aussi.

— Caroline ?

— Ouais. Elle appréciera sans doute que vous gardiez le silence sur ça, ajouta-t-il, au cas où elle n'avait pas compris.

— Bien sûr, acquiesça Augusta.

— Oh, autre chose... Greene était aussi l'avocat pro bono de Karen Hutto.

Un nouveau frisson parcourut l'échine d'Augusta.

— Comme je disais, il est assez impliqué avec beaucoup de ces organismes qui viennent en aide aux femmes victimes de violence. Apparemment, son mari était auteur de sévices, et elle était en train d'essayer d'obtenir la garde complète de sa fille Amanda quand elle a disparu.

Ses cheveux se hérissèrent sur sa nuque.

— Merci, répondit-elle.

Puis elle dit au revoir et raccrocha, trop abasourdie pour pouvoir prolonger la conversation.

Daniel Greene connaissait chacune des victimes, sauf peut-être Amy Jones.

Elle fixa des yeux le hangar à bateaux, tandis que la porte claquait violemment dans le vent. Son esprit passa toutes les possibilités en revue. Sa mère avait probablement montré le codicille à Daniel, mais ne le lui avait pas encore remis. Sinon il ne se serait pas introduit dans la maison pour essayer de le trouver, en supposant que c'est ce qui s'était passé. Le lendemain matin de la découverte du corps dans Backcreek Road, quelqu'un était entré par effraction dans le bureau de leur mère par la porte arrière. Apparemment on n'avait rien volé, et à part la coûteuse porte-fenêtre brisée, rien n'avait été dérangé. On n'avait pas trouvé d'empreintes digitales étrangères et rien n'indiquait qu'il y avait effectivement eu un vol réussi. Tous les documents et les livres de sa mère étaient à leur place habituelle.

Ce cambriolage était arrivé *après* celui qui avait eu lieu au bureau de Daniel, le matin de la lecture du testament. Mais cela n'avait aucun sens que Daniel entre par effraction dans son propre bureau et se batte lui-même. Il avait soi-disant répondu à une alarme silencieuse et surpris un intrus qui l'avait presque battu à mort avec une batte au point de devoir aller à l'hôpital.

Quelque chose clochait.

En plus, si Daniel avait été au courant du codicille, il n'en avait pas parlé à Sadie. Parce que Sadie était l'une des personnes les plus honnêtes qu'Augusta ait jamais connues. Sadie n'aurait jamais pu garder un secret comme ça pour sauver sa peau. C'est du moins ce qu'Augusta avait cru jusqu'à hier. Et pourtant, elle avait le sentiment que Sadie avait voulu lui dire la vérité. Si elle avait gardé le secret de la paternité de Josh, c'était parce que Flo le lui avait demandé. C'est ce que Sadie avait dit, et malgré la douleur qu'elle ressentait face à cette révélation, Augusta croyait Sadie.

Au loin, la porte du hangar à bateaux continuait de se balancer. Mais Augusta resta clouée sur place, trop abasourdie pour pouvoir bouger, son esprit se remplissant de nouveaux scénarios.

Même pendant tout le battage médiatique, Daniel Greene n'avait jamais dit un seul mot sur Jennifer Williams. Il avait complètement gardé cette information pour lui. Malgré le fait que Caroline avait traîné le nom de Ian dans la boue à cause de sa relation avec la jeune fille portée disparue. Non seulement cela, mais Daniel n'avait jamais divulgué sa relation avec Karen Hutto.

D'un autre côté, Jennifer n'avait jamais été officiellement au cœur de cette enquête de police, d'après ce qu'Augusta en savait. Amanda Hutto non plus. Les seules victimes connues à ce stade étaient l'étudiante Amy Jones et Kelly Preston, l'ex-petite amie de Jack, flic aussi, découverte à Brittlebank Park le 4 juillet, potentiellement sa sœur Caroline, et maintenant Pamela Baker.

Est-ce que Daniel connaissait aussi Amy ?

Elle ne connaissait pas la réponse à cette question. Mais elle devait parler à Jack de la voiture d'hier soir. Et pour l'instant, la porte du hangar à bateaux battait sauvagement dans le vent. Elle se dirigea donc vers le quai, espérant l'attacher avant que le temps empire.

18

12:47

Murrells Inlet était à environ une heure et demie de route de Charleston, mais Ian ne pouvait toujours pas quitter la ville officiellement. Alors il fit de son mieux. Il saisit son téléphone, sortit sur le porche arrière de sa maison et appela la mère de Jennifer pour la mettre au courant.

La conversation fut laconique et brève, parce qu'il avait encore du mal à accepter le fait qu'elle avait refusé de dénoncer son frère. Il lui parla franchement, lui disant tout ce que Jack Shaw avait partagé avec lui, confiant que celui-ci ne lui aurait pas donné d'information qui n'était pas déjà de notoriété publique ou qui serait sur le point de l'être. À ce stade, Jennifer avait disparu depuis si longtemps, il savait que sa mère serait reconnaissante de pouvoir tourner la page, d'une façon ou d'une autre. Il lui devait au moins cela. Mais il raccrocha se sentant inutile envers Jennifer et sa famille.

Il avait passé beaucoup de temps à rechercher la jeune fille. Il semblait y avoir peu de chance que quelqu'un découvre un jour ce qui était arrivé à Jennifer. C'était juste une personne disparue de plus. Aucune preuve ne la reliait aux meurtres récents. Aucune preuve physique, en dehors de la photo qu'elle avait envoyée à Ian qui s'avérait la situer dans les ruines. Mais ce n'était pas suffisant pour que la police la déclare morte et la victime d'un tueur en série. Le fait que Pamela Baker et Caroline Aldridge s'étaient trouvées en danger après s'être rendues près de ces ruines ne prouvait rien. Toutefois, Shaw semblait le croire, finalement. Après leur récente conversation, il savait que le détective intrépide poursuivrait toutes les pistes disponibles. La police travaillait maintenant en étroite collaboration avec le SLED, l'organisme chargé de l'application de la loi en Caroline du Sud, et ils avaient demandé l'aide du FBI. Ils travaillaient avec un tableau plus grand que celui de Ian. Il voulait bien sûr retrouver Jennifer, mais il n'était pas d'humeur à couper les ponts avec Shaw ou avec le service de police de Charleston. Quelques semaines derrière les verrous étaient plus que suffisantes pour le tenir à distance. Au diable son sens du devoir ! Pour la deuxième fois de sa vie, il pouvait dire que la frousse allait le garder dans le droit chemin.

Pour ce qui était du gamin qui avait disparu... Cody était maintenant au centre de leur enquête, et à juste titre. Le garçon avait disparu depuis six jours, avec aucune piste sur l'endroit où il pouvait se trouver. Il ne semblait plus avoir de grandes chances de survie. Cela lui faisait beaucoup de peine pour Augusta, parce qu'elle était étroitement liée à la famille du garçon.

Pas pour la première fois, tout semblait revenir aux Aldridge... Elles étaient le point commun à tous les drames, même si elles ne le savaient pas. C'est un fait qu'il avait partagé avec Jack, malgré le lien entre Jack et Caroline et celui entre lui-même et Augusta.

Advienne que pourra... Le coupable doit payer pour ses péchés.

Des nuages sombres s'accumulaient au-dessus du marais, transformant l'eau en une étendue gris mercure. Les spartines étaient balayées par le vent qui se levait, mais le front froid était un répit bienvenu contre la brutale chaleur aoûtienne.

Il se demandait ce qu'Augusta faisait en ce moment. Il résista à l'envie de lui téléphoner. Il sentait qu'elle avait besoin d'espace après la nuit dernière. Mais il n'y avait pas de raison de ne pas lui envoyer un texto, se dit-il. Il ouvrit son téléphone et composa son numéro.

DEVENUE GRISE AVEC LES ANNÉES, mais construite pour résister aux conditions météorologiques, la jetée des Aldridge s'avançait de plus de quatre cent cinquante mètres dans le marais salé, avec un accès aux eaux profondes. Un peu plus élaborée que la plupart, elle avait de la place pour trois grands bateaux. Seul l'un des emplacements était vide. Leur père l'avait construite dans un style qui correspondait à la maison géorgienne, et le toit en fer blanc était le même qui ornait la promenade des veuves au sommet de leur maison.

À l'extrémité du quai, la porte du hangar ne cessait de battre au vent, comme un bateau ivre.

Augusta s'avança sur le long quai en bois. Elle avait l'intention de vite refermer la porte, puis de conduire jusqu'au centre-ville pour aller voir Jack. Le lien entre Daniel Greene et Jennifer n'était clairement pas quelque chose de nouveau pour la police, vu qu'ils suivaient déjà cette piste, d'après Brad. Mais Augusta pensait que la plaque d'immatriculation était en quelque sorte un élément clé. Même si elle n'avait pas vu toute la plaque, la description de la voiture semblait coller.

Elle repensa à Sadie et à tout ce par quoi elle était déjà passée. La perspective de lui dire que Daniel était impliqué la rendait malade.

Tandis qu'elle avançait sur le long quai, le vent lui rabattait les cheveux sur le visage et dans la bouche. L'eau du marais lui éclaboussait les bras. Elle avança plus vite, respirant l'odeur familière de boue. Le ciel s'assombrit au-dessus d'elle, projetant une ombre gris-violet sur l'eau. Au loin, elle pouvait voir d'autres bateaux chercher un abri.

Ayant finalement atteint le hangar, elle regarda à l'intérieur. L'endroit sentait bon comme un espace de travail bien-aimé. Josh avait toujours pris grand soin des bateaux, et Augusta avait déjà évoqué la possibilité de les lui donner tous. Ils étaient à lui de toute façon. Le simple fait que leur mère avait oublié de les mentionner dans son testament était un point discutable d'après elle. Surtout à la lumière des récents développements. Ils étaient autant son héritage que celui de n'importe qui d'autre. En fait, l'un des bateaux, un Chris-Craft de sept mètres, avait appartenu au père de leur père. Augusta ne se rappelait même pas la dernière fois qu'elle l'avait vu sur l'eau. Laissé à elle et à ses sœurs, il finirait probablement par pourrir ici. Il semblait aller de soi que Josh hérite du bateau de son grand-père.

Elle repensa à la maison de Tradd Street et ne se rappelait pas non plus la dernière fois qu'elles y étaient passées. Ce n'était pas une décision consciente, mais aucune d'entre elles n'avait vraiment reconnu cette partie de leur famille depuis leur jeunesse. Et maintenant qu'elle connaissait la vérité, elle comprenait tout à fait pourquoi sa mère avait laissé la maison de leur père à Josh. Malgré le fossé s'élargissant entre eux, Augusta pensait qu'il aurait dû recevoir plus que cela.

Tout semblait en ordre à l'intérieur du hangar, sauf que le plus petit de leurs bateaux, un doris, n'était pas sur son support. Elle retourna inspecter la porte et vérifia la serrure. Elle était cassée, mais toujours accrochée par le loquet.

— Merde, fit-elle en levant les yeux au ciel.

Une chose de plus à ajouter à la liste croissante des problèmes. Elle soupira, se demandant si cela valait la peine de le signaler à la police, quand ils avaient tant d'autres choses sur lesquelles concentrer leur attention. Comme le pauvre Cody.

La porte n'était pas encore complètement arrachée. Elle traversa le hangar et referma toutes les fenêtres pour empêcher le vent de pénétrer. Le vent devenait plus fort, mais elle réussit quand même à stabiliser la porte et à la refermer. Elle enleva l'élastique de ses cheveux et s'en servit de son mieux pour tenir le verrou en place. Cela ne pouvait certainement pas faire office d'antivol, mais son seul souci pour l'instant était d'éviter que la porte s'envole et blesse quelqu'un. Elle demanderait demain à Luc de venir jeter un coup d'œil pour voir quelles réparations étaient nécessaires.

Elle entendit un texto arriver sur son téléphone tandis qu'elle finissait de mettre au point sa serrure de fortune. Mais elle attendit d'avoir fini pour lire le message. Le texto était de Ian : *J'aime ton goût dans ma bouche.*

Elle sourit et composa immédiatement son numéro, avide de lui parler. Son appel alla directement sur sa messagerie vocale. Elle lui aurait bien renvoyé aussitôt un texto, mais les premières gouttes de pluie lui tombèrent sur la tête. Elle refourra son téléphone dans sa poche.

La pierre tombale n'était pas là mardi, la dernière fois que Sadie était venue parler à Flo.

Un tour au cimetière par semaine était assez normal pour elle, mais aujourd'hui elle avait besoin de conseils. Elle alla donc confier ses ennuis à Florence, comme d'habitude, sauf qu'aujourd'hui, elle se tenait devant une pierre tombale de presque deux mètres de haut, flambant neuve.

Elle avait été placée là sans aucune commémoration ou reconnaissance par la famille. Quelqu'un de la compagnie où Florence l'avait achetée l'avait simplement livrée et était reparti. Sadie elle-même n'était pas au courant.

De tous les cimetières de Charleston, Magnolia était le plus célèbre. L'élite de Charleston reposait ici, près du fleuve Cooper, parmi les cèdres centenaires, les magnolias et les chênes bossus. Quelques cornouillers et des lilas des Indes alternaient avec les conifères. Des yuccas épineux et des cactus étaient plantés pour garder les esprits sur place. Tout le monde ne le savait pas, mais Sadie en avait conscience. C'était une tradition qui venait directement des racines Gullah. En fait, elle en avait planté un elle-même à la tête de la tombe de Robert. Parce que c'était un salopard.

Sadie se redressa, regrettant de ne pas avoir apporté de gilet. Un rare front froid traversait le cimetière, et le vent qui s'était levé avait une morsure inattendue.

Elle avait promis d'aller aider Queenie à déménager ses affaires de la maison des Simmons. Mais elle n'était pas encore tout à fait prête à partir. Elle avait encore des choses à partager avec Flo. Fixant le pilier des yeux, elle réfléchit à la façon de dire ce qu'elle avait sur le cœur.

La pierre tombale de Florence la ramena en arrière. Elle savait que Flo avait dû obtenir une permission spéciale pour faire ériger un pilier de deux mètres. Beaucoup des tombes les plus anciennes avaient seulement de petites pierres posées dans l'herbe, ou des tablettes en ardoise, en grès ou en stéatite, avec gravés dessus le nom et la date de naissance et de décès du défunt. Mais les écritures sur ces pierres tendres étaient maintenant à peine lisibles. C'était facile de dire quelles étaient les tombes plus récentes, recouvertes de marbre précieux et de motifs grandioses. Avant la guerre, la plupart des pierres plus complexes avaient été importées de Nouvelle-Angleterre. Après cela, les pierres étaient en granit industriel et sculptées à la machine au lieu du burin et du marteau. Celle de Florence était en granit. Elle durerait des années. Mais elle était plus grande que la plupart des pierres plus récentes. Elle était érigée au centre de la parcelle de sa famille. En revanche, la pierre de Robert était à peine aussi grosse qu'un oreiller posé par terre. Celle de Sammy était une croix, jolie, mais petite. Celle de Florence se tenait comme une matriarche présidant sur les siens, passés et présents.

Même dans la mort, elle était hors du commun.

Debout, Sadie regardait la tombe, son sac rouge à la main.

— Florence, vous savez… j'ai trouvé le codicille de

votre testament. C'est vous qui l'avez posé là, mon amie ?

Aucune réponse ne lui parvint de la tombe. Mais le vent gémit à travers la cime des arbres.

— Dites-moi... qu'est-ce que je suis censée faire, hein ? Vous voulez vraiment que je renonce à ma maison après tout ce temps ?

Le ciel s'obscurcit tandis qu'elle se tenait là. Sadie fronça les sourcils et secoua la tête.

— Si seulement vous étiez là, se plaignit-elle. J'ai un terrible pressentiment Florence.

Le yucca que Sadie avait planté après la mort de Sammy frissonna violemment dans le vent. Un frisson d'appréhension lui parcourut l'échine. Toutes les fois où elle était venue ici au cours des années pour parler à ces tombes, elle n'avait jamais eu l'impression que quelqu'un l'écoutait. Soudain, elle eut le sentiment de ne pas être seule.

Elle attarda un instant son regard sur le yucca frémissant. Puis perdant son sang-froid, elle s'éloigna vite vers sa voiture.

19

C'était un temps d'ouragan, mais cette tempête n'avait pas de nom officiel. Elle se leva brusquement, passant au-dessus des Lowlands comme un esprit en colère. Si elle ne menaçait pas de déverser une fois de plus des trombes d'eau à marée haute, après les records de tempête du mois dernier, cela aurait été un répit bienvenu de la chaleur et de l'humidité.

Mais personne n'était d'humeur à nettoyer après de nouvelles inondations, surtout avec la morosité générale qui s'était à nouveau abattue sur eux. Elle n'avait absolument aucun rapport avec le temps, mais tout à voir avec les récents meurtres non résolus.

Caroline était assise à son bureau à écouter Brad Bessett. Il l'informait de ses découvertes, apparemment grâce à des tuyaux obtenus de sa sœur, comme par hasard.

Juste au moment où Caroline pensait qu'elles faisaient des progrès, Augusta semblait déterminée à miner leur relation.

Et Jack... Apparemment, il gardait aussi des informations pour lui et n'avait même pas pris la peine de lui en parler. Certes ils avaient convenu de ne pas empiéter sur leur travail mutuel, mais ces renseignements la touchaient de près.

Elle se sentait pourtant obligée de protéger Jack.

— Est-ce que vous avez vérifié auprès du porte-parole de la police de Charleston, pour voir quelle est la version officielle ?

— Absolument, confirma Brad.

Frank Bonneau, son rédacteur en chef, avait silencieusement écouté toute la conversation. Les bras croisés, il s'avança maintenant pour l'interrompre :

— Caroline... j'ai vérifié tout ce qu'il a dit. Tout est exact.

— Alors pourquoi est-ce que vous me soumettez tout ça ? Vous avez tout mon soutien Frank. Si vous pensez qu'on devrait publier l'histoire, eh bien allez-y. Si Daniel Greene est une personne d'intérêt et si la police est d'accord pour qu'on imprime cette information, je ne peux pas laisser mes sentiments personnels interférer.

— Je voulais juste être sûr, lui dit-il l'air satisfait, en lui lançant un clin d'œil.

Brad rassembla ses papiers. Caroline hésita et leva un doigt pour lui demander d'attendre tandis qu'elle fixait du regard les notes posées devant elle.

Daniel Greene était le propriétaire de la voiture enregistrée au nom de Jennifer Lee, du moins d'après sa compagnie d'assurance qui avait déjà mis fin au contrat pour cause de non-paiement. Personne n'avait vu la jeune fille depuis début avril. Son portable était payé d'avance et avait encore plus de la moitié de ses crédits restants. Pas un seul numéro n'avait été composé de ce téléphone depuis avril, mais le numéro était toujours actif. Ils l'avaient appelé à plusieurs reprises, incapables de laisser des messages vocaux, parce que la boîte vocale était pleine. Caroline se demandait si Jack avait le droit d'écouter ces messages, mais elle allait bien se garder de lui demander. Même s'il savait quelque chose, il ne lui dirait pas. Pas si cela pouvait compromettre son enquête, qui mettait à mal leur relation.

Elle ne l'avait vu que quelques minutes ici et là depuis qu'ils avaient découvert le corps de Pamela. Elle savait qu'il était vraiment déterminé à trouver ce tueur. Et elle voulait qu'il le trouve. À cette fin, elle n'allait sûrement pas mettre son enquête en danger. Mais elle avait une responsabilité : celle de rapporter les nouvelles.

— Est-ce que quelqu'un d'autre a déjà ces renseignements ?

Par quelqu'un d'autre, elle faisait clairement référence aux autres médias locaux ou nationaux. Son estomac se noua. Elle avait connu Daniel Greene toute sa vie. Il avait passé beaucoup de samedis chez elles, confortablement installé dans le bureau de sa mère. Il restait parfois pour manger des crêpes et maintenant, lui et Sadie avaient apparemment une relation. Cela lui faisait mal pour Sadie, la seule personne complètement innocente dans toute cette affaire.

— Non.

— Et est-ce qu'on se prépare à l'arrêter ?

— Jusqu'à présent, ils l'ont seulement interrogé.

Le *Tribune* ne pouvait pas se permettre de perdre à nouveau l'avantage sur une histoire. Sa mère n'aurait pas hésité, elle le savait. Flo aurait offert ses propres filles sur un plateau si l'une ou l'autre avait franchi la ligne entre le bien et le mal. Sa mère avait d'abord et avant tout défendu la ville et ses habitants.

Ce n'était pas la première épreuve pour Caroline. Simplement la plus difficile jusque-là. Même avoir sacrifié Jack, en imprimant quelque chose qu'il lui avait dit en confidence, avait été plus facile, parce qu'elle pensait avoir pris sa décision pour toutes les bonnes raisons.

Mais si Daniel était innocent, cela pourrait ruiner sa vie. Et celle de Sadie aussi.

Elle soupira et repoussa les papiers comme s'ils l'offensaient.

— Allez-y, mettez-le en première page.

Cette décision lui causa aussitôt un mal de tête. Elle s'assit en se frottant les tempes. Dès que Frank et Brad sortirent de son bureau, sa nouvelle adjointe administrative entra.

— La deuxième ligne, dit-elle. C'est votre sœur.

— Génial, murmura Caroline avant de décrocher le téléphone, l'air tendue. Qu'est-ce que tu veux Augusta ?

— C'est Savannah. Caroline, qu'est-ce qui se passe ?

Caroline relâcha le souffle qu'elle avait retenu sans s'en rendre compte.

— Savannah, dit-elle avec un soupir de soulagement.

Caroline se leva et fit le tour de son bureau pour aller fermer sa porte. Puis elle se rassit et raconta tout à Savannah.

15:47

Augusta avait horreur de franchir des ponts par ce genre de temps. Le vent soufflait tellement fort qu'il secouait la voiture et ses essuie-glaces marchaient à peine. Elle laissa son téléphone dans son sac à main, sachant qu'elle devait se concentrer sur la route. Elle était trempée, mais prendre le temps de chercher un parapluie semblait déplacé.

Elle se rendit directement à la station de police de Lockwood, espérant y trouver Jack. S'il n'était pas là, elle parlerait à qui voudrait bien l'écouter.

Par chance, Jack était dans son bureau. Il avait des cernes sous les yeux, comme s'il n'avait pas dormi depuis une semaine. Même s'il salua chaleureusement Augusta, il semblait préoccupé. Il souleva un sourcil.

— Est-ce que je devrais être heureux ou inquiet de vous voir ?

Augusta croisa les bras, se sentant un peu mal à l'aise. Elle avait froid, elle était mouillée et perplexe.

— Je sais pas, peut-être un peu les deux.

— Suivez-moi, dit-il en la conduisant vers son bureau.

Augusta ne manqua pas de remarquer les regards qu'on lui lançait le long du couloir. Elle avait refusé de regarder la télé, mais elle était à peu près sûre que les médias s'en donnaient à cœur joie sur sa relation avec Ian. Il faut dire en sa faveur que Jack n'en parla pas. Dans son bureau, il décrocha une veste accrochée au mur et la lui tendit, puis s'assit et attendit qu'elle se mette à parler.

— J'ai peut-être un tuyau, lança-t-elle après un moment.

— Sur quoi ?

— La voiture que vous recherchez. Celle de Daniel. Celle qu'il a donnée à Jennifer.

Il plissa les yeux, se demandant sans doute comment elle avait obtenu ce renseignement pour commencer.

— Je crois l'avoir vue hier soir, poursuivit Augusta avant de décrire l'auto. Je suis pas sûre de la marque, ajouta-t-elle en s'excusant. Mais elle était noire.

— Il y a beaucoup de voitures noires Augusta. Vous êtes sûre de la plaque ?

Augusta fit oui de la tête en serrant ses bras autour d'elle.

— C'est la seule chose dont je suis sûre.

— Merde, fit Jack avant d'ajouter : est-ce que Ian était avec vous ?

Augusta inclina la tête et lui lança un regard irrité, agacée qu'il se retourne une fois de plus contre Ian.

— J'ai besoin de vous demander.

— Oui, dit-elle avec certitude. Et pendant qu'on est sur le sujet de Ian, vous avez pris la bonne décision Jack. La nuit du meurtre de Kelly Preston, il était aussi avec moi.

— Et vous me dites ça seulement maintenant ? reprit-il en haussant un sourcil.

Augusta serra plus fort la veste contre elle, embarrassée, mais prête à faire amende honorable.

— Vous m'avez pas demandé avant, et de toute façon, il avait déjà un alibi que vous avez pas cru, expliqua-t-elle en lui lançant un regard de défi.

— Touché, dit-il en se levant. J'ai besoin que vous fassiez une déposition officielle. Ça va prendre quelques minutes. Attendez-moi ici.

Son regard tomba sur le cendrier, où une cigarette allumée avait brûlé jusqu'au bout.

— Dites rien à votre sœur, dit-il en remarquant la direction de son regard. J'essaie d'arrêter de fumer.

Puis il sortit.

Pour sa défense, Augusta ne le vit pas reprendre sa cigarette, pas même une seule fois. Elle ne semblait pas avoir été fumée. Au moins, elle n'était pas la seule à être intimidée par Caroline. Cette pensée la fit se sentir un peu mieux en quelque sorte, car de toute évidence cela n'empêchait pas Jack de l'aimer.

. . .

Le premier coup de tonnerre réveilla Cody.

Il cligna des yeux pour s'éclaircir la tête, mais ne prit pas la peine de regarder autour de lui. Il ne voulait plus voir cet endroit.

Dehors, il entendait le bruit de la pluie contre le chevalet. Elle tombait à grosses gouttes contre le toit en bois. L'air était rempli d'humidité, mais pas assez pour lui rafraîchir la gorge. L'odeur de la pluie lui chatouillait les narines comme le pain qu'on cuit dans une pièce à côté.

Sans beaucoup d'énergie, il fixa des yeux le bâillon qui était sorti de sa bouche. Dégoûtant et un peu ensanglanté, il se trouvait en face de son visage comme une géante cacahouète bouillie. Il avait été terrifié que l'homme revienne et repousse le tissu dans sa gorge, mais l'homme avait disparu. Il faisait à nouveau nuit, et Cody n'avait plus peur du noir.

Toutes les vraies horreurs étaient visibles à la lumière du jour.

Au moins de cette façon, il pouvait imaginer qu'il dormait chez lui dans son lit.

Il gisait sur le sol, éveillé, à regarder la pluie pénétrant par la fenêtre. Elle forma une flaque brillante sur le sol qui s'élargit comme dans les vidéos en accéléré sur *National Geographic*. Elle grossit et grossit, au point de commencer à descendre vers Cody sur le plancher incliné.

L'espoir se réveilla en lui.

Il le sentit comme une minuscule aile d'oiseau contre ses côtes.

Juste un peu d'espoir que l'eau coule peut-être vers lui et qu'il puisse en boire une gorgée. Il avait tellement soif.

Il se tourna vers le serpent, blotti, qui le regardait en coin avec ses yeux bridés. Il était presque reconnaissant de sa présence. Il n'avait plus la tête rejetée en arrière en signe d'avertissement. Il attendait simplement patiemment quelque chose à manger.

Cody regarda à nouveau le filet d'eau, apprenant sa leçon du serpent, attendant que le liquide vienne à lui, conservant son énergie.

18:47

Quand Augusta sortit du poste de police, les nouvelles sur Daniel Greene étaient déjà à la radio. Elle envisagea de s'arrêter au bureau du *Tribune*, mais décida qu'elle ferait mieux d'aller voir comment se sentait Sadie. S'ils allaient vraiment arrêter Daniel, elle ne voulait pas que Sadie soit seule. Quels que soient les drames qu'elles traversaient en ce moment, Sadie faisait toujours partie de la famille.

Elle se dirigea directement vers Oyster Point et se gara devant la maison de Sadie, puis monta les marches en courant. La pluie n'arrêtait pas. Le sprint vers la véranda suffit à tremper à nouveau Augusta. Le 4x4 de Sadie était dans l'allée. Elle frappa donc à la porte et, par habitude, essaya la poignée. Pendant si longtemps, la maison de Sadie avait simplement été une extension de leur propre maison. Trouvant que la porte n'était pas fermée à clef, elle l'ouvrit.

— Sadie ? appela-t-elle.

Même la veste de Jack était trempée maintenant, mais ce n'était pas vraiment un imperméable. C'était une veste de baseball RiverDogs légère, qu'apparemment il ne portait pas beaucoup. Jurant doucement, elle l'enleva et l'emporta sous la véranda arrière de Sadie, pour la mettre à sécher sur une chaise.

— Sadie ! appela-t-elle de nouveau.

Elle regarda dans le petit couloir menant à sa

chambre. Les lumières étaient éteintes. Elle ne semblait pas être là. Regardant la pluie un moment, elle se dirigea vers la fenêtre de devant, puis alla dans la salle de bains pour prendre une serviette et essayer de se sécher. Mouillée comme elle était, elle ne voulait pas s'asseoir sur les fauteuils de Sadie. Elle se dirigea donc vers la cuisine pour s'y sécher, espérant que Sadie ne lui en veuille pas trop d'être entrée comme ça. Après tout, elle n'était plus une gamine, et Sadie avait droit à sa vie privée.

La chatte Gracie s'avança d'un pas nonchalant dans la cuisine. Elle la regarda et poussa un long miaulement, comme pour dire clairement à Augusta qu'elle n'avait rien à faire là.

— Ouais je sais, ma petite. Tu te souviens de moi ?

Elle se baissa pour caresser l'animal. Celle-ci s'étendit devant elle, apparemment pas disposée à respecter ses principes à la perspective d'un peu de plaisir. Augusta sourit et prit la chatte dans ses bras pour la récompenser avec quelques caresses de plus. Mais Gracie décida tout à coup qu'elle ne voulait pas de l'attention d'Augusta. Elle sauta de ses bras et s'enfuit de la cuisine, sa queue noire s'agitant avec impatience.

Peut-être que Sadie était dans leur maison ?

Elle ne le pensait pas, puisque sa voiture était garée là et que la porte de la maison n'avait pas été verrouillée. Mais peut-être qu'elle était allée chez elles pour une raison ou une autre et avait été surprise par la pluie. Elle avait toujours les clés de la maison principale.

Elle sortit son téléphone de son sac et composa le numéro de portable de Sadie. Pas de réponse, mais il ne sonna pas dans la maison. Donc, où que Sadie soit, elle avait son téléphone avec elle.

Essayant d'être aussi discrète que possible, elle

posa son portable sur le comptoir et saisit un verre sale dans l'évier. Elle le rinça et se remplit un verre d'eau.

Peut-être que Sadie était avec Daniel ? Dans ce cas, Augusta ne pourrait pas faire grand-chose pour l'épargner. Anxieuse maintenant, elle essaya à nouveau d'appeler Sadie. Toujours pas de réponse.

Regardant la pluie incessante dehors, elle décida d'attendre un peu plus longtemps et reposa son téléphone sur le comptoir.

20

Il voulait lui faire comprendre qu'elles n'étaient pas ses amies.

C'est pour cela qu'il avait laissé le codicille sur sa table de chevet. Pour lui ouvrir les yeux. Pour qu'elle voie. Mais maintenant le document avait disparu. Il avait besoin de le récupérer. Et s'il l'avait mal comprise et qu'elle l'avait montré à la police ?

Mais non, il ne croyait pas qu'elle ferait cela.

Quelques minutes auparavant, il avait entendu la porte s'ouvrir et s'était caché dans la chambre. Le son de la voix d'Augusta Aldridge lui donna à la fois une érection et le rendit fou furieux. Il était maintenant convaincu qu'elle seule pourrait lui donner enfin la paix.

Dehors, la pluie était maintenant torrentielle. La maison était battue par le vent. Il faisait de plus en plus sombre. Elle était juste là, dans la cuisine. Cela pourrait être si simple...

Mais ce n'était pas le bon moment, se rappela-t-il, tandis que les voix s'amplifiaient dans sa tête.

Sadie rentrerait bientôt. Il ne voulait pas qu'elle sache qu'il était venu. Il avait échangé sa voiture avec la sienne, insistant pour qu'elle conduise la sienne pour aller rendre visite à sa cousine, parce qu'il savait qu'elle gardait un double de ses clés de maison dans sa boîte à gants. Il avait besoin de reprendre le codicille, sans soulever de questions, sans briser de fenêtres ni forcer de portes. Il y avait eu assez de surprises comme ça, à commencer par Florence qui l'avait surpris seul ici le jour où elle était venue parler à Sadie du codicille de son nouveau testament.

Cela avait été la première erreur de Florence.

Sa seconde avait été de lui parler de ses plans pour la maison et la propriété.

Et sa troisième de s'enfuir en courant. Il l'avait chassée dans les bois, où elle avait perdu sa foutue chaussure. Et puis il avait remporté Florence chez elle et l'avait jetée au bas des escaliers.

Elle était morte maintenant.

Comme sa fille, bientôt.

Mais il ne pouvait pas se permettre d'autres erreurs. Il ne devait plus agir sans réfléchir maintenant.

Il pouvait changer de plans, mais cela nécessitait de la réflexion. Il devait réfléchir. Mais il n'arrivait pas à se concentrer. Il y avait trop de voix qui l'agaçaient, à parler toutes à la fois.

Il se concentra sur l'image du gosse assis dans son petit canot, glissant dans l'eau, ses mains s'agitant désespérément, ses pieds bougeant dans l'eau, mais pas assez vite ou assez fort pour le maintenir à flot.

Quel genre de personne laissait un petit garçon flotter au loin dans un bateau gonflable ?

Le genre qui ne savait pas aimer.

Et les enfants mal-aimés étaient les plus dangereux de tous...

Où diable pouvait donc bien être Sadie ?

Augusta s'assit sur le canapé, une serviette sous le derrière, et résista à l'envie d'allumer la télé. Elle voulait vraiment savoir s'il y avait du nouveau, mais ne se réjouissait pas à l'idée que Sadie la surprenne assise sur son canapé à regarder la télévision. Cela suffisait qu'elle soit entrée chez elle sans y être invitée.

Elle se leva, se sentant un peu nerveuse, et se dirigea vers la salle de bains. Là, elle tourna le robinet du lavabo, attendit que l'eau s'éclaircisse, puis s'aspergea le visage. Il n'y avait qu'une salle de bains dans cette petite maison et les tuyaux étaient tous rouillés. Augusta ne comprenait honnêtement pas pourquoi Sadie était tellement attachée à cet endroit. Elle avait bien assez d'argent pour s'acheter une belle maison quelque part, sans tout ce mauvais juju. C'était l'expression de Sadie, mais elle collait bien.

Augusta commençait à avoir faim. Elle n'avait pas de nouvelles de Ian depuis le texto qu'il lui avait envoyé plus tôt. Elle retourna donc dans la cuisine prendre son téléphone et vint se rasseoir sur le canapé pour lui répondre. Elle ne voulait pas encore lui parler, parce que sinon elle allait sortir de cette maison et aller directement chez lui. C'était trop facile de le laisser l'éloigner de tous ces problèmes. Mais elle devait à Sadie de rester et de faire face à l'épreuve avec elle.

Peut-être que Sadie était avec Josh ?

Elle envoya d'abord un rapide texto à Josh : *Tu sais où est ta maman ?*

Puis se sentant courageuse, elle en envoya un à Ian : *Je crois que je t'aime.*

Elle reposa le téléphone à côté d'elle sur le canapé, mais il vibra aussitôt.

Elle le saisit et lut la réponse de Ian : *Alors épouse-moi.*

Son sang ne fit qu'un tour. Elle tapa en retour : *T'es sérieux ?*

On ne peut plus sérieux.

Un smiley lançait un clin d'œil après ces mots, la faisant douter.

Elle se laissa retomber sur le canapé et envoya un autre texto : *Pourquoi ?*

Parce que tu es celle qui suce le mieux ?

Augusta rit et haussa un sourcil.

— Crétin, dit-elle, s'apprêtant à lui répondre quelque chose de malin sur le fait qu'il lui donnait de fausses illusions.

Mais il lui envoya un autre texto : *Parce que je t'aime Augusta. Pourquoi d'autre ?*

Augusta se surprit à sourire jusqu'aux oreilles, malgré ce qu'elle écrivait. *Tu me fais vraiment une demande en mariage dans un texto ? Ça craint !*

Il lui sembla attendre sa réponse pendant une éternité : *Est-ce que t'as déjà vu un homme pleurer ?*

Juste une fois.

Et si tu disais non ?

Puis immédiatement après : *Est-ce que t'as aussi volé son cœur ?*

Augusta repensa au jour où elle était partie pour l'université. Le jour où elle avait dit à Josh qu'elle ne reviendrait jamais chez elle si elle pouvait l'éviter. Même s'il n'avait pas pleuré, elle avait presque vu un homme verser des larmes cette fois-là. Il se tenait là, à la regarder de ses yeux bleus vitreux. Puis il avait retrouvé son calme et avait cligné des yeux pour repousser ses larmes sans dire un mot.

Leur relation n'avait jamais été la même après cela.

Elle resta assise, les yeux fixés sur l'écran, ne sachant pas comment répondre. Elle était sûre que Josh ne l'avait jamais vraiment aimée. Elle était juste une fille qu'il connaissait. Et maintenant qu'elle savait toute la vérité, la situation était un peu dégoûtante.

Pourtant, il avait prétendu l'avoir aimée. Elle l'avait pris au sérieux, sachant qu'au moins il pensait l'avoir aimée.

Oui, répondit-elle.

Étendu sur le lit qu'il avait partagé avec Augusta, tout nu après sa douche, Ian n'avait pas hâte de se rhabiller, à moins que ce soit pour aller la retrouver. Il désirait son corps. Comme un ado, il était allongé sur le dos, les yeux fixés sur son téléphone, suspendu à chacun de ses mots, excité par de simples mots tapés sur un écran.

Le sexe était bon, mais c'était plus que cela. Il n'était plus vierge, loin de là en fait, et reconnaissant de ne plus l'être. Il avait eu une série de filles, dès ses onze ans. Les femmes s'étaient toujours jetées à ses pieds. Il avait vite appris comment jouer à ce jeu. Il était le mauvais garçon avec lequel les femmes voulaient lever la jambe. Les gars qu'elles finissaient par épouser avaient un compte en banque, à la Morgan Stanley Smith Barney. Ils portaient des montres chères et voulaient une maison, une femme et deux à trois gosses, parce que ça faisait bien sur leur CV.

Ian n'avait jamais été ce genre de gars. Il venait d'un foyer désuni. Son père était un toxicomane et un criminel de second ordre. Il vendait de la meth et volait des paquets de cigarettes plutôt que de les payer, même quand il avait de l'argent. La meilleure chose qu'il ait jamais faite pour Ian était de le mettre en rapport avec son frère, le total opposé de son père. Sa mère avait été perdue dès le début. Il voulait mieux que tout cela, mais il n'avait pas besoin d'être ce genre de gars, parce que les femmes de ce genre de mecs étaient exactement celles qui le draguaient tandis que leur mari buvait un scotch pur malt et fumait des cigares cubains avec ses clients. Jeune homme, il avait reçu un sévère avertissement. Des situations extrêmes exigeaient des changements extrêmes. Il avait alors effectué un virage serré à droite. Abandonner le sexe n'avait jamais vraiment semblé un énorme sacrifice avec une main qui marchait aussi bien qu'un vagin. Faire quelque chose de mieux de sa vie était ce qui avait compté pour lui. L'argent ne faisait pas beaucoup de différence, sauf que ne pas en avoir, ça craignait. Il avait donc déposé à la banque presque tout ce qu'il gagnait, jusqu'au dernier centime. Son petit compte rivalisait presque maintenant avec celui de ces mecs, surtout que Ian n'avait aucune dette.

Mais toute sa vie avait changé en l'espace de vingt-quatre heures, et il voulait Augusta à ses côtés pour le reste de ses jours.

Soudain, l'idée de lui faire l'amour occupait au moins la moitié de ses pensées. Quand il était éveillé. Il avait une nouvelle érection simplement en lisant ses mots. Mais il l'ignora, parce que le sexe ne voulait rien dire sans elle.

Il pensa l'appeler pour entendre sa voix au lieu de lui envoyer des textos, mais en ce moment, cela lui suffisait. Il avait vu les nouvelles et savait que dès qu'ils parleraient, la réalité allait les percuter à nouveau. C'était inévitable. Tôt ou tard. Mais pour l'instant, il voulait lui dire ce qu'il avait sur le cœur, sans interruption et sans que la réalité l'arrête. Il savoura le moment.

Son cœur se mit à battre plus fort quand il tapa sa question. *Oui, quoi ?*

Il lui fallut un long moment pour répondre cette fois. *Oui, je suppose que oui.*

Souriant avec plaisir dans ce flirt, il tapa : *Oui, tu*

supposes que tu lui as brisé le cœur ? Ou oui, tu supposes que tu vas m'épouser ?

Ils aimaient la taquinerie. Elle s'attarda un temps fou sur la question. *Ça dépend*, écrit-elle.

De quoi ?

« Augusta Aldridge est en train de taper » s'afficha pendant bien trop longtemps. S*i tu as l'intention de me le demander en face.*

Demain, répondit-il aussitôt. Et il était sincère. Plus tard, il avait prévu d'aller chercher des bagues, quelque chose de simple pour correspondre aux goûts d'Augusta et à son propre budget. C'était la seule chose avec laquelle il ne s'était pas réconcilié : l'argent qu'elle semblait avoir à sa disposition. Heureusement, on allait bientôt lui redonner l'argent de la caution.

Et pourquoi pas aujourd'hui ? renvoya-t-elle aussitôt.

Ian fixa le texto des yeux et sourit jusqu'aux oreilles. En effet, pourquoi pas aujourd'hui ? Sauf qu'il n'allait pas lui faire sa demande au téléphone. Il allait se manier le train, se rhabiller, passer la chercher et une fois face à face, il lui referait sa demande.

21

Pourquoi pas aujourd'hui ?

En attendant sa réponse, elle inspecta le livre sur la table basse. Il n'y avait maintenant presque pas de lumière dans la maison. Juste une faible lueur bleue perçant à travers la fenêtre de devant et celle de derrière, mais elle se sentait trop paresseuse pour se lever et appuyer sur l'interrupteur. Dehors, un croissant de lune était à peine visible à travers la pluie torrentielle. Elle se servit de son téléphone comme d'une lampe de poche et regarda le livre. *La voie du pardon.* C'était un gros livre pratique, épais, écrit par un auteur qu'elle ne connaissait pas. Elle le saisit et le regarda de plus près à la lumière de son téléphone, curieuse du message qu'il contenait. Certains de ces livres étaient de vraies perles, d'autres des sornettes. Avec un peu de chance, celui-ci était excellent. À une époque, Augusta avait dévoré ce genre de livres. Elle avait trouvé du réconfort dans certains, de l'inspiration dans d'autres. En fin de compte, elle avait réalisé que ce dont elle avait eu besoin tout du long était de revenir à la maison et de faire face à ses démons.

Elle était finalement en train de faire la paix avec Flo.

Dommage que sa mère n'était plus là pour le voir.

Ou peut-être qu'elle était en fait toujours là.

Sadie croyait en l'au-delà.

Et parfois, ces derniers temps, Augusta sentait la présence de sa mère. Alors c'était peut-être vrai.

Se sentant complètement satisfaite un bref instant, elle ouvrit le livre à une page marquée avec un morceau de papier plié. Le document avait de l'écriture en gras à l'intérieur. Elle le voyait clairement à travers. Curieuse, elle posa le livre sur ses genoux, saisit le morceau de papier de la main gauche et le déplia, se servant de son téléphone de sa main droite pour le lire. Elle entendit un texto arriver pendant qu'elle lisait, mais elle continua de fixer des yeux les mots, trop abasourdie pour comprendre ce qu'elle voyait, même si son cerveau le reconnut aussitôt.

Je soussignée, Florence W. Aldridge, de James Island, déclare que ceci est le premier codicille à mon testament daté du premier mai deux mille quatorze.

— Le testament de Maman, dit-elle à haute voix en retenant son souffle tandis qu'elle parcourait la page des yeux.

Soudain, elle entendit un bruit dans la chambre. Son cerveau stupéfait l'attribua à la chatte. Elle poursuivit sa lecture.

Je veux et j'exige que la propriété bordée par le ruisseau Secessionville Creek, de la route cantonale à Fort Lamar Road, et incluant les logements originaux de la plantation d'Oyster Point, ainsi que les marais riverains, soit donnée au district de Charleston.

Abasourdie, Augusta se leva, laissa tomber le livre

sur le canapé et serra la feuille de papier et son téléphone dans la main. Elle alla tout droit vers la cuisine pour récupérer son sac à main, avec l'intention de partir avec le testament. Mais elle se figea à la vue d'un homme debout au bout du couloir. Il avait une cagoule sur le visage. Il était habillé de noir de la tête aux pieds. Seuls ses yeux pâles le distinguaient de l'obscurité. Pendant un instant, il se contenta de la fixer des yeux, l'air aussi surpris qu'elle.

Augusta poussa un cri et se précipita vers la porte d'entrée, abandonnant son sac à main.

Droitière, et sachant qu'elle ne pouvait pas ouvrir la porte le téléphone à la main, elle le laissa tomber, ouvrit la porte à toute vitesse et s'élança sous la pluie, en claquant fort la porte derrière elle. Elle entendit des jurons.

Elle ne se dirigea pas vers sa voiture, parce que même si elle pouvait y entrer et verrouiller les deux portières à temps, elle n'avait pas ses clés et ne voulait pas y être piégée.

Elle courut vers le quai, se glissant dans les broussailles au moment où l'homme apparut sous la véranda de Sadie, une ombre sombre sur fond de bleu délavé. Elle fourra le testament dans le devant de sa chemise et courut se mettre à l'abri de la pluie. Dieu merci, elle n'était pas du style à porter des talons hauts! Détrempé, le sol s'enfonçait sous ses pieds, mais elle courut aussi vite que possible.

Elle n'avait pas les clés de sa maison. Elle serait verrouillée. Les clés étaient dans son sac à main. Il était tard, mais Caroline ne serait pas encore rentrée. Et les ouvriers étaient partis depuis longtemps. Le seul téléphone chez elle était à l'étage, dans sa chambre. Mais si elle devait pénétrer par effraction dans la maison et atteindre le téléphone, elle ne pourrait pas empêcher l'homme de la suivre à l'intérieur, même si elle arrivait à entrer à temps. Et elle savait qu'elle n'aurait pas le temps. Ils avaient renforcé les verrous après le dernier incident. Peu importe. Elle pouvait toujours briser une vitre. Il n'y avait personne à la ronde sur des kilomètres pour entendre ses cris.

Le quai semblait sa meilleure option. La serrure de la porte du hangar était déjà cassée. Elle pourrait vite y entrer et peut-être trouver des clés dans l'un des bateaux.

Elle savait que l'homme était quelque part derrière elle, mais n'osa pas tourner la tête pour regarder. Elle connaissait cette propriété mieux que quiconque, hormis ses sœurs. Pas lui. Augusta courut plus vite, son cerveau cherchant d'autres options.

Le quai était encore à quelques centaines de mètres. Elle devait traverser la boue épaisse, mais elle était camouflée par les broussailles. Ses pieds s'enfonçaient dans la vase qui menaçait de retenir ses chaussures. Elle ne l'entendait plus derrière elle. Il s'attendrait à ce qu'elle coure vers la maison, vers la sécurité. Les lumières de la véranda étaient un phare dans l'obscurité croissante. Elle savait qu'il ne pouvait pas la voir dans la pluie battante. Il devrait deviner dans quelle direction elle avait disparu.

Plus elle approchait du quai, plus la boue devenait molle. Elle se mit à s'enliser. Elle perdit une chaussure, happée par la vase. Mais elle continua de courir, bondissant sur le quai quand elle le sentit là, juste devant elle. Elle voyait maintenant à peine où elle allait. Mais malgré le fait qu'elle n'avait pas vécu là depuis dix ans, elle connaissait chaque centimètre carré de cette propriété.

Arrivée sur le quai, elle accéléra vers le hangar à bateaux, ses pas résonnant sur la jetée en bois. Elle pria qu'il ne l'entende pas. Elle savait qu'il ne pouvait pas la voir. Le hangar au bout du long quai n'était rien de plus qu'un trou noir dans l'obscurité. Elle courut vers lui, espérant y trouver des clés.

Au loin, un éclair illumina l'horizon.

Derrière elle, dans la distance, les lumières de la véranda ressemblaient à des lucioles à travers la pluie torrentielle.

Atteignant finalement le hangar, elle arracha sa serrure de fortune. La porte s'effondra en faisant un bruit sourd. Elle reconnut le moment même où il se rendit compte qu'elle n'allait pas vers la maison, parce qu'elle l'entendit au loin proférer des jurons. Son temps était compté.

À l'intérieur du hangar, elle pouvait voir qu'une des baies avait été laissée ouverte. Le doris était là, dans l'eau. Elle prit une décision de dernière minute et abandonna l'idée de chercher les clés. Elle sauta dans le doris, espérant contre tout espoir ne pas rater son coup. Elle atterrit au fond du petit bateau avec un bruit sourd, se cognant la tête contre un des sièges et les côtes contre un autre. Mais le doris glissa hors de la baie dans la nuit noire.

C'est seulement une fois à l'intérieur du doris qu'elle se demanda pourquoi le bateau était de retour dans la baie et la porte ouverte. Il n'y avait pas de pagaies dans le bateau, mais elle avait assez d'élan pour atteindre l'eau libre.

Sa cuisse gauche lui faisait mal. Sa poitrine et sa tête aussi. L'eau de pluie s'infiltrant entre ses lèvres lui laissait un goût de sang dans la bouche.

Derrière elle, elle entendit des pas de course sur le quai, mais à en juger par la distance, il était loin derrière elle. Elle resta immobile, espérant que son élan la porterait aussi loin que possible. La pluie lui cinglait le dos et le derrière de la tête. Le goût métallique de son propre sang s'attarda dans sa bouche. Au loin, un autre éclair jaillit, mince comme une lame de rasoir, suivi par un coup de tonnerre. Augusta ne bougea pas, essayant de se rappeler ce qu'elle portait. Des vêtements de couleur sombre. Dieu merci. Elle portait un jean et une chemise foncée, rien de brillant qui puisse réfléchir la lumière.

Le devant de sa chemise était maintenant trempé. Elle pouvait sentir le papier du testament collé à sa peau, probablement ruiné. En fin de compte, elle avait renoncé à appeler à l'aide pour sauver un morceau de papier qui allait perdre toute valeur.

Soudain, le bateau frémit et s'arrêta net, la proue dans la boue.

Un autre éclair illumina assez le ciel pour qu'Augusta découvre qu'elle était coincée dans les vasières. Un autre éclair illumina le quai derrière elle. Quelqu'un se tenait au bord, pas encore prêt à la poursuivre. Une forme sombre au bout du quai, se profilant sur l'obscurité à chaque éclair. Le tonnerre retentit entre chaque éclair, de plus en plus rapproché.

Les ruisseaux des baies ressemblaient à des toiles d'araignée. Même à marée basse, le milieu d'une baie était assez profond pour recevoir un bateau de bonne taille qui pouvait facilement voguer sur Clark Sound et les rivières et estuaires sinueux autour de Morris Island. Mais on avait besoin de pagaies et de lumière pour naviguer. Augusta n'avait ni l'un ni l'autre.

S'il prenait l'un des bateaux, il pourrait facilement la rejoindre.

Dès qu'il disparut du quai, elle prit sa décision. Elle se glissa hors du bateau et rampa au milieu des spartines.

. . .

IAN ENFILA sa botte gauche en jetant un œil au téléphone posé sur ses draps froissés.

Réponds à ton téléphone, avait-il envoyé dans son dernier texto, mais elle ne lui avait pas encore répondu. Il se sentait un peu ridicule d'être déçu. Il n'avait aucune idée de l'endroit où elle pouvait se trouver ni de ce qu'elle faisait. Peut-être qu'elle avait été distraite par quelque chose d'important. Rien d'anormal à un texto sans réponse. Combien de fois est-ce qu'il avait lui-même fait ce genre de chose ?

Exprès, en général.

Le problème était qu'il était en train de demander la fille en mariage. Augusta ne semblait pas du genre à reposer son téléphone et à abandonner une conversation comme ça. Elle lui dirait peut-être d'aller se faire foutre, mais elle ne l'ignorerait pas.

Saisissant son téléphone, il fit défiler leurs messages pour trouver un indice de son emplacement, mais ils n'avaient jamais évoqué cela.

Il l'appela à nouveau, pour la troisième fois. Le téléphone sonna longtemps, puis alla directement à la messagerie vocale.

— Merde Augusta !

Au diable son orgueil ! Quelque chose n'allait pas.

Il jeta un œil à la pendule. Presque vingt heures. Il pleuvait toujours aussi fort. Il se dit qu'elle devait être chez elle. Qui serait dehors par un temps pareil ? Il n'avait pas le numéro de téléphone de sa sœur. Sinon il aurait appelé Caroline, malgré ce qu'elle pensait de lui. Impatient d'entendre la voix d'Augusta, il tapa un message complètement dénué d'humour.

Où diable es-tu passée ?

Reposant le téléphone sur son lit, l'écran vers le haut, il enfila son autre botte, puis s'assit en attendant, les yeux fixés sur son portable. Quand l'écran devint noir, il se leva du lit.

— Merde ! dit-il en saisissant son téléphone et en le fourrant dans sa poche arrière.

Il alla tout droit vers la cuisine prendre ses clés de voiture.

Il ne croyait pas qu'Augusta puisse tout simplement s'arrêter de parler.

Saisissant son imperméable, il sortit par la porte de devant, avec l'intention de se rendre vers Oyster Point. Il réalisa que sa sœur ne voulait probablement pas de lui sur la propriété, mais il s'en fichait pour l'instant.

Il avait un mauvais pressentiment.

EN CONTINUANT DE RAMPER, Augusta traversa les spartines, haletant, essayant de ne pas paniquer. Ses côtes lui faisaient mal à cause du point d'impact sur sa poitrine. Mais elle se concentra sur les vasières, essayant de se frayer un chemin à travers la boue dans l'obscurité.

N'ayant plus qu'une chaussure, elle mettait tout son poids sur son pied chaussé. C'était littéralement impossible de savoir ce qui se trouvait dans ces marais. Les gens prétendaient qu'ils étaient jonchés d'os des unionistes et des confédérés. Il y avait de vieux bateaux, des attirails de pêche, du verre brisé et des bouteilles provenant de stupides plaisanciers ivres qui ne respectaient pas le lieu et jetaient leurs bouteilles de bière vides. Elle avait entendu dire qu'on avait exhumé des roues de chariot en bois, vieilles de centaines d'années, parfaitement préservées en raison de la nature de la boue. Pataugeant dans l'eau qui lui montait jusqu'aux chevilles par endroits, le long d'un terrain accidenté, elle avançait péniblement dans les spartines, s'en servant comme camouflage.

Elle n'était jamais vraiment allée aussi loin, pas même enfant. Elle avait souvent vu des pêcheurs debout dans les vasières, revêtus de cuissardes jaune vif, mais l'expérience ne l'avait jamais tentée. Cette terre leur appartenait, mais même si cela semblait cool d'explorer les premiers mètres de vasières, le mystère cédait rapidement la place à l'irritation de lutter pour avancer dans ce qui n'était rien d'autre que de la boue fouettée.

Si on ne faisait pas attention, c'était facile de se retrouver dans la boue jusqu'au menton. Ce n'était pas non plus agréable de nettoyer chaque recoin de son corps, parce que la boue puante suintait littéralement par toutes les fentes possibles. Certains prétendaient aimer l'odeur. Ce n'était pas un parfum qu'Augusta appréciait.

Elle ne savait pas jusqu'où elle s'était avancée dans les spartines, mais elle continua jusqu'à ce qu'elle n'entende plus rien derrière elle. Quand elle tomba sur la carcasse d'un petit bateau en décomposition, elle se précipita en dessous pour se cacher, trébuchant sur quelque chose de volumineux au passage.

22

20:17

La grille de la propriété était fermée, mais cela n'avait jamais arrêté Ian auparavant. La grille était une façon timide d'empêcher les gens d'entrer. Les Aldridge possédaient trop de terres pour clôturer toute la propriété. Il en fit tout simplement le tour, se dirigeant vers les bois où il avait trouvé la chaussure, le jour où il avait rencontré Augusta pour la première fois.

Glissant le long du talus, il arriva sur l'allée en gravier devant la petite maison près du rivage. La voiture d'Augusta était garée devant, avec un autre véhicule.

Il faisait sombre. Regardant dans la voiture d'Augusta, il la trouva vide. La voiture à côté aussi.

Les éclairs déchiraient le ciel autour de lui, éclairant la véranda. Le vent secouait le petit arbre à bouteilles. La porte d'entrée était grande ouverte. Malgré une voix à l'intérieur de lui-même l'incitant à la prudence, il entra pour jeter un coup d'œil.

La maison était complètement plongée dans l'obscurité. Mais en entrant, il heurta du pied un objet par terre qui s'éclaira. Il se pencha pour le ramasser et reconnut le portable d'Augusta.

Il cliqua sur le bouton ON et se servit de la lumière de l'écran pour étudier la pièce. Le téléphone était toujours connecté à son application de textos et il vit le dernier message qu'il lui avait envoyé.

Où diable es-tu passée Augusta ?

Quelque chose l'avait distraite, mais quoi ?

Il passa la tête dans la cuisine. Un chat était pelotonné sur le comptoir de la cuisine. Il pouvait à peine discerner la silhouette de l'animal contre la fenêtre, noir sur le ciel nocturne.

Il n'y avait personne d'autre.

— Y a quelqu'un ? appela-t-il.

Pas de réponse.

C'était une petite maison. Peu de chance qu'il n'entende pas quelqu'un d'embusqué, mais il passa quand même la tête par la porte de la chambre, juste au cas où.

Il ressortit sous la véranda, un mauvais pressentiment dans les tripes. Il se dirigea à pied vers la maison principale, en appelant le nom d'Augusta.

AUGUSTA, grelottante, s'assit sous la coque du bateau pourri.

En dessous, cela sentait le moisi, le vieux bois humide, et quelque chose de pire. Elle était assise dans la vase, trempée jusqu'aux os, les cheveux recouverts de boue. Mais elle n'osait pas bouger de dessous le petit abri. Dehors, la pluie s'abattait sur le côté arrière du bateau, passant en ruisselant à travers le bois déjà pourri. L'eau lui tombant sans cesse goutte à goutte sur le dos et sur la tête, elle avait les nerfs à fleur de peau, se sentant vulnérable, terrifiée à l'idée d'être découverte.

Qui c'était ? Pourquoi se trouvait-il chez Sadie ? Où était Sadie ? Et pourquoi est-ce qu'elle ne répondait pas au téléphone ? Elle se demanda si Caroline était rentrée maintenant. Est-ce qu'elle verrait sa voiture devant chez Sadie ? Ou pire, est-ce que l'homme allait s'en prendre à sa sœur ?

Augusta se sentit horrible à l'évocation de cette simple possibilité, parce qu'elle était si effrayée qu'elle n'arrivait pas à bouger pour sauver sa propre peau. Elle était paralysée par la peur. Elle avait toujours cru être plus courageuse que cela, mais elle était figée par l'indécision, terrifiée jusqu'au dernier degré. Elle avala ses larmes salées. Sa gorge se serra et retint un sanglot.

Elle n'arrivait pas à s'éclaircir les idées. Dehors, un nouvel éclair illumina son abri de fortune. Il ressemblait plus à un squelette de bateau en bois, oublié depuis longtemps dans les vasières. Un pêcheur s'était probablement retrouvé coincé à marée basse et n'avait pas pris la peine de revenir chercher son bateau, parce que cela demandait trop d'efforts. Le bateau était apparemment là depuis longtemps.

Un nouvel éclair. Cette fois, elle repéra quelque chose de rouge dehors, près du bateau, un sac peut-être. Elle avait dû le déterrer en se traînant vers l'embarcation.

Frissonnant de peur ou de froid, elle ne pouvait pas faire la différence, elle tendit une main pour saisir la sangle en tissu et ramena l'objet à elle, sous le bateau.

Elle dut tirer fort et se cogna presque la tête sur la coque du bateau, mais le sac céda finalement et avec lui, quelque chose d'autre. Un autre éclair révéla une petite main en état de décomposition. Augusta ne put retenir un cri de terreur.

Sa bouche s'ouvrit à nouveau pour crier. Elle la couvrit vite d'une main et repoussa le sac en se précipitant de dessous le bateau. Soudain, elle prit conscience de choses dans la boue. Des choses solides. Des choses qui lui semblèrent terriblement familières tandis qu'elle les découvrait une à une. Son esprit refusait de les identifier. Mais elles étaient partout, contre elle. Elle se figea, debout sous la pluie, de la boue jusqu'aux genoux. Elle se concentra soudain sur son nom qu'elle entendit au loin.

— AUGUSTA ! appela à nouveau Ian.

Elle n'était pas chez elle et toutes les portes étaient fermées. Il se dirigea donc vers le quai.

— Augusta ! cria-t-il.

La porte du hangar à bateaux était arrachée, à moitié effondrée dans l'eau. À l'intérieur du hangar, l'une des baies était ouverte. Il en conclut qu'un bateau manquait puisque l'emplacement était vide.

Elle ne serait jamais partie en bateau par un temps pareil, jamais de la vie, se rassura-t-il, jamais de la vie. Il revint sur ses pas le long du quai. Il marcha jusqu'au bout, qui s'étendait un peu plus loin dans l'eau que le hangar. De là, il ne pouvait rien voir. Le ciel était noir d'encre, le mince croissant de lune obscurci par la pluie torrentielle.

— Augusta ! cria-t-il.

Il entendit soudain une voix au loin. Il s'immobilisa pour repérer d'où elle provenait. Il l'entendit hurler. Là-bas. Quelque part. La terreur de son cri lui coupa le souffle.

— Augusta ! cria-t-il en se mettant à marcher dans la direction de ses cris.

Augusta était maintenant totalement paniquée.

À présent qu'elle entendait la voix de Ian, elle savait qu'elle serait en sécurité, mais elle ne pensait pas pouvoir se remettre après tout ce qu'elle avait vu. Elle se traîna en sanglotant dans la boue, laissant derrière elle les horreurs du marais pour avancer vers le son de la voix de Ian.

— Ian ! cria-t-elle, tout en continuant à marcher vers le son de sa voix.

Quand elle atteignit enfin la terre ferme et put distinguer son visage, illuminé par un éclair, elle tomba en sanglotant et se recroquevilla en position fœtale.

Tandis que la pluie continuait de s'abattre sur elle, elle prit soudain conscience du corps de Ian qui la protégeait. Il la prit dans ses bras et l'emporta. Elle se cramponna à lui, ayant désespérément besoin d'une ancre dans la tempête.

23

À l'hôpital de Roper, les urgences étaient bondées, mais ils s'occupèrent immédiatement d'Augusta quand ils virent sa condition. En état de choc et grelottant fiévreusement. Ils lui donnèrent un lit et examinèrent ses blessures. Ian refusa de s'en aller. Elle ne cessait pas de sangloter. Ils lui donnèrent donc un sédatif.

— Il y avait des os partout, répétait-elle. Partout dans la boue !

Ils appelèrent la police. Ian appela Jack Shaw, reconnaissant maintenant d'avoir une ligne directe pour le contacter. Jack vint tout droit du commissariat de Lockwood.

— Il y avait des os, ne cessait de répéter Augusta, toujours sanglotante. Partout... contre moi... il y avait une main Jack !

Et elle se remit à sangloter de façon incontrôlable.

Jack posa une main réconfortante sur son épaule, observant Ian. À en juger par son regard, il s'efforçait de ne pas laisser ses sentiments personnels interférer avec son travail, mais l'histoire d'Augusta le perturbait manifestement, pour des raisons plus qu'évidentes. Il lui parla avec la patience d'un père, doucement mais fermement :

— Augusta, répétez-moi ce que vous faisiez dans le marais.

Les sédatifs commençaient à faire effet et elle avait du mal à se concentrer. Elle se cramponna à la main de Ian.

— Je vous ai dit... il y avait un homme... chez Sadie. Il m'a poursuivie. Je suis tombée dans le bateau.

Elle frissonna et chercha Ian des yeux, comme pour trouver de la force grâce à sa présence. Il le sentit et sa confiance l'émut profondément. Il y avait un lien entre eux. Il le sentait maintenant plus que jamais.

— Vous êtes *tombée* dans le bateau ? insista Jack.

— J'ai sauté, clarifia-t-elle en s'essuyant le nez contre la manche de Ian.

Le fait qu'il trouvait cela attachant et non dégoûtant en disait long.

— Je savais pas où aller !

— Elle a des contusions sur la poitrine, expliqua l'infirmier à Jack. On va l'emmener dès qu'on aura les radios pour s'assurer qu'elle ait pas de côtes cassées.

Ian serra la main d'Augusta, mais sans rien dire. Il la laissa parler directement à Jack, sentant qu'elle était sur le point de s'endormir et sachant que ce qu'elle avait à dire était important. Il tendit la main pour repousser ses cheveux incrustés de boue de son visage meurtri et balafré, détachant la boue où elle avait séché sur sa peau. Elle avait de cette foutue boue sur tout le côté gauche du visage. Même de la boue durcie sur les lèvres... ces lèvres qui lui étaient maintenant aussi familières que les siennes.

— Où est Caroline ? demanda-t-elle l'air groggy.

Jack poussa un lourd soupir accablé.

— Avec Sadie Augusta. On est à la recherche de Daniel.

— C'était pas Daniel, lança-t-elle.

Puis elle eut un hoquet et ferma les yeux.

— Je croyais que vous aviez dit que vous aviez pas reconnu l'homme.

— Je l'ai pas reconnu, dit-elle sans ouvrir les yeux. Mais c'était pas Daniel, insista-t-elle. Il portait un masque.

Ian haussa les épaules quand Jack le regarda pour comprendre.

— J'ai vu personne, déclara Jack. J'ai parcouru toute la propriété.

— Est-ce que vous pouvez me dire où vous avez vu les corps ? demanda Jack en s'adressant à nouveau à Augusta.

— Dans la... boue, répondit Augusta avec un gémissement qui ressemblait à celui d'un enfant.

Ian voulait la prendre dans ses bras et la serrer contre lui. Cela lui fendait le cœur de la voir couchée là, si vulnérable. Rien à voir avec la passionnée qu'il connaissait. Elle était clairement sous un choc terrible. À cause de ce qu'elle avait vu là-bas.

Et s'il était pas arrivé à temps ?

Il refusa de considérer cette possibilité, pas même l'espace d'une seconde.

— Augusta... où exactement ? insista Jack.

— ... le vieux bateau, répondit-elle les yeux fermés.

L'infirmier revint et Jack lui demanda :

— Qu'est-ce que vous lui avez donné ?

— Du Diprivan. Il marche très vite mais se dissipe rapidement.

Tout ce que Ian voulait savoir c'est qu'elle n'était pas gravement blessée.

— Est-ce que vous pouvez dire si elle a quelque chose de cassé ?

L'infirmier vérifia les signes vitaux d'Augusta.

— Apparemment non, mais on va s'en assurer.

— Et les coupures sur sa tête ?

— Superficielles. Elle ne devrait pas avoir besoin de points de suture. On va juste les nettoyer et y mettre un peu de colle chirurgicale.

Ian se pencha pour embrasser Augusta sur le front, juste à côté de la coupure. Elle gémit dans son sommeil, somnolant maintenant par à-coups.

— Vous avez rien vu du tout ? demanda Jack en s'adressant à Ian.

Ian fit non de la tête.

— Mais je sais d'où elle venait.

Partagé, parce qu'il ne voulait pas laisser Augusta toute seule ici, mais sachant dans ses tripes que ce qu'elle avait trouvé là-bas dans le marais salé était en rapport avec l'enquête de Jack, et essentiel pour la protection d'autres personnes, il proposa :

— Je peux vous montrer où.

Jack acquiesça tout en considérant aussi Augusta. Elle avait lâché la main de Ian et se reposait maintenant.

— Elle devrait être bien ici pour le moment, dit-il. Je vais appeler sa sœur, ajouta-t-il en sortant son portable pour composer aussitôt son numéro.

— D'accord, dit Ian, mais sur un ton trahissant son conflit intérieur.

— Vous inquiétez pas, tout ira bien, le rassura l'infirmier. Elle va se reposer un peu et puis on l'emmènera pour des radios. Après ça, vous serez sûrement revenu et vous pourrez la remmener chez vous.

Il prenait manifestement Ian pour le partenaire d'Augusta.

Jack mit fin à son appel et composa un autre numéro. Ian l'entendit laisser un message et supposa qu'il parlait à quelqu'un au *Tribune*.

— Elle a eu une sacrée chance que vous la cherchiez, lança Jack après son deuxième coup de téléphone.

Ian repoussa les cheveux loin de la bouche d'Augusta, pensant à toutes les fois où elle était venue à sa rescousse, même quand elle ne le connaissait pas très bien. Avec la même ténacité que sa sœur avait exercée à le crucifier, Augusta était devenue sa sauveuse.

— C'est moi qui ai de la chance, répliqua-t-il avec sincérité avant de se pencher et de murmurer à son oreille : je t'aime, Augusta. Je reviens tout de suite.

— Elle ne se rendra même pas compte que vous êtes parti, lui assura l'infirmier.

Ian hocha la tête, et avant de pouvoir changer d'avis, il la laissa dormir et s'en alla.

CODY VOMIT un peu après avoir bu l'eau accumulée en flaque sur le plancher. Mais il se sentait maintenant un peu mieux. Il se concentra sur ce sentiment.

Sa grand-mère Rose disait toujours qu'un cœur joyeux est un bon remède. Il pensait que cela venait peut-être de sa Bible, mais il n'en était pas sûr. Le seul remède qu'il avait pour l'instant était son cerveau. Alors il allait s'en servir.

T'endors pas. Te décourage pas. Vomis pas les haricots au beurre.

Il pensait souvent à l'esprit sur la matière, se rappelant la fois où il avait peur de vomir son dîner chez Mamie Rose. Mais il s'était interdit de le faire, et ne l'avait pas fait. Il avait attendu de sortir de la maison de Mamie Rose avec ses parents. Une fois la porte-moustiquaire refermée derrière lui, il avait vomi dans ses azalées.

T'inquiète pas pour le serpent. T'endors pas. Reste concentré.

Je regarde Papa.

Il avait peur que le serpent glisse au bas de son trône en bois et essaie de le mordre, mais le reptile resta dans son coin sombre, sous les planches. Les yeux ouverts, il ne dormait pas vraiment, mais il se reposait et tenait compagnie à Cody.

Il comprenait en quelque sorte que s'il le laissait tranquille, le serpent le laisserait aussi tranquille. C'était comme un pacte silencieux entre eux, il le sentait jusque dans ses os endoloris.

Il pleuvait toujours dehors et la nuit était brumeuse. Il pouvait à peine distinguer le chevalet à travers le brouillard. Le bruit constant de la pluie sur le toit le calma. Il lui rappelait les bruits qui l'aidaient à s'endormir... le bruit de l'océan, la douce mélodie d'une pluie printanière, un ruisseau qui gargouillait...

Le méchant ne reviendrait jamais, pensa-t-il. Et maintenant qu'il se sentait un peu mieux, il essaya de réfléchir à ce qu'il devait faire. Même si ça paraissait dégoûtant, il se dit qu'il était un serpent et se servit de sa langue pour attraper les bestioles qui lui rampaient sur le visage. Dans un film de guerre, il avait vu une fois des soldats manger des asticots pour rester en vie.

Il était un soldat ici, luttant pour sa vie. S'il était intelligent, peut-être qu'il vivrait assez longtemps pour que quelqu'un le trouve et le ramène chez lui.

Il avait la peau en feu, mais cela n'avait pas d'importance.

Les yeux lui brûlaient, mais il se concentra plus fort.

Il avait les jambes engourdies, mais il se souvenait de la douleur.

Le serpent était enroulé sur son lit de bois, claquant nonchalamment la langue, comme pour montrer à Cody comment se nourrir.

Cody cligna des yeux et se concentra sur la fourmi par terre qui s'avançait vers lui. Il attendit... comme son ami le serpent.

22:56

La propriété des Aldridge comprenait une grande partie du marais salant qui entourait la plantation d'Oyster Point. Ce qui n'appartenait pas à la famille avait été annexé par la ville de Charleston. Malgré l'offre finalement acceptée pour le canton en 2012, de grandes parties de l'île appartenaient toujours à cette ville et non à celle de James Island. Il en résultait une protection inconsistante de la police : certaines régions étaient toujours desservies par la ville de Charleston, d'autres par le comté et le reste... presque pas du tout.

Heureusement pour Jack, la zone qu'ils fouillaient appartenait à la fois aux Aldridge et à la ville. Il ne ressentit donc pas le besoin d'attendre un mandat de perquisition, sachant que Caroline lui donnerait la permission sans conteste. La fouille commença sur la propriété des Aldridge. Pas question d'amener les chiens, qui ne pourraient pas suivre de piste dans le marais. Mais ils avaient trouvé le bateau d'Augusta enlisé à l'embouchure de la crique.

Sous une pluie battante, ils avaient ratissé vers le nord-est, sur une largeur couverte par une vingtaine d'hommes, de là où ils avaient découvert le bateau d'Augusta jusqu'à l'endroit où Ian avait trouvé Augusta titubant dans les spartines. Certains avaient dû utiliser un bateau, parce que l'eau était trop profonde. D'autres étaient restés dans les bas-fonds. Au-dessus d'eux, des hélicos de reconnaissance illuminaient le ciel nocturne et la brume épaisse. Le SLED, chargé de l'application de la loi en Caroline du Sud, et le FBI les avaient rejoints avec tous les hommes disponibles dans la région.

Ils trouvèrent le petit bateau en bois dont Augusta leur avait parlé à environ 22h30. Il était coincé dans un petit banc de sable et entouré d'eaux plus profondes. Un ancien petit bateau de pêche. Restaient seulement des morceaux d'une coque en décomposition, accrochée à un pieu en bois assez visible au-dessus de l'eau à marée haute pour ne pas exiger de signal pour les plaisanciers de la région. Il était tout à fait possible que le bateau se soit trouvé là depuis l'ouragan Hugo. Puisqu'il ne représentait pas de réel danger, il n'avait pas justifié beaucoup d'attention et avait apparemment échappé à un récent nettoyage des débris le long des estuaires. La convergence des marées et la végétation avaient créé autour une sorte de remblai. Derrière lui, à moitié protégé contre les courants, ils trouvèrent le charnier.

Certains corps étaient là depuis des années, à en juger par leur état de décomposition. Plus lente que d'habitude, parce que le marais est un conservateur naturel. Sur certains des corps plus vieux, la peau était toujours intacte et les cheveux collés au cuir chevelu. Travaillant en étroite collaboration avec l'équipe de recherche, le médecin légiste dirigea les opérations pour s'assurer de conserver toute trace de preuves, surtout à des fins d'identification. Les corps les plus récents étaient toujours dans un état très ralenti de décomposition. Néanmoins, les preuves physiques seraient compromises si les corps restaient trop longtemps immergés dans l'eau.

Il n'y avait pas moyen d'apporter d'équipement lourd dans le marais. Revêtus donc d'une combinaison anti-bactériologique, et se servant des outils qu'ils avaient sous la main, des cuirasses, des filets, des gants épais, les hommes déterrèrent à la main la découverte la plus horrible depuis près de quarante ans à Charleston. Dans la première heure, ils avaient exhumé plus de six corps.

Environ une heure avant que Caroline quitte le bureau, Daniel était placé en détention. Voulant être certaine que l'information de dernière minute concernant son arrestation était couverte, et de façon impartiale, Caroline était restée travailler tard. C'est seulement quand elle fut sur le point de quitter le bureau que sa réceptionniste lui dit finalement que Jack avait appelé. Malheureusement, la batterie de son portable était morte autour de 18 heures et elle avait oublié son chargeur dans la voiture de Jack. Elle était donc complètement isolée pendant qu'elle rentrait chez elle. Quand elle atteignit Oyster Point, la propriété était couverte de lumières bleues clignotantes. Des hélicos rugissaient au-dessus d'elle, balayant tout le ciel nocturne.

Caroline pensa aussitôt à Augusta. Le cœur battant douloureusement, elle courut vers la maison. La trouvant verrouillée et vide, elle ressortit en courant vers le marais. Le hangar à bateaux grouillait de policiers. Il y en avait plus dans l'eau.

Elle essaya d'obtenir des informations de l'un des agents en uniforme sur le quai. Quelque chose de très important se déroulait ici, mais personne ne semblait enclin à lui dire quoi.

— C'est ma propriété ! dit-elle à un policier.

— Vous devrez parler au détective Shaw, renchérit l'homme en montrant du doigt les lumières dans le marais.

À moins de sortir l'un des bateaux, elle n'avait aucun moyen d'atteindre Jack et son téléphone était mort. Réalisant que le téléphone chez Sadie était plus proche et plus facile à atteindre, elle se dirigea vers sa maison. Mais elle n'était pas non plus chez elle et d'autres policiers gardaient la porte d'entrée. Elle demanda si elle pouvait se servir du téléphone et on lui dit non.

— Je suis désolé, on ne peut pas vous laisser entrer, insista l'homme.

Frustrée, Caroline retourna à la maison principale et se précipita vers le bureau, où se trouvait l'un des deux seuls téléphones fixes disponibles dans la maison. Il lui traversa l'esprit que les gens dépendaient beaucoup trop des portables. Maintenant qu'elle en avait besoin d'un, elle n'en trouvait pas. Elle essaya d'abord le numéro d'Augusta. Pas de réponse. Son appel aboutit directement à sa boîte vocale. Elle essaya ensuite Jack, mais là aussi, elle arriva directement à la messagerie vocale. Et finalement Sadie aussi. Elle vérifia enfin ses messages et découvrit celui de Jack. Par chance, Augusta avait seulement des blessures mineures. Elle était à l'hôpital Roper. Rien de Sadie, mais elle était certaine de savoir où elle devait se trouver.

Elle appela finalement Josh et lui parla d'Augusta et de Daniel.

— Je vais aller voir comment elle va, proposa-t-il.

Reste sur place et vois ce qui se passe. Rappelle-moi dès que tu sais.

— Merci Josh, dit Caroline, reconnaissante de son désir d'aider, malgré toutes les difficultés qu'elle lui avait causées avec l'enquête du journal, et malgré l'épreuve concernant Sadie. Augusta en particulier apprécierait son attention. Elle n'avait malheureusement pas le numéro de Ian. Elle n'était pas tout à fait prête à lui parler de toute façon. Des excuses semblaient s'imposer. À Augusta aussi. C'est probablement pour cela qu'elle avait demandé à Josh d'aller chercher Augusta. Elle ne savait pas encore quoi dire à sa sœur.

Debout sur le quai, elle regardait les bateaux de la police au loin, tout en essayant de mettre de l'ordre dans ses pensées remplies de confusion et de culpabilité concernant ses actions envers Ian Patterson.

Elle s'était trompée.

Tellement trompée.

Elle avait décidé que Ian Patterson était coupable et s'était acharnée à le traduire en justice. Pas moyen de se justifier pour ce qu'elle avait fait. Elle avait aidé à mettre un innocent derrière les barreaux. Il aurait pu faire face à la chaise électrique, un homme qui lui avait très probablement sauvé la vie. En plus de cela, elle l'avait persécuté pendant que le coupable était tout le temps sous son nez : Daniel Greene.

Jack avait eu raison.

Augusta avait eu raison.

Elle avait eu tort.

Les apparences sont trompeuses.

24

Augusta se réveilla aux urgences, groggy, même si sa mémoire était bien meilleure qu'elle aurait voulu. Des images horribles lui traversaient l'esprit. Une petite main dans la boue. Et ce sentiment terrible de se frayer un chemin à travers une orgie cauchemardesque de corps en décomposition.

Un infirmier se pencha sur elle. Il sourit chaleureusement quand le regard d'Augusta rencontra le sien.

— Vous savez où vous êtes ? lui demanda-t-il.

Augusta se racla la gorge et fit oui de la tête. Elle avait complètement perdu son sarcasme habituel. Elle était reconnaissante, se souvenant comment il l'avait aidée pour les radios, plaisant et beaucoup plus patient qu'elle aurait pu l'être elle-même. Il lui avait donné une chaussette pour son pied, parce qu'il faisait froid. Elle bougea et la sortit de dessous les couvertures. L'infirmier vint vérifier les rails de sa civière, pour s'assurer qu'elle ne tombe pas.

— Je suppose qu'ils m'ont abandonnée ?

— Ils vous ont laissée entre de bonnes mains, lui répondit-il en lui lançant un clin d'œil.

Augusta essaya de sourire, mais son visage lui faisait mal. Elle porta ses doigts à sa joue.

— Vous allez avoir un gros hématome et un œil au beurre noir, mais vous vous êtes rien cassé et la coupure ne laissera pas une grande cicatrice.

En clignant des yeux, Augusta se tâtonna le visage.

— Une cicatrice ?

— Juste une petite, la rassura-t-il avec un autre clin d'œil. Ça donne du caractère.

Elle se rappelait vaguement s'être cogné le visage contre le siège du doris, mais elle n'avait pas réalisé que cela avait fait tant de dégâts. Pour l'instant, elle ne pensait qu'à une seule chose : s'en aller.

— Est-ce que quelqu'un a appelé ma sœur ?

— Votre mari a dû le faire. Votre téléphone a pas arrêté de sonner.

Il saisit son portable sur une table voisine et le lui apporta, le posant à côté d'elle sur le lit.

— Merci.

— De rien.

— Pour tout, dit-elle.

Elle essaya de s'asseoir, mais la tête lui tournait. Il vint pour l'aider. Une fois installée avec des oreillers dans le dos, elle vérifia ses messages. Plusieurs appels manqués de Ian, mais rien d'autre. Caroline devait savoir maintenant, mais apparemment elle ne se faisait pas trop de souci. Elle essaya d'abord le numéro de Ian. Son appel aboutit à la messagerie vocale.

Plus tard seulement, elle se rappela la feuille de papier qu'elle avait fourrée dans sa chemise. Elle tapota ses côtes endolories.

— C'est ça que vous cherchez ? lui demanda l'infirmier en lui tendant un morceau de papier déchiré et gorgé d'eau. On l'a enlevé pour les radios. Il en reste pas grand-chose.

Augusta essaya de le déplier, mais il était collé, complètement abimé. Seules restaient quelques taches grises et il était déchiré. *Mais elle savait ce que c'était.*

Sadie n'avait aucune méchanceté en elle. Mais elle avait ce codicille en sa possession pour une raison, et Augusta était déterminée à découvrir pourquoi.

— Il est abimé, dit-elle à personne en particulier.

— C'était quoi ?

Augusta secoua la tête, ses pensées en désordre.

— Des mensonges de plus.

À ce stade, les mensonges s'accumulaient en proportions épiques. Peut-être que Daniel avait découvert le codicille et l'avait donné à Sadie ? C'était la seule explication acceptable. À moins que sa mère ait écrit le document, puis changé d'avis, et qu'elle l'ait donné à Sadie. Mais cela voudrait dire que Sadie avait menti sur son existence. Elle ne croyait pas non plus à ce scénario. Il semblait plus crédible que sa mère l'ait montré à Daniel et que celui-ci l'ait séparé du testament après sa mort. Elle conclut qu'il avait dû le donner à Sadie après le fait accompli, parce que se rappelant la colère de Sadie ce jour-là sous la véranda, Augusta ne croyait pas qu'elle était feinte. Quelle que soit la vérité, Daniel n'était apparemment pas l'homme qu'elles avaient cru connaître.

— Vous allez me garder ?

— Pour la nuit ? Non, fit l'infirmier de la tête. On peut vous laisser partir n'importe quand, mais pas à moins de savoir que quelqu'un va venir vous chercher.

— Je me sens bien, mentit Augusta.

Même si elle n'avait rien de cassé, elle se sentait comme une vraie loque à l'intérieur.

Et une pensée beaucoup plus insidieuse commençait à se former dans son esprit. Quelque chose qu'elle ne voulait pas croire. En essayant de protéger Sadie, est-ce que Daniel avait mis en scène son propre cambriolage et plus tard avait essayé d'entrer par effraction dans leur maison pour récupérer le codicille ? Elle savait que l'homme dans la maison de Sadie n'était pas Daniel, mais il avait peut-être embauché un voyou pour faire son sale boulot, comme la fois d'avant ? C'était un gosse qui avait volé son sac à main quand elle était sortie du bureau de Daniel le mois dernier, et il avait pu facilement donner son téléphone à quelqu'un d'autre pour attirer Caroline dans les ruines. Seul Daniel savait exactement où elle était cet après-midi-là, parce qu'elle était allée à son bureau. Si c'était vrai que la voiture de Jennifer était enregistrée au nom de Daniel et qu'il était aussi l'avocat de Karen Hutto, alors il avait un lien direct avec presque toutes les victimes.

L'infirmier l'aida à s'asseoir complètement.

— Est-ce que vous avez quelqu'un que vous pouvez appeler ? insista-t-il. Le Diprivan se dissipe vite, mais vous êtes pas censée conduire dans les vingt-quatre heures après l'administration d'une dose. On peut pas vous laisser partir si vous avez personne pour vous reconduire chez vous.

— Je peux trouver quelqu'un, lui assura Augusta, réalisant que c'était une bataille perdue d'avance.

— D'accord. Alors attendez une minute, je vais aller chercher votre médecin.

— Merci, dit Augusta.

Ses pensées centrées sur Daniel, elle composa à nouveau le numéro de Ian tandis que l'infirmier s'éloignait.

INQUIÈTE, Sadie se tordait les mains. Assise au commissariat de Lockwood, elle attendait que quelqu'un la laisse voir Daniel. Elle était venue directement de chez Queenie après son coup de téléphone. Elle ne savait pas ce qu'ils lui faisaient, s'ils l'interrogeaient ou étaient en train de l'arrêter, mais ça prenait un temps fou. Et maintenant quelque chose d'autre se déroulait. Des policiers en uniforme passèrent devant elle précipitamment.

Elle en connaissait assez sur la loi pour savoir qu'ils pouvaient seulement le garder pour un certain temps sans l'inculper. Elle s'abstint d'appeler Josh pour savoir exactement combien de temps, se rappelant que Daniel connaissait la loi. Et qu'il était innocent. Elle savait cela, mais elle avait un mauvais pressentiment...

Tout au fond d'elle-même.

Elle ne voulait pas parler à Josh pour l'instant. Ni à Augusta ou à Caroline. Du moins pas avant de rassembler ses pensées...

Il y avait des corps enterrés dans la boue..., entendit-elle les hommes dire en passant devant elle. Ils pensaient que personne ne pouvait entendre leurs murmures. Mais la salle d'attente était pleine, et ils échangèrent tous des regards, commençant à comprendre.

Sadie aussi commençait à comprendre.

Elle se souvenait de ce jour-là comme si c'était hier. Il était venu à elle en courant, effrayé et ne sachant quoi faire. Il faisait chaud, il n'avait pas plu depuis presque un mois, bien avant la disparition de Sam. Les lignes de flottaison étaient basses, encore plus à marée basse. Elle coupait des pommes de terre pour une salade et il était venu lui dire qu'il savait où était Sammy.

Sadie ne l'avait pas vraiment cru, mais elle avait

toujours ressenti quelque chose d'étrange dans sa poitrine quand il s'agissait de son fils. Alors elle l'avait suivi dans le marais à marée basse. Il l'avait conduite à un endroit dans les spartines où la marée avait créé une poche dans le marais. C'est là qu'elle avait trouvé le corps de Sammy ligoté, recouvert de débris, comme ce que faisaient les alligators pour mettre de côté leurs repas pour plus tard. Mais l'eau était basse maintenant et son corps était exposé.

Josh avait admis avoir trouvé le corps quelques semaines plus tôt. Il avait dit l'avoir découvert par accident. Il avait eu peur d'être accusé d'avoir fait du mal à Sammy, alors il n'en avait parlé à personne, pas même à Sadie. Elle l'avait cru... sur le coup.

Le corps de Sammy était déjà très décomposé et il n'en restait pas grand-chose. En parler à quelqu'un après tout ce temps aurait été à la fois cruel et suspect. On avait déjà fouillé chaque recoin et chaque crevasse de toutes les plages et criques. Mais on n'avait pas trouvé Sam parce qu'il était si bien caché.

Elle commençait à comprendre pourquoi, seulement maintenant.

Pour l'amour de Dieu, il y avait des corps dans la boue.

Un terrible sentiment l'envahit. Et cette fois, il refusait obstinément de s'en aller, malgré tous ses raisonnements. Malgré toutes les excuses qu'elle cherchait. Malgré tout ce qu'elle essayait de se dire.

Cette fois, elle ne pouvait pas s'en débarrasser.

Assise là, elle repensa à toutes les fois où elle avait repoussé ses soupçons et s'était sentie malade. Mais quel genre de mère pouvait avoir des pensées si horribles à propos de son fils ?

Elle se sentait coupable, se disant qu'elle avait peut-être développé toutes ces mauvaises pensées sur lui à cause de son père. Parce qu'en fait, elle n'avait jamais *vu* son fils faire de mal à personne.

Pas à des gens.

Il lui avait dit que le corps noyé de Sammy avait échoué sur le rivage. Et cela aurait pu arriver exactement comme cela. Sadie avait cru que le pire était passé. Le pauvre bébé avait disparu et l'enterrement était fini depuis longtemps. Sammy s'était noyé, personne ne pouvait plus rien y faire. Mais les temps étaient différents en ces jours-là. Elle avait pensé qu'on allait accuser son propre petit garçon, alors elle avait enterré Sammy dans un bon endroit... quelque part avec de l'ombre et des fleurs. Et elle avait prié chaque jour pour son âme. Et pour l'âme de son fils. Et la sienne.

Mais au fond... elle savait... il y avait des gens qui étaient nés mauvais... peu importe tout l'amour qu'on leur portait... peu importe tout ce qu'on faisait pour eux.

Josh avait tout, mais il semblait toujours vouloir plus. Florence l'avait trop aimé. Elle l'avait gâté, lui avait donné tout ce que son fils aurait dû avoir... Au fil des années, Sadie avait compensé en lui donnant moins. Mais elle lui avait offert le don le plus précieux d'une mère : une foi aveugle en lui.

Cette pensée lui fit monter de chaudes larmes brûlantes aux yeux.

Elle revit soudain le premier chien qu'ils avaient eu avant Tango, un labrador noir qu'ils avaient appelé Bear. Elle se souvenait de Josh appelant ce chien dans l'eau, où il était assis dans son bateau de pêche. Il savait qu'un mocassin était allongé là, sur le chemin du chien, mais il avait quand même appelé la pauvre bête, tout en sachant que Sadie était allée téléphoner à la SPA. Quand il pensait qu'elle était hors de portée de voix, il avait commandé au chien de venir, sur un ton très méchant.

Ils n'avaient pas pu sauver Bear. Mais c'était la façon dont son fils avait regardé l'animal mourir qui avait profondément perturbé Sadie. Ce regard sans âme posé sur l'animal à l'agonie. Josh avait juré qu'il avait juste essayé d'éloigner le chien du danger. Mais Sadie avait eu un mauvais pressentiment ce jour-là. Un mauvais pressentiment qu'elle avait ignoré.

Elle l'ignora une nouvelle fois le jour où Josh s'était pointé avec Sam dans les bras, recouvert de piqûres de fourmis. Il avait dit que le bébé était allé s'asseoir sur une fourmilière.

Mais Sadie s'était demandé si c'était vrai. Elle se détestait d'avoir ce genre de soupçons, mais elle ne pouvait pas s'en empêcher tandis qu'elle passait chacune des morsures à l'eau de javel pour arrêter la démangeaison.

Josh n'avait jamais vraiment fait de mal à personne. C'était juste un sentiment bizarre que quelque chose n'allait pas. Le sentiment qu'en quelque sorte son fils orchestrait quelque chose de très mauvais, comme un chef d'orchestre pour une symphonie.

Elle avait à nouveau eu ce sentiment le matin où on avait trouvé Florence. Il était venu très tôt chez elle ce matin-là, même si d'habitude il ne venait jamais la voir le samedi. Ce matin-là, il avait insisté pour qu'ils aillent voir Flo et qu'ils fassent des crêpes... comme au bon vieux temps... comme s'il savait ce qu'ils allaient trouver dans sa maison.

Il avait observé la réaction de Sadie avec un calme détaché au moment où ils avaient trouvé la pauvre Florence affalée au bas de l'escalier, comme si elle était tombée. Il avait même aidé Sadie à retourner le grand miroir pour que le corps de Florence ne s'y trouve pas piégé. Il l'avait réprimandée pour avoir de telles superstitions idiotes, mais il l'avait quand même aidée. Et puis il l'avait embrassée sur la joue et lui avait demandé si elle avait vraiment besoin qu'il reste avec elle... parce qu'il devait aller quelque part.

Elle s'était sentie mal à l'aise alors. Mais c'était pire maintenant.

Il y avait trop de mensonges, trop de secrets.

Et ils étaient de plus en plus difficiles à garder.

— Excusez-moi ! demanda-t-elle à un officier de police qui passait devant elle. Où exactement ils ont dit avoir trouvé ces corps ?

Il savait qui elle était. Il la regarda en s'excusant :

— Vous savez madame que je peux pas vous dire exactement. Quelque part près de Clark Sound.

Sadie acquiesça avec raideur et se rassit, un moment seulement pour rassembler son courage. C'était la chose la plus difficile qu'elle aurait jamais à faire.

Mais il était grand temps.

Grand temps.

Si son fils était innocent, la justice découvrirait la vérité. Elle devait le croire de tout son cœur. Et s'il était coupable... Alors elle avait élevé un monstre et on devait l'arrêter.

Ravalant une vague de culpabilité pour tous ses horribles soupçons envers sa chair et son sang, elle se leva de sa chaise pour aller faire des aveux qui n'avaient que trop tardé.

23:26

Après avoir brièvement parlé avec Caroline, Augusta comprit pourquoi personne ne répondait au téléphone. En fait, le portable de sa sœur chargeait. Elle parla juste assez longtemps à Augusta pour lui dire que la police avait emmené une équipe de recherche dans le marais salé où elle avait découvert les corps. Apparemment, Ian était aussi là-bas avec Jack. Mais Caroline avait seulement entendu des bribes d'information de l'un des hommes de Jack et ne lui avait pas encore parlé directement. Sadie était au poste de police. Caroline ne lui avait pas parlé non plus. Et Josh était en route pour aller chercher Augusta à l'hôpital.

— Je serais venue te chercher moi-même, mais Josh était plus près, dit-elle. Heureusement qu'il est venu voir où t'étais, ajouta-t-elle après une pause.

Les effets du sédatif se dissipaient, mais Augusta fut momentanément désorientée, certaine que Caroline ne pouvait pas réserver cette louange pour Ian.

— Josh ? lui demanda-t-elle.

— Non, répondit Caroline, et elle attendit un moment pour clarifier, comme si cela lui faisait mal de le dire : Ian.

Augusta s'abstint de souligner que c'était la deuxième fois que Ian avait sauvé l'une d'entre elles du danger. Mais cela suffisait que Caroline reconnaisse son rôle dans le sauvetage d'Augusta. Elle connaissait assez sa sœur pour savoir que c'était un début. La pousser maintenant ne les conduirait pas plus loin. Elles étaient toutes les deux têtues. Elles avaient hérité ce point commun de leur mère.

— Il devrait bientôt être là, promit Caroline.

Elles raccrochèrent. Augusta s'assit sur le lit, attendant sa sortie et se sentant étrangement déconnectée.

C'était sans doute en partie à cause du sédatif. Mais il y avait aussi quelque chose de plus. Caroline était chez elles à l'attendre. Même si Augusta sentait une amélioration dans leurs relations, avec Savannah partie, les révélations de Sadie et Josh qui l'évitait ces temps-ci, elle avait l'impression que leurs vies se désagrégeaient.

Josh avait beau être son frère, elle ne se sentait plus proche de lui. En fait, elle ne s'était jamais sentie plus éloignée de l'enfant avec lequel elle avait grandi.

Et Sadie... tous les mensonges...

La dernière fois qu'elle s'était sentie aussi triste, c'était après la mort de Sammy. Quand leur père les avait abandonnées et que leur mère s'était émotionnellement refermée. Sadie avait été la colle qui les avait tenues ensemble, mais cette colle semblait maintenant se décomposer sous ses yeux.

Merde, qu'est-ce qu'elle était censée dire à Josh ?

Que toute leur vie était un mensonge.

Il partageait apparemment ses sentiments. Quand il arriva, il ne prit pas la peine d'entrer pour venir la chercher. Il appela au téléphone pour dire qu'il était devant l'hôpital. L'infirmier la conduisit dehors dans un fauteuil roulant, probablement pour s'assurer qu'elle n'allait pas prendre le volant toute seule.

Tu parles de chevalerie. Quoi que Josh ait jadis ressenti pour elle, c'était clairement fini. À en juger par son regard, il semblait gêné par la pensée de venir l'aider. Augusta ne prêta pas beaucoup attention à la voiture qu'il conduisait. Il faisait noir et l'infirmier n'arrêtait pas de bavarder. Impatiente de rentrer chez elle, elle courut presque s'asseoir sur le siège du passager, épargnant à Josh l'effort de sortir l'aider. Il n'était apparemment pas pressé de le faire de toute façon. Il était assis au volant, les vitres à moitié baissées, et il attendait. C'est seulement une fois dans la voiture qu'Augusta se rendit compte que ce n'était pas sa voiture.

C'était celle de Sadie.

Ses épaules se raidirent aussitôt.

La voiture de Sadie avait été garée dans son allée quand Augusta était assise dans sa maison. Comment est-ce que Josh l'avait récupérée ?

— Merci d'être venu me chercher, dit-elle, tout en hésitant maintenant.

— Y a pas de quoi, répondit-il laconiquement.

Puis il sortit du parking en silence. Ils prirent la route et le parking de l'hôpital disparut derrière eux.

Même s'il gardait les yeux sur la route, Augusta avait l'impression qu'il la regardait de côté. Elle s'installa plus confortablement sur le siège, endolorie, mais reconnaissante que la plupart des effets du sédatif se soient estompés. Elle n'aimait pas perdre le contrôle.

Il pleuvait toujours. Les gouttes s'accumulaient sur le pare-brise aussi vite que les essuie-glaces les balayaient. Le silence était comme un troisième passager, sa présence aussi palpable que la douleur croissante dans sa poitrine. Plus intense à chaque minute avec le médicament qui perdait de son effet. Le bruit persistant des essuie-glaces lui portait sur les nerfs.

— C'est terrible pour Daniel, dit-elle pour engager la conversation.

— Ouais.

— Ils vont l'inculper ?

Il haussa faiblement une épaule, réagissant à contrecœur.

— Et ta maman... comment elle va ?

— Je lui ai pas parlé, répondit-il sans la regarder.

Ils se dirigeaient maintenant vers l'autoroute, vers chez elle. Elle pouvait voir les hélicos au-dessus de James Island, leurs projecteurs focalisés sur une zone derrière la ligne des arbres.

À côté d'elle, Josh semblait tendu. Il suivait les hélicos du regard.

Elle voulait dire quelque chose à propos des aveux de Sadie. Elle voulait lui demander s'il se sentait aussi mal à l'aise qu'elle de savoir soudain qu'ils étaient frère et sœur, mais elle n'arrivait pas à aborder le sujet. Elle voulait aussi parler du testament, mais là encore quelque chose la retenait. Comme une bombe dans son sac. Elle ne pouvait pas en être plus consciente. La tension était très élevée. Elle n'avait jamais autant senti l'abîme qui les séparait.

Son regard tomba sur le téléphone posé sur le tableau de bord. Un petit téléphone rouge à clapet qui ressemblait à un prépayé pas cher. Josh avait un iPhone, comme le sien, mais blanc et plus récent.

— T'as un nouveau téléphone ? remarqua-t-elle en plaisantant à moitié et en tendant la main vers le téléphone à clapet.

Il brandit aussitôt la main et l'arrêta en lui clouant le poignet sur le siège à côté d'elle. Il lui lança un regard qui lui fit dresser les cheveux sur sa nuque.

— Seigneur ! pourquoi est-ce que t'es aussi susceptible ? lui demanda-t-elle en repoussant sa main et en haussant les épaules.

Il ne répondit pas.

Ils passèrent le pont et poursuivirent leur route en silence. Augusta reposa sa tête sur le siège, regardant par la vitre de son côté. Elle pouvait y voir le reflet de Josh, la mâchoire tendue, regardant le ciel autant que la route.

Son regard revint au téléphone sur le tableau de bord. Elle voulait le reprendre, mais n'osa pas. Josh n'était pas du genre à garder des vieux gadgets.

Alors, à qui est-ce qu'il appartenait ?

Elle fixa les yeux sur le portable. Josh commença à tapoter nerveusement sur le volant...

25

Dans la boue jusqu'aux genoux, Jack sentit son portable vibrer dans sa poche. À ce stade, il était un peu surpris qu'il fonctionne. Même s'il ne l'avait pas vraiment submergé, ses vêtements étaient aussi mouillés qu'on peut l'être sans nager.

Retirant ses gants épais, il lutta contre l'envie de vider ses tripes maintenant qu'il avait une seconde pour réfléchir à ce qu'ils venaient de découvrir. Le fait que c'était si près d'Oyster Point le fit presque vomir.

Le téléphone cessa de vibrer bien avant qu'il ait la main libre pour la plonger dans sa poche. Il le saisit et s'éloigna du reste de l'équipe pour parler en privé. Reconnaissant le numéro, il appela le commissariat, s'identifia et attendit que le répartiteur lui dise qui l'avait appelé. Un message bipa tandis qu'il attendait. Il jeta un coup d'œil aux filets tendus sur l'eau. Jusque-là, ils avaient déterré huit corps. Le filet servait à repêcher les effets personnels : bagues, bijoux, vêtements, n'importe quoi qui pourrait aider à identifier les victimes. Les corps ayant été immergés dans l'eau et la boue, il n'y avait pas beaucoup de chance de pouvoir sauver des preuves physiques qui pourraient les conduire à un tueur. Mais ils avaient appelé un anthropologue médico-légal pour faciliter le processus d'identification.

— Jack..., dit Don Garrison au bout de la ligne.

Il était de retour au commissariat, en train d'arrêter Greene.

— Qu'est-ce que t'as trouvé ?

— C'est la femme de ménage, dit-il. Elle est venue nous raconter une sacrée histoire, ajouta-t-il après une pause.

— Et alors ?

— Euh... elle veut nous montrer où se trouve un corps.

— On les a, répondit Jack, ne voulant pas être gêné par Sadie. Neuf jusqu'à présent, précisa-t-il en entendant le vacarme derrière lui tandis que ses hommes en déterraient un autre.

— Non, reprit Garrison sur un ton sinistre. Celui-là est... ailleurs.

Jack éloigna le téléphone de son oreille un instant, se préparant à entendre ce que Garrison avait à lui dire. Tout ce qui impliquait Sadie affecterait directement Caroline. Il remit le téléphone contre son oreille. Un sentiment d'effroi grandissait en lui.

Autour de lui, les hommes pataugeaient dans la vase. Certains poussaient des bateaux gonflables chargés de parties de corps et d'os. Les projecteurs de bateaux proches étaient braqués sur la zone. Debout dans les bas-fonds, il était ébloui par ces lumières et ne pouvait pas voir plus loin. Mais il savait que Caroline était là-bas sur le quai des Aldridge, à observer. Un de ses hommes lui avait parlé pour s'assurer de la permission de fouiller la zone. Une autorisation qu'elle ne leur aurait pas refusée, il le savait.

Mais à son sujet, il hésitait encore un peu. Il s'était bien gardé de lui parler de l'enquête en cours. Il ressentait non seulement le besoin de la protéger, mais aussi celui de sa propre protection, parce que Caroline était du genre à penser en termes de dernières nouvelles à mettre en première page.

— Crache le morceau Garrison !

— C'est Sam Aldridge, dit-il. Childres et son fils ont enterré le gamin dans le marais... Jack... je pense que Josh Childres est notre homme.

23:46

Plus ils approchaient d'Oyster Point, plus Josh semblait tendu. Tout cela éveilla les soupçons d'Augusta, elle ne pouvait pas s'en empêcher. Après tous les mensonges, elle ne pouvait pas ignorer aveuglément les pensées qui lui traversaient l'esprit.

Le téléphone.

La voiture de Sadie.

L'attitude de Josh.

C'était troublant.

Elle essaya de baisser sa vitre et découvrit qu'elle était verrouillée. Josh n'avait pas l'habitude de rouler en ville avec des gosses, alors pourquoi est-ce qu'il se servirait de la sécurité enfant ? Sadie non plus d'ailleurs. Juste pour être sûre, elle appuya à nouveau sur le bouton et lança un regard nerveux à Josh.

— Alors... pourquoi est-ce que tu conduis la voiture de Sadie ? lui demanda-t-elle, essayant de paraître décontractée. Tu voulais un changement ?

Elle commençait à ressentir un frissonnement dans les doigts. Elle se dit que c'était peut-être parce qu'elle respirait un peu trop vite.

Ils étaient assez près maintenant pour entendre les hélicoptères. Josh portait toute son attention sur le ciel au-dessus d'eux. Le simple fait que ni l'un ni l'autre n'avait pris la peine de mentionner ce qui se passait en l'air mettait les nerfs d'Augusta à vif.

— J'avais besoin d'un grand coffre... Je suis en train de déménager.

Il lui mentait, elle le sentait.

Augusta se retourna pour regarder sur la banquette arrière. Il n'y avait pas de cartons, pas de scotch, rien qui puisse indiquer qu'il avait déménagé des choses toute la journée.

— T'aurais pu me demander de t'aider, suggéra-t-elle. Je t'aurais aidé avec... plaisir, ajouta-t-elle après avoir dégluti.

La voiture de Sadie avait été garée devant chez elle.

Elle le regarda, se souvenant de la scène.

Josh avait la même carrure que l'homme dans la maison de Sadie.

Pourquoi est-ce que Josh serait entré par effraction dans la maison de sa mère ?

Tout cela n'avait pas de sens.

— Alors... t'as conduit la voiture de Sadie toute la journée ? reprit-elle en essayant de dissimuler le tremblement dans sa voix.

Elle savait que ce n'était pas vrai. Elle voulait le tester. Il lui glissa un regard bien plus révélateur que des mots. Son sang ne fit qu'un tour. Pendant un instant, il la transperça du regard, avec ses yeux bleus. Puis il se concentra à nouveau sur la route. Les poils se hérissèrent sur les bras d'Augusta. Il savait ce qu'elle pensait. Il fit un virage brusque et s'engagea sur Riverland Drive, l'éloignant de chez elle.

Un sentiment de panique l'envahit.

— Hé ! Je suis fatiguée Josh. Où est-ce qu'on va ?

— Je veux te montrer quelque chose, lui dit-il.

— Il est tard. Je préfère rentrer.

Il continua de conduire sur les petites routes et se

mit à accélérer. Augusta essaya à nouveau la portière. Les hélicoptères disparurent au-dessus de la voûte des chênes centenaires, mais elle pouvait toujours les entendre.

— S'il te plaît, le supplia-t-elle.

— Ça va juste prendre une minute, répondit-il calmement en poursuivant sa route. Plus vite maintenant.

Les battements de cœur d'Augusta accélérèrent douloureusement. Elle regarda le téléphone posé sur le tableau de bord, puis le sien, posé sur ses genoux.

La légère confusion qui avait persisté dans son esprit avait maintenant complètement disparu. Elle voyait soudain tout avec une clarté saisissante. Son cœur battait comme un tambour dans une symphonie et sa respiration se faisait de plus en plus lourde au point de lui faire mal. Les minutes s'étirèrent... Des minutes pleines d'indécision et de confusion qui l'empêchaient de réagir.

Elle crut sentir l'odeur du sang, mais c'était probablement le sien... sa chemise en était tachée.

— Josh ? avança-t-elle sur un ton hésitant, car il semblait soudain être un étranger. Où est-ce qu'on va ?

Elle cliqua sur son portable pour appeler sa sœur, mais il se pencha pour le lui prendre des mains et le jeta par la fenêtre. Sans perdre un instant, il l'attrapa par les cheveux et lui cogna le visage sur le tableau de bord. La dernière chose dont elle se souvint fut le filet de sang chaud et épais qui lui coula dans la bouche.

Jack raccrocha et chercha Ian Patterson des yeux.

Dans la boue jusqu'à la taille, Patterson recevait des ordres de l'un de ses hommes. Il avait promis de rester à l'écart, mais en fin de compte ils avaient eu besoin de toutes les personnes disponibles prêtes à aider.

Il ressentait à l'instant une sensation de froid dans ses tripes qui le glaçait plus que la pluie avait pu le faire.

Il n'avait pas encore rappelé Caroline, et il était beaucoup moins enclin à l'appeler maintenant, parce qu'il ne savait pas quoi lui dire. Pas encore. Il ne voulait rien lui dire, mais il ne pouvait pas lui mentir non plus.

Si ce que Don Garrison avait dit était vrai, ils étaient sur le point d'exhumer son petit frère de quatre ans, vingt-neuf ans après sa disparition. Cette pensée lui donnait le vertige.

Sadie savait où Sam était enterré.

Elle conduisait la police à cet endroit pour exhumer son corps.

Et d'une façon ou d'une autre, Josh était impliqué.

Augusta lui vint ensuite à l'esprit.

Avant de tourmenter Patterson ou Caroline, il téléphona à l'hôpital, une sensation de malaise à l'estomac, et attendit de pouvoir parler à l'infirmier qui s'était occupé d'Augusta.

— Elle est partie il y a environ trente-cinq ou quarante minutes, dit-il. Rien de cassé. Pas de commotion cérébrale. Il n'y avait vraiment aucune raison de la garder.

Jack regarda sa montre. Il était 00h10. Il savait que Caroline avait décidé de rester sur la propriété et que Sadie avait quitté la station de police et était en route pour chez elle. Il ne restait qu'une seule conclusion logique.

— Est-ce qu'elle a dit qui venait la chercher ?

— Non. Mais l'une des autres infirmières a poussé

son fauteuil roulant dehors. Attendez, je vais voir si elle sait.

Jack l'entendit reposer doucement le téléphone sur le bureau. Après deux minutes atrocement longues pendant lesquelles Jack resta rivé sur sa montre, l'infirmier revint :

— Elle est partie dans un 4x4 gris argenté. Mais l'infirmière se souvient pas de la marque.

La poitrine serrée de douleur, Jack composa le numéro de Caroline.

— Où est Augusta ? demanda-t-il dès qu'elle décrocha.

— Jack ! s'exclama-t-elle. Finalement ! J'ai essayé de t'appeler toute la nuit ! Tu peux pas me tenir comme ça dans l'ignorance !

— Caroline, l'interrompit-il. Où est Augusta ?

— Sur le chemin du retour, dit Caroline, agacée. Josh a proposé d'aller la chercher, précisa-t-elle sur un ton adouci en percevant son insistance.

À ses mots, Jack eut l'impression de recevoir un boulet de canon.

— Qu'est-ce qui se passe Jack ?

— Appelle-moi dès que t'as des nouvelles d'Augusta. Je te rappellerai, dit-il avant de raccrocher, sentant comme des doigts glacés lui parcourir le dos.

Il n'avait pas de preuve, se rappela-t-il. Mais il savait...

Augusta était avec Josh.

S'ils avaient quitté l'hôpital quarante minutes avant, ils devraient déjà être rentrés. C'était une courte distance en prenant l'autoroute de James Island.

Il regarda à nouveau sa montre : 00h12. Il rappela le commissariat, demandant à Garrison d'appeler l'escorte de Sadie pour savoir avec quelle voiture elle était venue au bureau de police. En attendant sa réponse, il prit une décision qu'il pourrait regretter toute sa vie, et se dirigea péniblement vers Patterson dans la boue. Il n'avait aucune preuve, juste ce que son instinct lui disait. Mais si c'était Caroline qui était en danger, il voudrait être au courant.

Son téléphone retentit tandis qu'il progressait avec difficulté dans la boue. Il répondit sans regarder l'identification de l'appelant.

— Elle est venue dans la Z4 de Josh. Elle a dit qu'il avait besoin de sa voiture pour transporter des choses dans sa maison de Tradd Street. Il est apparemment en train de déménager.

— Merde ! fit Jack. Lancez tout de suite un avis de recherche sur la voiture de Sadie Childres. Une X3 gris argenté. Vérifiez la maison de Tradd Street et tracez le portable d'Augusta Aldridge !

26

Augusta se réveilla étourdie et trempée sur un sol dur. Une odeur douceâtre, comme celle des magnolias pourris, lui parvint aux narines. Elle avait horriblement mal à la tête.

Elle entendit des voix.

Non, juste une.

Josh.

— Putain, tout est gâché ! marmonna-t-il dans sa barbe.

Son esprit se dirigea vers le son, tout en rejetant ce que cela voulait dire. Un chiffon lui couvrait la bouche. Elle le retira d'un coup sec et roula par terre vers le son de sa voix.

Il ne l'avait pas encore remarquée. Il parlait à une forme sombre dans le coin, aux prises avec quelque chose. Elle cligna des yeux pour se concentrer. Elle en eut le souffle coupé quand elle découvrit l'enfant recroquevillé sur le sol. C'était Cody Simmons. Elle ne l'avait pas vu depuis son berceau à l'hôpital, mais sa photo avait été publiée dans tous les journaux.

Il était en vie.

Les yeux fiévreux mais cohérents, le garçon rencontra son regard de l'autre côté du sol couvert de boue.

Taisez-vous, dit Cody à la dame dans sa tête. *Bougez pas.*

L'homme ne portait plus de masque. Cody était assez intelligent pour savoir que ce n'était pas bon signe. Il resta étendu, immobile, tandis que l'homme se parlait à lui-même, comme faisait son père à chaque fois que ses parents se disputaient. L'homme avait apporté une dame avec lui. Elle se retourna et leurs yeux se croisèrent. Cody l'avertit du regard de ne pas parler.

L'homme retira les menottes de Cody pour le libérer. Il se tenait près du serpent mais ne le voyait pas. Ce dernier agita la queue silencieusement en signe d'avertissement, puis rejeta la tête en arrière et exposa ses crocs et une tache blanche dans l'ombre.

— Josh, dit la dame.

Elle connaissait le nom de l'homme.

Le méchant l'ignora et finit de défaire les menottes de Cody avant de se tourner vers elle.

Gardant un œil sur le serpent, Cody bougea un peu les bras pour vérifier sa liberté. Ses membres ne réagirent pas bien, mais il continua à les secouer, grimaçant sous la douleur.

— T'as pas besoin de faire ça, plaida la dame.

L'homme se leva et se dirigea vers elle, loin du serpent. Il se pencha sur elle.

— Je suis pas stupide Augusta. Je sais ce que je dois faire.

La dame se redressa, se tenant les côtes.

— Ils vont se rendre compte que c'était toi Josh. C'est toi qui es venu me chercher à l'hôpital.

Elle est blessée, se dit Cody.

— Je peux pas te contrôler Augusta. Tout le monde

sait comme t'es têtue. Je dirai que je t'ai emmenée chez Patterson et que c'est la dernière fois que je t'ai vue.

— Et la voiture de Sadie ? renchérit-elle sur un ton sec.

— Quoi la voiture de Sadie ? répondit-il. Est-ce que t'as pris la peine de dire à quelqu'un qu'elle était garée devant chez elle ?

La dame, se frottant la poitrine, garda le silence.

— C'est bien ce que je pensais, ricana l'homme, l'air soulagé. Je t'ai déposée chez Patterson et j'ai parlé à personne depuis, alors comment est-ce que je pouvais savoir qu'il était avec Jack, à se mêler de ce qui le regardait pas ? Et que tu serais toute seule ? Pauvre Augusta ! Toujours là où elle devrait pas être.

La dame fit une grimace en essayant de se lever. Mais l'homme s'avança vers elle et d'un coup de pied, il la fit retomber sur son derrière. Elle poussa un gémissement.

— Ian aussi a vu sa voiture, insista-t-elle.

Cody la trouva très courageuse.

L'homme garda le silence un instant avant de s'exclamer :

— Ian, c'est un con, surtout à cause de toi. Il se rapprochait de la vérité, mais il a fallu que tu t'en mêles et il a perdu la piste de Jennifer. Personne sait rien, souligna-t-il. Les gens voient juste ce qu'ils veulent voir, rien d'autre.

— Ah, tu l'as tuée aussi, hein ?

L'homme haussa les épaules, les menottes de Cody à la main. Cody savait que l'homme avait l'intention de mettre les menottes aux poignets de la dame... à moins qu'il arrive à faire quelque chose pour l'en empêcher. Mais il savait qu'il pouvait pas se battre tout seul contre l'homme. Il était faible et ses pieds étaient toujours attachés avec une corde... Mais il avait un cerveau. Et un ami.

Il tourna son regard vers le serpent.

— Ils vont te trouver Josh.

Un étui était accroché à sa jambe de pantalon. Il contenait le plus grand couteau que Cody ait jamais vu. La lame étincela à la lumière du clair de lune qui pénétrait par la fenêtre.

— Non, ils vont pas y arriver. Y a pas la moindre preuve pointant vers moi.

Cody regarda à nouveau le serpent, son corps noir comme le charbon se fondant dans l'obscurité.

— Tu peux parier que *quelqu'un* a vu *quelque chose*. Ils vont tout découvrir pour sûr.

— Je crois pas, renchérit l'homme. Mais s'ils y arrivent, tu seras plus là pour raconter des histoires.

Augusta regarda plus attentivement autour d'elle.

Elle ne reconnaissait pas cet endroit.

C'était un vieux bâtiment en pleine nature. Les fenêtres étaient toutes barricadées, sauf une. Dehors, elle pouvait distinguer un chevalet de chemin de fer à travers la brume. Elle ne le reconnaissait pas, mais il y en avait beaucoup dans la région, de vieux ponts abandonnés sur lesquels étaient passés des trains roulant au charbon.

— Tu sais combien de corps Gaskins a jetés dans le marais ?

— Gaskins ? C'est ton idole ? répliqua Augusta en colère.

— Il était stupide, lança-t-il plein de rage. Je vais prouver que je le suis pas.

Il jonglait avec les menottes, presque comme s'il avait l'intention de les lancer à Augusta. Elle suivit les anneaux en métal des yeux, son esprit à la recherche d'options.

La pluie avait cessé, mais tout le sol était humide d'un côté. Cody était couché dans une flaque d'eau, les mains toujours tendues au-dessus de sa tête comme s'il ne se rendait pas compte qu'il avait les poignets libres. Le gamin était à peine conscient. Augusta avait mal pour lui.

— Où est-ce qu'on est ? demanda-t-elle.

Josh lui sourit froidement.

— T'as vu trop de films Augusta. C'est pas la partie où je te dis où t'es et pourquoi j'ai fait ça. Désolé de te décevoir.

Même la vue des menottes ne la faisait pas taire.

— Mais je sais pourquoi t'as fait ça Josh. C'est parce que t'es cinglé !

Elle reposa son regard sur Cody.

— Pourquoi est-ce que tu le laisses pas partir au moins ? Qu'est-ce que tu veux lui faire ?

Il serra les menottes plus fort, mais son visage semblait dépourvu de colère.

— Bien sûr Augusta. Pourquoi pas le libérer pour qu'il puisse rentrer chez lui en courant. Et maintenant, grâce à toi, il connait même mon nom. Non merci. Ça va pas se passer comme ça. Je te promets, personne pourra te trouver ici. Personne n'a aucune idée de cet endroit. Et ceux qui le découvrent l'oublient cinq minutes après l'avoir vu. Ils sont aveugles, comme les gens qui voient pas toute la merde qu'ils veulent pas voir !

Ses yeux bleus brillaient, froids comme des diamants.

— Flo était une imbécile et une pute. Elle pensait que ma mère serait plus heureuse avec la maison de Tradd Street. Elle faisait ça pour toi, tu sais ? Elle a donné toute ces terres pour plaire à une petite fille qui savait pas apprécier ce qu'elle avait. J'allais pas la laisser exposer mon petit secret !

Une partie d'Augusta mourut avec cette révélation. Que sa mère avait essayé de rétablir de bonnes relations, jusqu'à son dernier souffle, celles même qu'Augusta était si déterminée à renforcer. Pendant des années, elle avait supplié sa mère de faire don des quartiers des esclaves et de la maison du gardien à la ville. Un compromis pour Caroline qui appréciait leur histoire. Augusta avait simplement voulu se laver les mains de toutes les choses qui lui faisaient honte.

— Alors qu'est-ce que tu vas faire ?

Il esquissa un sourire.

— Peut-être que je vais te couper en morceaux et te donner à manger aux alligators. Ça devrait plaire à l'écologiste que t'es.

— C'est ce que t'as fait des autres ?

Il secoua la tête.

— Pas tout à fait. Mais t'inquiète pas, on va te donner un meilleur enterrement que Sammy. Et peut-être que je trouverai aussi un moyen de te réunir avec Savannah et Caroline.

Il se pencha, les menottes à la main, prêt à les lui mettre.

— Je ne vais pas te laisser me mettre ça aussi facilement ! réagit Augusta en se débattant désespérément à coups de pieds.

Très calmement, il dégaina le couteau de sa botte, tenant la lame étincelante entre eux.

— Peut-être que ça va te persuader ?

— Espèce d'enculé ! hurla-t-elle, donnant à nouveau des coups quand il s'approcha d'elle.

Elle l'atteint près de l'entrejambe. Le visage de Josh se crispa.

— Je vais pas me laisser faire Josh ! Si tu me

tranches la gorge, ils vont trouver ta chair sous mes ongles.

Elle recula quand il se redressa.

Le regard sur son visage changea. Il était en furie.

— T'as toujours été une vraie pute, lança-t-il. Je sais pas ce que j'ai pu voir en toi !

En entendant ces mots, Augusta crut qu'elle allait vomir.

— Même maintenant que tu connais la vérité, c'est tout ce que tu penses à me dire ? renchérit-elle. Merde, t'es mon frère ! Non pas que j'en sois fière. T'es un monstre !

Il sourit froidement.

— Tous ces corps dans les marais, poursuivit-elle. C'est toi qui les as tués, non ?

— Ouais, admit-il sans remords. Et chacun d'entre eux m'a regardé comme si j'étais Dieu à la fin. Comme tu vas le faire aussi, ma sœur.

Il se lança à nouveau sur elle et Augusta recula loin de lui, les côtes en feu.

— T'es cinglé ! lui cracha-t-elle.

Il s'avança encore, le couteau dressé. Augusta le frappa à la main. Le couteau lui échappa et tomba par terre, ricochant dans les flaques comme un caillou.

— Espèce de pute ! gronda-t-il.

Le couteau étincela sous un rayon de lune.

Cody se rendit compte qu'il pouvait l'atteindre.

Instinctivement, comme le temps où il avait attrapé une balle dans un match de baseball et éliminé ce gosse bavard à la deuxième base, il plongea dessus, voulant de toutes ses forces que sa main fonctionne quand il la tendit aussi loin que les cordes le laissaient aller. La douleur à sa cheville droite s'intensifia quand la corde se raidit autour de son pied. Les mains molles, il lança le couteau contre le tas de bois dans le coin. Le mocassin rejeta davantage sa tête en arrière, avertissant tout le monde de rester à l'écart. Mais l'homme, debout, ne pouvait pas le voir. Le couteau atterrit sous le tas de bois, sa poignée à peine visible dans l'ombre.

— Putain de gosse ! s'écria l'homme en s'élançant vers le couteau, regardant fixement Cody. J'aurais dû te tuer dès que je t'ai amené ici !

Cody recula aussitôt, loin de l'homme. Loin de la pile de bois. Ses yeux cherchaient ceux de la dame. Leurs regards se croisèrent un instant. Elle avait les yeux écarquillés de peur, mais Cody n'avait pas peur. Elle essaya de se lever, serrant ses côtes. Cody lui fit non de la tête, lui disant sans mots de ne pas bouger. Son regard se tourna vers le coin où le couteau avait atterri sous une planche, sa lame étincelante reflétant le clair de lune.

Puis tout arriva très vite.

Le mocassin se jeta sur l'homme au moment où celui-ci se pencha pour saisir son couteau. Avec la force d'un marteau, il enfonça ses crocs dans le bras de l'homme, le rongeant pour lui insérer plus profondément son poison. Le couteau retomba vers Cody. Hurlant de douleur, l'homme retira son bras, le serpent toujours agrippé à lui, se balançant sauvagement. L'homme jeta finalement le serpent par terre. Il se redressa et renfonça ses crocs dans la chair de l'homme, au mollet cette fois. L'homme cria à nouveau, essayant de se défaire du reptile.

La femme se rua aux côtés de Cody, saisit le couteau et coupa rapidement le reste de ses cordes. Puis elle le souleva tandis que l'homme se débattait avec le serpent. Le gros couteau tomba au sol avec fracas.

— Là-bas ! dit Cody en montrant du doigt.

La dame courut avec lui dans ses bras vers le trou

dans le plancher. La grille de métal était restée ouverte, par là où l'homme avait traîné la femme. Elle le laissa tomber dans l'eau. Il coula comme une pierre et retint son souffle. Comme dans un rêve, il entendit le clapotis de l'eau tandis qu'elle arrivait après lui.

27

Réalisant qu'elle n'avait que quelques secondes avant que Josh ne se ressaisisse et ne les poursuive, Augusta traîna Cody sous le bâtiment pour le mettre en sécurité. L'eau était profonde ici, si profonde qu'elle ne pouvait pas sentir le fond boueux. Il y avait un espace étroit d'air entre le sol et la rivière. Mais elle n'était pas assez forte pour garder Cody à flot tout en les éloignant assez de Josh. Heureuse que Cody ne se débatte pas, elle le tira derrière elle, priant qu'il retienne son souffle.

Elle n'avait aucune idée de l'endroit où ils se trouvaient.

Encore moins où ils allaient.

Elle savait juste qu'elle devait s'enfuir.

Revenant un instant à la surface pour essayer de repérer où ils étaient, elle laissa l'enfant reprendre son souffle. Elle pouvait entendre Josh jurer quelque part dans le bâtiment. Il semblait courir vers la trappe dans le plancher, ses pas maladroits. Puis il trébucha et retomba, lançant des obscénités.

— Tu vas t'en sortir, dit Augusta à Cody pour le rassurer.

— Je sais, murmura le garçon, grelottant.

Mais elle savait qu'il devait être terrifié.

— Retiens ton souffle, lui ordonna-t-elle en le tirant sous l'eau.

Ignorant la douleur qui lui traversait les côtes, elle rassembla toutes ses forces pour nager.

Il était impossible de voir où ils allaient. L'eau était noire. Mais Augusta continua de nager. Quand elle refit surface, elle n'avait jamais été aussi heureuse de voir le ciel ouvert, et encore plus heureuse d'entendre le bruit des hélicoptères. Elle savait instinctivement qu'ils étaient à sa recherche, et qu'ils se rapprochaient.

Il lui suffisait de porter Cody sur le rivage, se dit-elle. Alors elle continua de nager, tirant le garçon derrière elle. Même si le haut de son corps était comme un poids mort, il battait des pieds pour l'aider à rester à flot.

Dans l'obscurité, la rive semblait si loin.

Cody toussota quand elle le replongea sous l'eau, puis revint à la surface pour reprendre son souffle. Augusta ne pensait pas pouvoir y arriver. Mais elle ne pouvait pas s'arrêter maintenant, sachant que Cody comptait sur elle.

Mon Dieu, pria-t-elle. *Aide-moi à mettre Cody en sécurité.*

Le fleuve Ashley faisait presque cinquante kilomètres de long et était plus large que le Cooper. De l'autre côté de Folly-sur-Mer, le fleuve Stono traversait d'autres terrains marécageux, s'étirant autour de John's Island et la séparant de James Island. Augusta n'avait aucune idée dans quel fleuve ils se trouvaient, mais son instinct lui dit que ce devait être quelque part sur le Stono. Elle n'avait aucun souvenir du moment où Josh l'avait conduite là. Il lui avait probablement donné une dose de chloroforme. Ils pouvaient être n'importe où.

Au-dessus d'eux, l'un des deux hélicoptères balaya le ciel puis se retourna soudain. L'autre le suivit, ses projecteurs dirigés vers l'eau. Dans leur lumière, elle vit Josh apparaître sous le bâtiment. Il nagea vers eux, se rapprochant vite, Augusta ralentie par le fardeau d'un enfant dans les bras.

Le rivage était trop loin.

T'arrête pas de nager Augusta.

Josh était meilleur nageur qu'elle sur une longue distance, mais elle avait la détermination pour elle.

Regarde Augusta ! entendit-elle dans son esprit, un souvenir longtemps enfoui.

Josh avait sauté du bateau. Avec presque cinq cents mètres d'eaux agitées avant d'atteindre le rivage. À force de détermination, avec Augusta en bateau à côté de lui, il y était arrivé sans problème.

Ce souvenir pouvait à lui seul la faire couler, mais elle se propulsa et poursuivit sa route.

Les hélicoptères tournoyaient au-dessus maintenant, cherchant un endroit où se poser.

Elle entendit au loin les sirènes de police approcher. Mais pas assez vite. Josh continuait de nager. Plus vite. Plus proche. Elle était épuisée, comme si elle avait déjà nagé sur des kilomètres. La douleur dans sa poitrine menaçait de la faire s'évanouir.

Sa sœur Savannah lui chuchota tout à coup à l'oreille : *Viendra peut-être un moment où tu te demanderas : « Qu'est-ce que je dois faire ? » Fais ce qu'Augusta Aldridge ne ferait jamais.*

Elle avait maintenant les bras fatigués.

Abandonne pas.

Sa sœur savait des choses.

La dernière fois qu'elle avait suivi les conseils de Savannah, elle avait évité une agression dans une ruelle sombre. Peut-être pire, *maintenant* qu'elle savait qu'elles avaient vécu si proches de quelque chose d'ignoble. Si longtemps.

Qu'est-ce qu'elle devait faire ?

Josh était plus proche. Si proche qu'elle pouvait voir ses yeux bleus briller sous les projecteurs. Soudain, les hélicoptères éloignèrent leurs lumières et disparurent derrière la ligne des arbres.

— Tu sais nager ? demanda-t-elle à Cody.

— Oui ! dit-il.

Elle le poussa alors vers la rive. Mais il coula comme une pierre. Elle le rattrapa par les cheveux et le ramena à la surface.

Qu'est-ce qu'elle pouvait faire ?

Fais ce qu'Augusta Aldridge ne ferait jamais, insista la voix de sa sœur.

Josh la connaissait mieux que quiconque. Il connaissait ses secrets. Il savait tout. Qu'est-ce qu'il s'attendrait qu'elle fasse ?

Il était si proche maintenant.

Sa tête disparut momentanément sous la surface, mais il ressurgit aussitôt et nagea maladroitement.

Augusta se retourna pour regarder le rivage. Il était plus proche maintenant. C'était la chose à laquelle tout le monde s'attendrait. *Qu'elle nage vers le rivage*.

Sur terre, Josh pourrait facilement la rattraper. Une seule morsure de serpent ne pouvait probablement pas tuer un adulte. Mais c'était un gros serpent, épais et noir. Elle savait qu'il l'avait mordu plus d'une fois.

Elle avait les côtes en feu. Ses bras lui faisaient mal. Mais Cody aidait du mieux qu'il pouvait.

Quand leur chien Bear mourut, son corps avait enflé de deux fois sa taille en quinze minutes. C'était arrivé vite. Elles avaient appris plus tard que le venin du mocassin était une hémotoxine paralysante. Le chien s'était probablement noyé avant de pouvoir rejoindre le rivage.

La tête de Josh disparut à nouveau sous l'eau. Augusta n'hésita pas. Elle n'attendit pas de voir s'il allait refaire surface cette fois. Prenant une décision soudaine, elle changea de direction et repartit vers le milieu du fleuve, vers la partie la plus brillante sous le ciel nocturne.

Elle tenait Cody par le cou.

— Nage Cody ! l'encouragea-t-elle.

Elle n'eut pas à lui demander deux fois. Il bougea ses pieds comme de petites palmes. Les deux nagèrent aveuglément vers les lumières de la ville. Les sirènes se rapprochaient, mais Augusta continua de nager parallèlement à la côte.

Josh essaya de la suivre, nageant maintenant maladroitement.

— Augusta ! l'entendit-elle crier, son nom presque indistinct.

Elle ne s'arrêta pas. Le garçon dans ses bras était tout ce qui comptait pour elle.

Derrière eux, Josh perdait de plus en plus de distance.

Un autre hélicoptère vola au-dessus d'eux, balayant le fleuve de ses projecteurs.

Ce fut la dernière fois qu'Augusta aperçut la tête de Josh au-dessus de l'eau. Il fit une dernière brassée maladroite et frappa l'eau de ses bras. Puis sa tête disparut et ne réapparut pas.

Augusta nagea aussi longtemps qu'elle le put, tirant Cody par le cou. Ils échouèrent dans les vasières. Elle le traîna à travers les spartines et le prit immédiatement dans ses bras. Trouvant la force qu'elle ignorait posséder, elle avança péniblement dans la boue. L'enfant s'agrippa plus fort à elle. Malgré la douleur dans ses côtes, Augusta accueillit la sensation avec plaisir.

— Merci, s'écria-t-il en enfouissant son visage dans son cou.

Trop essoufflée pour pouvoir répondre, Augusta le serra contre elle et se dirigea vers les sirènes.

Au total, ils exhumèrent seize corps de la boue.

Les os de Sam n'étaient pas avec eux. Ils avaient été à proximité de la maison tout ce temps, enfouis le long de leur propriété près des ruines. Là où un vieux magnolia luttait pour survivre parmi la flore naturelle plus agressive. Recouvert de vigne vierge, serré entre des chênes et des tupélos envahissants, l'arbre était malade et mourant.

Ses feuilles étaient recouvertes d'oïdium et de taches violacées blanches au centre. Les feuilles infectées étaient tombées prématurément, comme une couverture de maladie sur la tombe anonyme de Sam. Comme les mensonges et la tromperie qui avaient voilé leur vie.

Ils le déplacèrent à un endroit plus proche des bras aimants de sa mère, sous un chêne vert magnifique aux branches épaisses ployant sous les années. De la mousse argentée y pendait comme des rideaux cendrés.

Après vingt-neuf longues années, elles pouvaient finalement tourner la page. Accepter tout ce qui allait maintenant devenir leur route, la route sur laquelle elles avaient décidé toutes les trois de se lancer ensemble. Cette épreuve avait fait au moins une chose pour elles. Elle les avait rapprochées.

Savannah réserva un billet d'avion pour rentrer dès qu'elle apprit les nouvelles. Elle finirait son livre chez elles, sans les entraves de sa vie à Washington. Caroline fixa la date de son mariage avec Jack et vida ce qu'elle avait en stockage à Dallas. Augusta quitta officiellement son emploi à New York et prévit de terminer les travaux de rénovation avant de décider ce qu'elle allait faire du reste de sa vie.

Quant à Sadie, elles s'efforcèrent de lui pardonner. Après tout, c'est elle qui les avait élevées. Et elle n'avait pas vraiment été au courant de la vie secrète de Josh. Elle ne l'avait pas non plus consciemment soupçonné avant qu'ils se mettent à déterrer les horreurs du marais. C'est seulement alors qu'elle avait osé voir son fils sous un autre jour et elle était allée avouer ce qu'elle savait.

Mais elle avait menti. Elle avait caché le corps de Sam sans leur dévoiler ce secret. Peu importe qui elle avait voulu protéger. Elle avait aussi menti à propos de Josh. Comprendre ses raisons ne l'excusait pas. Elle était seulement humaine. Aucune d'elles ne pouvait prétendre être parfaite.

Pourtant, Augusta ne pouvait pas supporter de la voir pleurer pour un monstre. Josh avait beau être le fils de Sadie et leur frère, elle n'arrivait pas à séparer le bien du mal. Tous leurs souvenirs étaient maintenant irrémédiablement ternis.

Cody Simmons resta à l'hôpital, mais il allait se remettre. Six jours sans eau ni nourriture avaient laissé des traces sur son petit corps. Il avait la cheville cassée et il allait peut-être perdre l'usage de sa main gauche. Le fait d'être resté si longtemps sur un côté avait comprimé les vaisseaux sanguins de ce membre. Mais il avait eu de la chance et ne semblait pas se soucier de son bras. Le département de police de Charleston décida de lui attribuer la Médaille du courage pour ses actes de bravoure et d'endurance. Sans lui, Augusta savait que ni l'un ni l'autre n'aurait survécu.

Si une seule chose avait été différente, Cody, et Augusta, seraient probablement exactement là où se trouvait Sam.

Par courtoisie, Sadie n'avait pas assisté à la cérémonie privée, laissant Augusta, Caroline et Savannah vivre ces moments seules, sans elle. Il ne lui semblait pas approprié d'être présente.

Augusta n'aurait pas supporté la foule. Ce moment était privé, douloureux et attendu depuis longtemps. Toutes les larmes qu'elle n'avait pas pu verser à l'enterrement de sa mère coulaient maintenant sans interruption.

À ses côtés, Ian la tenait par le bras, comme pour la tenir debout. Jack était aux côtés de Caroline, et Savannah stoïquement à la gauche d'Augusta, proche mais seule.

Il n'y avait pas moyen de déterminer exactement la cause de la mort de Sammy, mais il n'avait pas de fracture, rien qui indiquait une mort violente. Sadie prétendit que son corps avait échoué sur le rivage longtemps après les faits et qu'elle l'avait enterré. Mais sachant ce qu'elles savaient maintenant sur Josh, la mort de Sam brisa à nouveau le cœur d'Augusta.

Le reste de l'histoire de son frère restait entouré de mystère parce qu'ils ne retrouvèrent jamais le corps de Josh. Ils draguèrent en vain le rivage sur des kilomètres. Augusta ne pouvait pas décider si c'était de la justice poétique ou un crime en soi.

— Donne-nous la lumière et guide-nous de nos ténèbres à l'assurance de ton amour, par Jésus-Christ notre Seigneur, entonna le pasteur.

Des paroles qu'elle avait entendues trop souvent en un si court intervalle.

— Amen, répondirent en cœur les trois sœurs.

Caroline fut la première à s'avancer pour lancer son lys blanc dans la tombe. Augusta et Savannah la suivirent. Et c'était fini. La parcelle de terre de leur petit frère n'était plus vide. Enfin.

Les derniers rayons du soleil se reflétaient au loin sur le toit du hangar à bateaux. Ian et Augusta étaient assis sur le banc sous la véranda, les yeux fixés sur le marais.

À un moment donné, l'idée de jouir des sons du marais sous cette véranda avait semblé être un cauchemar. Soudain, cela ne semblait pas une si mauvaise chose. À la fin de l'année, elles vendraient peut-être la propriété. Elles n'avaient pas encore décidé. Augusta avait encore des parties à restaurer. Caroline devait continuer de remettre le journal sur pied. Et Savannah devait écrire son livre. Avec huit mois restants, tout pouvait arriver... Et si Savannah avait le courage de l'écrire... il y avait une histoire à raconter...

Ses sœurs et Jack étaient maintenant à l'intérieur avec Sadie.

La punir pour les péchés de Josh ne semblait pas la chose à faire. Mais ce serait difficile d'oublier entièrement le passé. Elle et Daniel étaient venus leur faire savoir qu'elle donnait sa propriété à la ville en conformité avec le testament de Florence. Daniel l'avait demandée en mariage. Sadie avait accepté et prévoyait d'habiter chez lui, dans sa maison en centre-ville. Pour Sadie, laisser sa maison était autant une question de guérison que l'était la réparation de la maison principale pour Augusta.

La police n'intenta pas de poursuites contre elle, même s'ils auraient pu le faire. Sadie n'avait pas été au courant des crimes de Josh. Son plus grand péché avait été d'essayer de protéger ceux qu'elle aimait.

Augusta et Ian étaient tranquillement installés sous la véranda, silencieux. Elle aspira une bouffée d'air qui sentait le soufre, essayant d'éprouver des sentiments différents envers le lieu qu'elle avait jadis appelé son chez-soi. Est-ce qu'elle pourrait à nouveau faire sienne cette maison ?

— Ça ressemble à une peinture, déclara Ian à côté d'elle.

— Ouais, acquiesça Augusta en hochant la tête.

Le marais était définitivement beau, mais elle ne savait pas si elle pourrait vivre là une fois la maison restaurée.

À côté d'elle, Ian sortit quelque chose de sa poche de chemise et le tint dans son poing fermé.

— J'entends tout le temps les gens dire que si on attendait le bon moment pour avoir un bébé, il n'y aurait pas d'enfants sur cette planète.

Augusta le regarda, se demandant pourquoi cette réflexion soudaine.

— J'ai jamais beaucoup aimé faire les choses comme les autres jugent approprié, poursuivit-il en se mettant sur un genou à côté d'elle. Mais t'as raison... demander à la femme que j'aime, la seule femme que j'ai jamais aimée, si elle veut bien m'épouser dans un texto, ça craint.

Il ouvrit la main pour révéler une belle bague en argent sertie d'une émeraude d'au moins deux carats.

— Alors... est-ce que tu veux bien m'épouser Augusta ? lui demanda-t-il, le cœur brillant dans ses yeux bleus lumineux.

Augusta fixa la bague du regard, les larmes lui montant aux yeux. Les reflets de la lune sur l'anneau en argent ressemblaient à ceux qui brillaient dans les yeux de Ian.

— Oui, dit-elle et à l'instant même, quelque chose scintilla dans l'air entre eux.

La lueur surprit Augusta. Les lucioles se faisaient rares dans cette région, mais il y en avait une, leur offrant sa lumière en symbole d'espoir. La luciole étincela à nouveau, vola au-dessus de leur tête comme une petite ampoule électrique, puis disparut dans la nuit.

Augusta et Caroline s'étaient assises un jour sous la véranda à compter les lucioles... en quête d'espoir dans la lueur rare de leur corps. Elles étaient restées là toute la nuit, attendant, espérant... Elles n'avaient rien vu et étaient rentrées découragées et désespérées.

Ian n'aurait pas vraiment pu comprendre l'importance de l'apparition magique de cet insecte pour elle. Mais il sentit son émotion refoulée qu'elle était incapable de partager avec lui. Il l'embrassa tendrement.

— Je t'aime, lui murmura-t-il en l'attirant à lui pour qu'elle pose sa tête sur son épaule.

Ils restèrent assis en silence sous la véranda, fixant les spartines des yeux. Si on regardait bien, on pouvait discerner une symphonie de lumières accompagnant les notes musicales du marais.

AU NORD DE FOLLY-SUR-MER

NE MANQUEZ PAS AU NORD DE FOLLY-SUR-MER, LE FASCINANT PREMIER VOLUME DE CETTE SÉRIE.

Levant le voile du secret sur une grande famille du Sud en déclin, Tanya Anne Crosby explore la vie de Caroline, d'Augusta et de Savannah Aldridge, trois sœurs qui partagent un passé obscur et un avenir incertain...

Caroline Aldridge est surprise par le nombre de personnes venues assister à l'enterrement de sa mère. L'héritière du journal *Tribune*, qui avait causé tant de douleur à ses enfants, était apparemment très aimée de tous les autres habitants de Charleston. Décédée, elle laisse derrière elle d'innombrables secrets et quelques exigences : Caroline et ses sœurs doivent vivre ensemble pendant un an, sinon elles perdront leur héritage. Et Caroline doit prendre le relais à la tête du journal. Mais un tueur fait les manchettes et sans le vouloir Caroline se retrouve peut-être en ligne de mire...

Une série d'enlèvements et de meurtres ressuscitent chez les trois sœurs le souvenir de la disparition de leur frère quand il était enfant. Caroline craint d'être la prochaine sur la liste. Cependant, au milieu de la tourmente, elle a peut-être l'occasion de raviver la flamme d'un amour éteint depuis longtemps. Avec Jack de retour dans sa vie et les liens fraternels se rétablissant lentement entre les sœurs, Caroline espère que sa famille pourra retrouver sa position dans la société de Charleston. À moins qu'une force sinistre, indépendante de leur volonté, ne les déchire à jamais...

L'AUTEUR

Tanya Anne Crosby a écrit dix-sept romans. Ils figurent tous sur de nombreuses listes de best-sellers, y compris celles du *New York Times* et de *USA Today*. Chargés d'émotion et d'humour, ses livres aux personnages pleins de défauts lui valent les louanges des lecteurs et d'élogieuses critiques littéraires. Tanya Anne Crosby a été nominée cinq fois par le magazine littéraire RT pour un prix récompensant l'ensemble de son œuvre. Elle a grandi à Charleston, en Caroline du Sud. Elle vit avec son mari, deux chiens et deux chats dans le nord de l'État du Michigan.

Pour plus d'informations:
www.tanyaannecrosby.com
tanya@tanyaannecrosby.com

www.ingramcontent.com/pod-product-compliance
Lightning Source LLC
Chambersburg PA
CBHW051007180726
48291CB00006B/2008

* 9 7 8 1 9 4 7 2 0 4 6 4 5 *